소설 밧세바

소설 밧세바

이남수 지음

좋은땅

머리글

　전 세계 곳곳 건설 현장을 떠돌아다니다가 결국 아프리카 나이지리아까지 흘러왔다. 항구 도시 라고스 바다 위로 잔잔한 비가 내리고 있다. 이번 현장은 LNG GAS를 생산하는 공장을 짓는 공사인데, 예전 미국 작가 알렉스 헤일리의 소설, 『뿌리』의 배경이 되었다고 전해지는 보니섬에서 진행된다. 이번 공사까지 무사히 마치고 나면 이제 정말 은퇴를 생각해야 할 것 같다.

　생애 첫 소설을 출간한 지도 어언 8년이 다가온다. 당시 너무나 부족했던 첫 소설에 대해 크게 아쉬움을 느꼈다. 바로 두 번째 소설에 도전했는데 현업에 시달리다 보니 너무나 늦어졌다. 어려서부터 성경을 꽤 탐독했던 나는 성경에 나타난 인물들에 대한 관심이 많았다. 그 중에서도 이스라엘의 두 번째 왕 다윗은 가장 좋아하던 인물이다. 그래서 그랬는지 자연스럽게 다윗의 주변 인물들에 대한 상상도 많이 하게 되었다. 지금도 구약성서에 등장하는 인물들 가운데 헷 사람 우리아를 가장 안타깝게 생각한다. 첫 소설은 너무나 억울하게 죽은 우리아를 애도하는 장송곡을 판타지 형식으로 표현한 작품이었다. 두 번째 본 소설에서는 그의 아내 밧세바에 대한, 행간에 숨겨져 있을 수 있는 이야기를 조금 더 현실 감각적으로 유추해 보았다.

유대 족속의 유력한 가문 출신인 절세의 미인 밧세바는 어째서 그녀보다 나이도 훨씬 많았던 것으로 짐작되는 이방인 우리아와 결혼하게 되었을까? 솔로몬 왕자의 증조부이며 가장 유력한 왕비의 할아버지였던 아히도벨은 어째서 압살롬을 도와 반역을 일으켰으며, 그 늙은 나이에 자살이라는 극단적인 선택을 해야만 했을까? 밧세바는 무엇 때문에 아들 솔로몬 왕에게 동녀 아비삭을 아도니아에게 내주라는 무리한 요구를 하여야만 했을까? 그저 빈 마음으로 성경에서 사라진 배경들을 상상하다가 이 소설을 쓰게 되었다.

그러나, 언제나 그렇듯이 소설은 소설일 뿐이다. 성경 속 이야기를 작가의 상상을 따라 손대는 행위에 대해서 상당한 부담이 있었지만, 최소한 성경에 기록된 내용은 가능한 변형시키지 않으려 노력하였다. 사실 처녀작 소설 우리아에서는 그런 부분이 너무 심하게 부담되어 작가의 좀 더 솔직한 생각들을 다 표현하지 못하였다. 물론 이번 소설에서도 그런 부분에서 완전히 자유로울 수 없었다는 점을 솔직히 고백한다. 이 소설의 어떤 내용은 독실한 크리스천들의 심한 반발을 받을 수도 있을 것이다. 소설을 쓰고 독자의 비판을 받는 것은 작가가 당연히 감수해야 할 업보 중 하나라 생각한다. 그래도 다시 한번 당부하는 것은, 소설은 그저 소설로 보아 주기를 바라는 마음이다. 다만 성경을 통해 좀 특이한 영감을 얻은 작가만의 또 다른 이야기라는 것을 말씀드린다.

소설 밧세바

나이는 자꾸 먹어 가고, 지금까지 별로 이루어 놓은 일이 없다는 생각에 조금씩 초조해진다. 그러나 인류의 역사가 시작된 이래, 셀 수 없는 영웅호걸들이 그들의 시대를 살았지만, 결국 그 누구도 죽음을 피할 수 없었고 시간은 여전히 그들의 이야기 위를 도도히 흐르고 있다. 사람이 죽은 후에는 금방 세상에서 잊히는 것이 당연한 자연 섭리이다. 이제는 삶의 지나친 집착들은 조금 내려놓을 줄 아는 성숙함이 필요한 때가 되었다.

2024. 2. 나이지리아 라고스에서

목차

머리글 5

1. 아히도벨과 맹세의 딸 10
2. 기스의 아들 27
3. 이스라엘의 새 별 44
4. 시글락 특별법 62
5. 헤브론의 비극 80
6. 우리아 97
7. 조작된 운명 116
8. 욕망과 저주 133
9. 움트는 희망의 싹 150

10. 가지치기 ························· 167

11. 압살롬 ·························· 184

12. 최후의 안배 ······················ 200

13. 식어 가는 사랑 ···················· 217

14. 동녀 아비삭 ······················ 235

15. 아도니아 ························· 252

16. 솔로몬 ·························· 270

17. 밧세바 ·························· 289

맺는글 ·························· 307

1. 아히도벨과 맹세의 딸

이스라엘 열두 지파 중 유대 부족으로서, 길로 성읍 출신의 뛰어난 용사 엘리암은 아직까지는 단지 열 명의 부하를 거느린 사울 군대의 십부장일 뿐이다. 이스라엘 첫 번째 왕 사울에게는 그 지혜가 신에 버금간다는 평판이 자자했던 천재 모사 아히도벨이 있었다. 용사 엘리암

소설 밧세바

은 바로 그 아히도벨의 외아들이다. 그는 아버지를 전혀 닮지 않아 학문보다는 무예를 훨씬 더 좋아하였다. 그래서 아버지의 간곡한 기대를 저버리고 자기 뜻대로 무장이 되었다. 엘리암은 장수로서 덩치가 대단히 크다고는 할 수 없지만 다부진 체격의 타고난 싸움꾼이었다. 너무나도 치밀하고 꼼꼼한 성품의 아버지와는 달리 조금이라도 복잡한 논리와 이론은 생각하는 것 그 자체를 싫어했다. 그는 어떤 전투에 나가서든지 아무리 어려운 상황을 맞이하더라도 언제나 가장 선봉에 서서 두려움 없이 맹렬하게 적을 향해 돌진하는 진정한 용사였다.

엘리암의 첫 아내는 몇 년 전 사내아이를 출산하다가 과도한 출혈로 죽었다. 그 이후로 수년 동안 홀아비로 외로이 지내다가 작년에 고향의 아름다운 처녀를 소개받아 재혼하였다. 두 번째 아내의 출산을 바로 앞두고서 휴가를 받아 집에 돌아와 있었는데, 갑작스러운 블레셋 군의 침략으로 인한 전쟁에 긴급 소집되어 최전선에 배치되었다.

싸움을 걸어온 블레셋 군대는 에베스담밈에 진 쳤고, 이스라엘 군대는 그 건너편 엘라 골짜기 너머에 진을 치고서 서로 여러 날 초긴장 상태로 대치하였다. 블레셋 측 진영에서는 싸움을 돋우는 자로 신장이 삼 미터에 이르는 거인을 내세웠다. 놋 투구를 쓰고 어린 갑옷을 입은 어마어마한 거인이 베틀채 같은 놋 단창을 휘두르며 이스라엘 군대를 향해 거칠게 고함을 질러댔다. 겁에 질린 이스라엘 진중에는 두려움의 차가운 정적만이 흐를 뿐 감히 대적하고자 나서는 이가 아무도 없었다. 골리앗이란 이름의 무례한 거인은 자그마치 사십 일간이나 날마다 진 앞으로 나와서 냄새 나는 입으로 감히 이스라엘의 거룩한 신을 불경스럽게 모욕하고, 이스라엘 군대를 향해 매일같이 욕하며 심히 희롱하였다.

골리앗이 싸움을 걸러 나와서 이스라엘 군대를 거침없이 모욕하고 거친 욕설과 치욕스러운 몸짓으로 거룩하신 유일신을 조롱하는 것을 지켜보면서 용사 엘리암은 끓어오르는 분노를 참을 수가 없었다. 거인을 노려보며 이를 악문 그의 얼굴은 심한 경련으로 일그러졌다. 창자루를 움켜쥔 두 손등에 불뚝 솟은 굵은 핏줄은 치욕으로 부들거렸다. 당장이라도 뛰쳐나가 저 할례 받지 못한 짐승 같은 놈을 쳐 죽여야 한다는 생각으로 머리가 터질 것만 같았다. 그러나 경직되어 굳어버린 몸뚱이는 도무지 그의 생각같이 움직이려 하지 않았다. 언제 어느 순간에서든 그 무엇도 두려워하지 않고 적진을 향해 맹렬하게 몸을 날리던 천하의 용사 엘리암도 이 거대한 야수를 직접 눈앞에 마주하고서는 저도 모르게 몸이 얼어붙은 것이다.

한낮을 뜨겁게 달구던 대지의 열기가 서서히 식어 가고, 무심한 태양은 또다시 검붉은 노을의 침묵 속으로 무겁게 사그라져 갔다. 마침내 태양의 그림자까지 산산이 부서지고 나자 하늘은 거짓말처럼 순식간에 어두워졌다. 차츰 거세지기 시작하는 서늘한 바람으로 급격히 쌀쌀해지는 최전방 초소로 저녁 식사용 구운 빵이 전달되었다. 군사들은 제자리에 꼿꼿이 서서 한 손으로는 창 자루를 움켜쥔 자세로 적진을 노려보며 말없이 딱딱해진 빵을 씹었다. 지금부터는 각 초소에 배치된 병사들이 서로 돌아가며 밤을 새워 야간 경계에 임하게 되는 시간이다. 언제 갑자기 밤을 이용한 적의 기습이 있을지 모르기 때문에, 야간 경계는 두 나라가 지척에서 대치하고 있는 이 전장에서 무엇보다 중요한 임무였다. 엘리암의 조에서는 제일 먼저 십부장 엘리암과 가장 어린 신병이 한 짝이 되어 보초를 서게 되었다.

이미 깜깜해진 밤하늘에 서서히 휘황찬란한 신비한 모습을 드러낸 수많은 별 무리가 두 부대가 대치하고 있는 골짜기와 등성이마다 숨막히는 은빛 가루를 흩뿌려대기 시작했다. 피곤하고 긴장된 하루를 보내 무거워진 몸으로 또다시 야간 불침번을 서야 하는 두 사람의 시선은 그저 건너편 어둠 속 깊이 방향을 잃고 더듬거리기만 할 뿐 특별한 긴장감은 없었다.

"지금 당장 일어나서 칼을 들고 적의 진지로 달려 들어가란 말이다!" 형형한 눈빛으로 아히도벨이 내려다보고 있었다.

"하지만 아버지, 저곳엔 지금 무시무시한 거인이 있어서 너무나 위험해요. 제 능력으로는 어찌해 볼 수가 없을 것 같아요." 엘리암이 자신도 모르게 두려운 표정을 지었다.

"아니다. 엘리암! 절대 두려워하지 마라! 너는 용사 중의 용사요, 이스라엘 중에서도 하나님의 선택을 받은 가장 빼어난 군사임을 잊지 말아라! 바로 지금 용기를 내어 저 미련한 거인에게 맞서 담대히 부딪혀 나가거라. 진정 위대하신 이스라엘의 신께서 너와 함께하셔서 너를 통해 반드시 커다란 기적의 역사를 보여 주실 것이다!"

"아버지, 정말 신께서 저를 택하신 것이라면 기꺼이 따르겠습니다. 이제 제가 어떻게 하면 되는지 자세히 가르쳐 주십시오."

"너는 사울 왕에게서 그의 칼을 받아 높이 들고 전속력으로 그 미개한 거인 놈의 정면으로 달려들어라. 그가 당황하여 창을 크게 휘두를 때 번개같이 몸을 날려 그놈의 가랑이 사이로 미끄러져 빠져나가면서 손에 든 칼로 거인의 발목을 정확히 그어 버리면 된다. 제아무리 강력한 야수라 할지라도 발목의 힘줄이 잘리면 결코 그대로 버티고 서 있지 못할 것이다. 그 괴물이 쓰러지거든 재빨리 그의 가슴을 밟고 서서 그 칼로 즉시 목을 내려치거라!" 아히도벨이 아들의 어깨를 힘차게 두드려 주었다.

바로 그 순간에 엘리암은 새벽녘 선잠에서 깨어나며 크게 몸서리를 쳤다. 거인을 죽이기는커녕 골리앗이 휘두르는 바위 같은 주먹에 등짝을 된통 얻어맞고 공중으로 몸이 내동댕이쳐지는 치욕스러운 꿈을 꾼 것이다. 하늘이 차츰 엷어지면서 조용히 여명이 밝아 오고 있었다.

"오늘은 또 얼마나 큰 치욕을 견디어야 할 것인지!" 엘리암의 입에서는 깊은 탄식이 절로 터져 나왔다.

엘리암의 아비 아히도벨은 길로 성읍 출신의 유다 사람이다. 일찍이 사무엘이 실로에 주둔하고 있던 시절부터 선지자 수련원의 가장 어린 제자로서 이 위대한 선지자를 열심히 섬겼다. 그는 비록 나이는 어렸지만, 그 누구보다 기억력과 지혜가 특출하여 스승의 사랑을 독차지하였다. 사무엘의 제자들은 당시의 공식적인 선지자 수련생들로서 스승으로부터 홍해를 가르고 사막을 인도하던 옛적 이스라엘의 위대한 신에 대해서 세세하게 배웠다. 또한 믿음과 영성을 밤낮없이 훈련하여 엄청난 방언과 예언의 능력을 완벽하게 갖추고 있었다. 그들은 마음만 먹으면 언제든지 거침없이 성스러운 방언을 쏟아내고, 꿈을 꾸듯 물 흐르듯 놀라운 예언들을 시도 때도 없이 뱉어 낼 수 있었다. 아히도벨은 그의 나이 열 살도 채 되지 않았던 어린 나이에 수련원 선배들의 거침없는 이상스러운 방언을 처음 대하고서 너무나 큰 충격을 받았다. 그는 총명한 눈으로 방언을 쏟아내는 사람들의 모습을 뚫어지게 관찰하였다. 그러나 아무리 집중해서 노려보아도 어떻게 해서 사람의 입에서 저런 신비한 소리가 쉼 없이 흘러나오는지 알 수가 없었다. 그래서 그 어린 소년은 그저 그들이 내는 소리를 자세히 듣고서 그냥 비슷하게 따라 해 보았다. 차츰 곁에서 외치는 방언 소리에 스스로 몰입되기 시작하더니 점점 입술의 놀림이 빨라졌다. 스승의 눈에 더욱 잘 보이고 싶은 욕심에, 있는 힘껏 목청을 높이고 아무 생각 없이 하늘을 향해 외치고 또 외쳤다. 차츰 주변의 시선이 아히도벨에게 쏠리기 시작하였다. 그렇게 한참을 정신없이 아무 의미 없는 소리를 마구 내지르고 나니 가슴이 뻥 뚫리는 듯 시원한 느낌이 들었다. 그가 만면에 웃음기 가득한 얼굴로 방언 기도를 마쳤을 때, 사무엘 선지자와 또 그곳에 함께 있었던 수련자들은 감탄스러운 표정으로 어린 선지자를 넋 놓고 쳐다보고 있었다. 어느 누구도 감히 그가 어떤 내용의 기도를 드렸는지 물어보는 이는 없었다. 그 이후부터 수련원 내에서 아히도벨은 비록 나이는 어리지만 이미 엄청난 영성의 소유자로 인정받게 되었다. 당시의 사사인 사무엘 선지자에게 몰려든 수많은 뛰어난 제자 중에서도 특별히 아히도벨은 거의 모든 방면에서 타의 추종을 불허할 만큼 빼어난 수제자로서 자타의 공인을 받으며 눈부시게 성장하였다.

세월이 흐르고 사무엘이 늙어 공식적인 사사의 직무를 수행하기 어렵다고 스스로 판단하고, 브엘세바에서 자신의 두 아들 요엘과 아비야를 새로운 사사로 임명하였다. 그러나 그 두 사람의 행위가 너무나 부정하였고 지나친 욕심이 도를 넘었기 때문에, 아직도 이스라엘의 실질적인 사사 역할을 하던 사무엘의 모든 제자 사이에서는 암암리에 젊고 유능한 아히도벨을 사실상의 미래 차기 사사로 인정하는 분위기가 대세를 이루었다.

그러나 지나칠 정도로 영민한 머리의 아히도벨 자신은 수련원에서 여러 해 동안 성장하면서 스스로 배우고 깨우친 명백한 삼라만상의 원리와 스승으로부터 배워 익힌 영성의 진리 사이의 여러 가지 불일치로 인해서 심한 심적 갈등을 겪고 있었다. 그러나 만약 그런 약한 모습을 조금이라도 밖으로 드러낼 경우, 절대 권력으로 추앙받는 스승의 눈 밖에 날 수도 있음을 너무나도 잘 알기에 겉으로는 절대로 그러한 모습을 누구에게도 내비치지 않았다.

언제나 가까이에서 자신을 정성스레 보좌하며 충성스럽게 따르는 뛰어난 젊은 수제자 아히도벨에 대해서 사무엘 사사 역시도 항상 특별한 관심과 애정을 가졌다. 언젠가 때를 만나고 기회가 된다면 자신의 뒤를 이을 진정한 이스라엘의 차기 사사로 세울 수도 있으리라 생각하였다. 그리고 그것을 누구보다도 잘 알고 기대하고 있었던 것은 아히도벨 바로 그 청년이었다.

새로운 사사로 임명된 이후로 칠 년의 세월이 흐르는 동안, 사무엘의 두 아들은 이스라엘의 사사로서는 도저히 행해서는 안 되는 지독한 탐욕과 악행을 반복하였다. 그로 인해서 백성들의 원성이 더욱 자자하게 되었다.

"보소서. 당신은 늙고 당신의 아들들은 당신의 진실한 행위를 따르지 아니하니, 이제 다른 모든 열방과 같이 우리에게도 왕을 세워 우리를 다스리게 하소서!" 이스라엘 모든 지역의 장로들이 자기들의 뜻을 모아 아직은 실제적인 지도자 격인 사무엘을 찾아와 고하였다.

"그대들의 뜻은 잘 알아들었소. 오늘 밤 내 깊이 생각해 보고 또 여호와께 직접 여쭈어볼 것이니 그대들은 불편하더라도 이곳에서 기다려 주시오." 사무엘로서는 모든 것을 하나님께 전적으로 의지하려 하지 않는 백성들의 요구가 개인적으로 대단히 못마땅하였다. 그러나 자신의 감정을 그대로 노출하지 않고 늘 하던 방식대로 기도를 통해서 여호와의 뜻을 물었다. 스승의 곁에서 그 모든 과정을 빠짐없이 지켜보고 있던 젊은 아히도벨은 가슴속 깊은 곳으로부터 갑자기 이상한 열정의 뜨거운 불길이 걷잡을 수 없이 타오르는 것을 느꼈다.

'만약 이스라엘에 진정 왕이 있어야만 한다면 그만한 자격을 갖추고 이 백성들을 이끌 수 있는 사람이 그 누구이겠는가? 나 말고 과연 누가 그 자리에 적합하다는 것인가! 이것은 진정 하늘이 나에게 내려 주고자 하는 숙명 같은 기회가 아닐까?' 아히도벨의 명석한 두뇌는 엄청난 속도로 요란하게 굴러가기 시작했다.

"스승님께 신의 평화가 함께하시기를! 밤새 편안하셨습니까?" 밤새워 특별기도를 하고서 다소 흐트러진 모습의 아히도벨이 사무엘에게 반듯하게 아침 인사를 올렸다.

"그래, 고맙구나. 밤새 성막에서 기도한 것이더냐?" 힘없이 대답하는 사무엘의 늙은 얼굴은 제대로 쉬지 못하고 밤을 꼬박 새운 기도로 인해 피곤한 모습이 역력했다.

"스승님, 장로들의 요구에 대해서 신께서는 어떤 답을 주셨는지요? 저도 그 일을 생각하며 온 밤을 신께 여쭈어보았습니다만."

"어젯밤 내 깊이 아뢰었네만 신께서 아직 답을 주시지 않으셨다네. 혹시 신께서 자네에게 무슨 말씀을 내리시지는 않으셨는가?"

"아, 아직 답을 얻지 못하셨군요. 사실 저도 밤새워 기도를 올렸으나 아직 아무런 영감을 받지 못하였습니다. 스승님, 그러시다면 오늘 장로들을 모두 불러 모아서 엄중한 왕정 제도의 실상에 대해 자세히 일깨워 주는 것이 어떠하겠습니까? 그들이 스스로 왕을 세움으로써 잃을 수밖에 없는 자기들의 모든 권리와 또 그로 인해 자신들의 입장이 더 불리해지는 사정을 자세하게 알게 된다면, 어쩌면 그들의 생각을 다시 바꿀 수도 있지 않겠습니까?" 스승의 불편한 심기를 단숨에 알아차린 아히도벨이 즉시 그럴듯한 임시방편을 제시하였다.

"하지만, 만약 나의 그런 설명을 듣고서도 장로들의 생각이 바뀌지 않는다면 그때는 또 어찌한단 말이냐?" 사무엘의 표정은 여전히 어두웠다.

"스승님의 가르침을 듣고도 장로들이 생각을 바꾸지 않고 계속 고

　　　　　　　　　　　　　　　　소설 밧세바

집을 부린다면, 그때 가서 다시금 신께 여쭈어보겠다 하시면 되지 않겠습니까? 저는 신께서 당신의 택하신 백성을 위하여 반드시 가장 좋은 길로 인도해 주실 것이라 믿어 의심치 않습니다. 만약 신께서 당신이 원하는 사람으로 이스라엘의 왕을 세우시고자 하신다면, 그 또한 선하시고 공의로우신 하나님의 뜻이 아니겠습니까." 아히도벨이 총명한 눈빛을 반짝이며 늙은 스승을 안심시켰다.

"신의 평화가 함께하시기를!" 사무엘이 잠시 휴식을 좀 취하려고 자기 처소에 들어간 후에, 한자리에 모여 이른 아침 식사를 기다리며 담소를 나누고 있던 백성의 장로들 앞에 아히도벨이 찾아와 정중한 예를 올렸다. 장로들은 영민하고 단아한 모습의 젊은 선지자 아히도벨이 올리는 깍듯한 인사에 만족하여 모두 흐뭇하게 미소 지었다.

"사실 스승님께서는 지금 장로님들이 요구하시는 왕정 제도를 그리 탐탁히 여기지 않으시는 것 같습니다. 그러나 저는 그렇게 생각하지 않습니다. 제가 보기에 아마도 오늘 스승님께서 여러분을 모아 놓고 왕정 제도의 불편하고 모순되고 나쁜 점들만 부각하여 많은 문제를 상세히 설명하려 할 것입니다. 그러나 여러분 모두가 아시다시피 왕정 제도라는 것이 반드시 그렇게 불리한 면들만 있는 것은 아니지요. 무엇보다 갑작스러운 외적의 침입에 즉시 효과적으로 대처하기 위해서는 그 어떤 제도보다 왕정 제도가 가장 유리한 방식이라 생각합니다. 그리고 저는 오늘 이 자리에서 이스라엘의 위대한 선지자 사무엘 사사는 실제 나이와는 다르게 아직 너무나 건강하시다는 것을 분명히 말씀드리고 싶습니다. 더구나 지금 스승님의 영적 능력은 과거 그 어느 때보다 더욱 충만하십니다. 하나님께서 선택하신 이스라엘의 왕이라면 반드시 하나님의 신뢰와 총애를 받는 사람이 되어야 하지 않겠습니까? 장로님들께서는 그 점을 특별히 잘 고려하셔서 우리 이스라엘의 중대한 미래를 현명하게 선택해 주시기 바랍니다." 젊은 아히도벨이 장로들의 얼굴을 찬찬히 둘러보면서, 자신이 사무엘에게 조언했던 것과는 전혀 다른 확신에 찬 진정한 자신의 의견을 열정적으로 피력하였다.

"지금 이스라엘은 다른 신을 믿는 열방에 둘러싸여 언제 침략을 당할지 알 수 없는 정말 위태로운 상황에 직면해 있습니다. 바로 그 때문에 여기 계신 여러 장로님들의 뜻대로 우리의 조국 이스라엘도 강력한 왕을 세워 반드시 그들의 침략에 대비해야 할 것입니다." 젊은 아히도벨의 열변에 그를 주목하던 장로들이 크게 환호하였다.

"다시 한번 분명히 말씀드리지만, 우리 사무엘 선지자님이야말로 위험한 이 시대에 우리 이스라엘 민족을 안전하게 이끌어 가실 수 있는 유일한 지도자라는 것을 반드시 기억해 주시기 바랍니다." 아히도벨이 전력을 다해 장로들에게 열심히 호소하였다.

아침 식사가 모두 끝난 후, 예고하였던 대로 사무엘은 백성의 장로들을 선지자 수련원 넓은 앞마당으로 다시 불러 모았다.

"이제부터 그대들을 다스릴 왕정 제도에 대하여 설명하겠으니 잘 들으시오. 왕은 너희 아들들을 데려다가 그의 병거와 말을 어거하게 할 것이요. 너희 아들들은 그의 종이 되어 그 병거 앞에서 달리게 될 것이며, 왕이 또 너희의 아들들을 천부장과 오십부장을 삼을 것이며, 자기의 밭을 갈게 하고 자기 추수를 하게 할 것이며, 자기 무기와 병거의 장비도 만들게 할 것이며, 너희 양 떼의 십분의 일을 거두어 가리니 너희가 그의 종이 될 것이라. 그날에 너희는 너희가 택한 왕으로 말미암아 부르짖되 그날에 여호와께서 너희에게 응답하지 아니하시리라." 왕정 국가의 받아들이기 불편하고 혹독한 제도들에 대한 사무엘의 길고 지루한 설명이 끝없이 계속되었다.

"선지자시여, 여기 모인 우리는 당신의 이 모든 말씀에도 불구하고, 우리에게 반드시 왕이 있어야 하겠다고 일치된 의견으로 결정하였습니다. 우리도 다른 열방과 같이 되어 우리의 왕이 우리를 다스리며, 우리 앞에 나가서 우리의 싸움을 싸워야 할 것입니다. 부디 이스라엘의 하나님께 구하시어 우리에게 왕을 허락해 주십시오!"

"장로들께서 일치된 의견으로 그리 주장하시니 내가 오늘 밤 다시 한번 신께 아뢰어 보리다. 잠자리가 비좁고 불편하겠지만 장로들께서는 이곳에서 하루 더 묵으시면서 신의 말씀을 기다려 주시오." 말을 마친 사무엘은 대단히 불편한 표정으로 자기 처소로 들어가 버렸다. 그러나 장로들은 그대로 흩어지지 않고 몇 명씩 짝을 지어 둘러앉아 계속해서 새로운 왕정에 대한 여러 가지 의견들을 나누었다. 아히도벨은 장로들에게 무슨 불편한 점이라도 있는지 점검한다는 명목으로 그들이 모여 있는 장소마다 찾아다니며 최대한의 친절을 베풀었다. 언제나 조용하기만 했던 선지자 수련원은 이스라엘 각처에서 찾아온 장로들로 인해서 상당히 분주하고 시끌벅적했다.

날이 저물어 실로의 선지자 수련원 주변으로 완전히 어둠의 장막이 드리워지고 나서야 사무엘은 그의 처소 안에서 다시 깊은 기도에 들었다. 아히도벨을 비롯한 다른 제자들은 성막 안과 밖에 어느 정도 서로 떨어져 자리를 잡고 앉아서 각자 열정적인 기도를 올렸다. 넓은 수련원을 가득 메운 사람들이 각각 자기만의 방식대로 질러대는 여러 가지 독특하고 기이한 기도 소리가 함께 뒤엉켜 캄캄한 밤하늘로 흩어져 올라갔다. 아히도벨은 성막 가장 안쪽에 단정히 무릎을 꿇고 앉아 자신만의 독특한 기도 형식으로 깊은 상념의 세계로 빠져들었다. 넓은 선지자 수련원을 가득 메운 거대한 기도 소리는 마치 큰 동굴을 빠르게 흘러 지나가는 대양의 파도 소리처럼 깊고 웅장했다. 그중에서도 특별히 선지자 수련생들이 큰 소리로 빠르게 뱉어 내는 기이한 방언들은 세상 그 어디에서도 들어 볼 수 없는 기기묘묘하고도 섬뜩한 혼돈의 불협화음이 되어 위대한 선지자의 고향 실로의 거룩한 밤하늘을 어지럽게 수놓았다. 만약 사람이 자기 자신의 기도에 집중하지 못하고 귀가 밖으로 열려 이런 소리를 아무 생각 없이 듣고 있다 보면, 믿음이 부족하고 신의 영이 충만하지 못한 사람들은 어쩌면 아주 무시무시하고 소름 끼치는 지옥의 악령들이 목 터지게 외쳐대는 혼돈의 소리를 듣는 아주 특별한 경험을 할 수도 있었을 것이다. 그 밤에 이스라엘의 유일신께서는 그의 백성들이 정성을 모아 드리는 기도의 향연을 통해 하늘 높이 올라오는 경건한 향기를 취하도록 가득 흠향하셨다.

아히도벨은 정신력이 뛰어날 뿐 아니라 체력도 매우 좋았기 때문에 밤을 새워 기도하는 것이 그리 어렵게 느껴지지는 않았다. 다만 그동안 수도 없이 밤새워 정성을 다한 기도를 드렸어도 지금껏 그는 단 한 번도 신의 음성을 직접 들어본 경험은 없었다. 그렇지만 어떤 특별한 주제에 대해서 탁월한 집중력을 가지고 밤새도록 열심히 쉬지 않고 기도하고 나면, 언제나 그의 마음속에는 무언가 확실한 결론이 선명하게 떠올랐다. 그는 그것이 바로 신께서 자신에게 응답하시는 독특한 방식이라고 생각하였다.

"그래, 신께서 그대에게 무어라 말씀하시던가?" 이미 하나님의 응답을 받은 사무엘이 굳은 표정으로 제자 아히도벨을 똑바로 바라보았다.

"예, 스승님. 신께서 제게 주신 영감은, 이스라엘 백성에게 왕을 허락하라는 것이었습니다." 아히도벨이 공손히 머리를 숙였다.

"그렇구나. 신께서 내게도 똑같이 말씀하셨다. 비록 그것이 내 마음에는 흡족하지 않으나 신의 내리시는 명을 내 어찌하리오!" 사무엘은 못마땅해하면서도 아침 일찍 백성의 장로들을 불러 모아 하나님께서 그에게 내려 주신 말씀을 그대로 전하였다.

"주께서 당신들의 원하는 바를 들어주라 하셨으니, 그대들은 이제 각자의 성읍으로 돌아가 나의 새 소식을 기다리시오. 이제부터 나는 하나님의 명을 따라 이스라엘에 처음 왕을 세우는 일을 시작하도록 하겠소."

아히도벨은 사무엘을 대신하여 흩어져 돌아가는 장로들을 정중하게 배웅하면서 마음속으로 의미심장한 미소를 지었다.

'이번에 스승님께서 장로들의 선택으로 이스라엘의 초대 왕이 되신다면, 오래지 않아 그 자리는 반드시 나의 것이 되어야만 하리라!'

길로 성읍에 있는 엘리암의 집에서는 이른 새벽부터 산모의 날카로운 비명이 담을 넘고 있었다. 초산의 진통 중인 엘리암의 처를, 늙은 동네 산파와 시어머니가 정성을 다해 보살폈다. 남자들은 모두 전쟁터에 나갔고 집 안에는 여자들만이 분주하게 움직였다. 얼마 전 아내의 출산을 보려고 아이 아버지 엘리암이 집에 왔을 때만 해도 순하기만 했던 복중의 아기는, 갑작스러운 부대의 소집령을 받고 제 아비가 집을 떠나고 나자 무엇을 알기나 하는 듯이 유난히 몸을 분주히 움직이기 시작했다. 말없이 곁을 든든히 지켜 주던 남편이 갑자기 위험한 전쟁터에 소집되어 떠난 것 때문에 산모의 마음이 지극히 불안해진 것을 태아도 인지했던 모양이었다. 산모는 유난히 심한 진통으로 고통을 받으면서도 건강한 아기가 태어나기만을 간절한 마음으로 열심히 기도하였다.

"아니, 이게 무슨 일이람? 마님, 어째서 아기의 머리가 보이지 않을까요?" 땀을 뻘뻘 흘리며 산파가 흰머리를 계속해서 갸웃거렸다.

"여보게, 어찌 이리도 더디단 말인가? 무슨 안 좋은 문제라도 있는 것인지?" 엘리암의 모친이 어두운 표정으로 산파를 쳐다보았다.

"아무래도 태아의 머리가 조금 틀어진 것 같구먼요. 웬일인지 아기가 스스로 나오지 않으려 하는 것 같습니다. 먼저 머리를 제자리로 돌아오게 하지 않은 상태에서 너무 서두르다가는 산모와 아기의 생명이 모두 위험할 수도 있습니다. 마님께서는 뜨거운 물을 좀 더 가져오십시오." 산파가 지그시 눈을 감고 산모의 부풀어 오른 배를 이곳저곳 조심스레 만졌다. 이상하게도 산모의 진통은 더욱 심해지는데 출산의 기미는 아직 보이지 않았다.

해가 중천에 이르자 블레셋 진영에서는 오늘도 어김없이 거인 골리앗이 무기 드는 자를 대동하고 나서서 이스라엘 군대를 향해 거칠게 싸움을 걸어오기 시작했다.

"이 쥐새끼 같은 놈들아! 어두운 굴속에 숨어 벌벌 떨지만 말고 너희 그 잘난 신을 앞세우고 이리로 나오너라! 내가 너희 신의 목을 비틀고 네놈들의 허리를 분질러, 네놈들의 몸뚱이를 공중의 새들과 들짐승들에게 던져 주리라! 으하하!"

바로 그 순간, 모욕감에 치를 떨고 있던 엘리암의 눈앞에 도저히 믿을 수 없는 일이 펼쳐졌다. 손에 오직 목자의 막대기 하나만을 들고 있는 초라한 목동 차림의 한 작은 소년이 거대한 야수를 마주해 똑바로 마주 걸어 나가는 것이 보였다.

"너는 칼과 창과 단창으로 내게 오거니와, 나는 만군의 여호와의 이름, 곧 네가 모욕하는 이스라엘 군대의 하나님 이름으로 네게 가노라! 오늘 여호와께서 너를 내 손에 붙이시리니, 내가 너를 쳐서 네 머리를 베고 블레셋 군대의 시체로 오늘날 공중의 새와 땅의 들짐승들에게 주어 온 땅으로 이스라엘에 하나님이 계신 줄 알게 하겠고, 또 여호와의 구원하심이 칼과 창에 있지 아니함을 이 무리로 알게 하리라!" 홍안의 작은 소년이 용감하게 외치는 그 소리는 그야말로 엘리암 자신이 외치고 싶었던 내용 바로 그대로였다.

거인 골리앗을 향해 마주 달려가던 소년이 주머니에서 물맷돌을 꺼내어 물매에 걸고 힘차게 돌리더니 매끄럽고 단단한 차돌이 순식간에 거인의 미간을 뚫고 들어갔다. 거대한 거인의 몸은 썩은 고목처럼 천천히 그 자리에 힘없이 무너져 내렸다.

바로 자신들의 눈앞에서 믿을 수 없는 엄청난 광경을 직접 목격한 엘리암을 위시한 모든 이스라엘 군사들은 놀라움으로 넋이 다 나가고 벌어진 입을 닫지 못했다. 그 사이에 붉은 얼굴의 그 소년은 재빨리 죽어 자빠진 거인의 칼을 뽑아 그대로 내리쳐 골리앗의 목을 베었다. 엘리암은 마치 자신의 손으로 직접 거대한 적의 목을 베는 듯 온몸으로 파고드는 엄청난 전율을 고스란히 느꼈다.

소년 다윗의 물맷돌이 거인 골리앗의 이마를 뚫고 그의 영혼이 즉시 몸에서 빠져나가던 바로 그 순간에, 길로 성읍 엘리암의 집에서는 그의 아내가 엄청난 진통 속에 마침내 새까만 머리숱이 풍성한 예쁘고 건강한 딸아이를 출산하였다. 얼마간 지난 후, 아이의 할아버지 아히도벨은 언젠가 이 아이를 통해서 자신의 평생 한을 반드시 풀고 말겠다는 의미를 담아서 손녀의 이름을 맹세의 딸, 밧세바라고 명명하였다.

2. 기스의 아들

베들레헴 시골 촌마을에서 올라온 나이 어린 홍안의 보잘것없는 이스라엘 목동이 밑동 썩은 거대한 거목처럼 맥없이 쓰러진 거인 골리앗의 목을 단칼에 내려치는 놀라운 광경을 보고, 용기백배한 엘리암은 누구보다 먼저 창을 높이 치켜들고 함성을 지르면서 놀라움에 완

전히 얼이 빠진 블레셋 군사들을 향하여 맹렬하게 돌진해 들어갔다. 그의 뒤를 따라서 이스라엘과 유다 사람들이 모두 박차고 일어나서 큰 함성을 지르며 블레셋 군사를 쫓아 가이와 에그론 성문까지 이르렀다. 블레셋 사람의 상한 자들은 사아라임 가는 길에서부터 가드와 에그론까지 도망가다가 철저하게 도륙당하였다. 이스라엘 자손은 전력을 다해 그들을 쫓다가 돌아와서 텅 빈 블레셋 진영을 마음껏 노략질하였다.

이스라엘의 새로운 영웅으로 떠오른 기적의 소년 목동이 사울 왕의 군대장관 아브넬의 인도를 받으면서, 아직도 뜨거운 피가 흥건히 흐르고 있는 거인 골리앗의 머리통을 한 손으로 움켜쥐고서 처음으로 사울 왕을 마주하던 바로 그 자리에는 당대의 천재적 모사 아히도벨도 함께 자리하고 있었다.

"오, 위대한 소년이여! 그대는 누구의 아들이며 이름은 무엇이라 하느냐?" 사울이 자리에서 급히 일어나서 만면에 만족스러운 웃음을 지으며 반갑게 소년 목동을 맞이하였다.

"나는 주의 종 베들레헴 사람 이새의 아들로서, 이름은 다윗이라 하나이다." 골리앗의 머리통을 곁에 선 병사에게 넘겨준 소년이 왕 앞에 오른 무릎을 꿇으며 공손히 머리를 숙였다.

'아니! 다윗이라고! 이 소년 영웅의 이름이 진정 그 다윗이란 말인가!' 사울의 옆에 함께 서 있던 아히도벨은 소년의 이름을 듣는 순간 너무나 놀라서 벌어진 입을 다물지 못했다.

소설 밧세바

"아무리 생각해 보아도 지금 이 어지러운 나라의 왕이 되실 수 있는 분은 오직 스승님뿐이십니다." 무릎을 꿇은 아히도벨이 결연한 표정으로 사무엘을 절절히 올려다보았다.

"애당초 나는 이제 나이 많으니 뒤로 물러서 달라는 것이 장로들의 주장이 아니었더냐? 나의 못난 자식들이 이스라엘의 사사로서 인정받지 못하고 백성들에게 배척받고 있는 이 마당에 내가 다시 왕이 되겠다고 나서는 것은 정말 모양새가 좋지가 않아. 결단코 백성들의 진정한 지지를 받을 수 없을 것이다." 힘없이 고개를 돌리는 사무엘의 얼굴에서 순간적으로 인간적인 안타까움과 연민의 표정이 떠올랐다.

"스승님은 아직 육십 세도 넘지 않으셨는데 나이가 너무 많다는 것은 이치에 닿지 않습니다. 옛적 민족의 지도자 모세께서는 나이 팔십에 하나님의 부름을 받아 사십 년 동안 이스라엘을 다스리셨습니다. 스승님께서 옥체를 잘 보존하시고 제가 곁에서 정성껏 보조해 드린다면 향후 이십 년 이상 아무런 문제도 없을 것입니다. 그 이십 년 동안에 충분한 시간을 가지고 이스라엘을 위하여 가장 적절한 차기 후계자를 치밀하고 계획적으로 준비하시면 될 것이 아닙니까!" 아히도벨의 얼굴이 강렬한 신념으로 더욱 빛났다.

"네가 그렇게 말해 주니 참으로 고맙구나. 물론 네 충심은 내가 잘 알고 있다. 하지만 그런 중요한 문제는 내가 직접 여호와께 다시 여쭈어볼 것이니라. 그러니 주님의 뜻이 무엇인지 확실히 알기 전에는 그 누구도 함부로 경거망동해서는 절대로 안 될 것이야!" 아무도 눈치채지 못하게 깊이 숨겨 놓은 거대한 야심으로 가슴이 거칠게 이글거리고 있는 사랑하는 자신의 수제자를 향해 사무엘이 차갑고도 엄한 표정을 지어 보였다.

그러나 마치 열병을 앓는 것처럼 두근거리는 가슴을 안고 자기 숙소로 돌아온 아히도벨은 어떻게 해야 이번 기회에 기필코 자기의 스승 사무엘 선지자를 이스라엘의 초대 왕으로 세울 수 있을 것인지에 대해 고민하느라고 더욱 깊은 생각의 소용돌이 속으로 한없이 빠져들었다.

'만약 이번에 스승님께서 이스라엘의 왕이 되기만 하신다면 그다음 차례에는 반드시 나에게 절호의 기회가 올 수 있으리라. 나에게 찾아오는 이 기회를 보다 공고한 것으로 만들어 두기 위해서는 우선 이곳의 선지자 수련생들의 마음부터 확실하게 얻어 두는 것이 가장 중요하다.' 아히도벨은 밤을 꼬박 새워 가며 마침내 자기가 이스라엘의 위대한 왕이 되어 백성들을 다스리는 거대한 상상의 탑을 세우고 또 무너뜨리기를 끝없이 반복하였다. 아주 어린 시절부터 그의 가슴속에 움터 있던 권력을 향한 욕망의 작은 나무가 갑자기 쑥쑥 자라더니 구름을 뚫고 하늘 끝까지 올라가 천지 사방을 가득 덮는 것 같았다.

'나는 이번 기회에 스승님을 반드시 이스라엘의 처음 왕으로 세워야 한다. 어차피 연로한 스승님의 운명이야 시간이 알아서 해결해 줄 것이고, 결국 모든 것은 내가 어찌하느냐에 따라 크게 좌우된다. 이번에 스승께서 왕이 되기만 하신다면 그 자리는 머지않아 필연적으로 나의 것이 되고 말 것이다. 지금 이 나라 이스라엘 땅에 나보다 더 완벽하게 왕의 자격을 갖춘 자가 어디에 있겠는가! 나야말로 오랫동안 하늘이 준비한 이스라엘 왕좌에 어울리는 진정한 재목이 아니겠는가! 반드시 내가 왕이 되어 우리 이스라엘 민족을 모든 열방의 으뜸으로 만들고, 나를 왕으로 인도하신 하나님의 영광을 온 천하에 드높이리라.'

젊은 아히도벨은 밤새 잠들지 못하고 뒤척이면서 자신이 이스라엘의 왕이 되었을 때 시행할 여러 가지 구체적인 정책들을 열심히 세우고 또 세웠다.

"주께서 내게 명하심을 따라서, 내일 나는 숩 땅으로 건너가서 백성들의 산당 제사에 참여할 예정이다. 아마도 달포는 족히 걸리는 일정이니라. 나는 따로 어린 제자 하나를 데리고 갈 터이니, 너는 이곳 실로에 남아 제자들을 잘 돌보도록 하여라."

"이스라엘의 새 왕을 세우기 위한 준비는 잘되고 있으신지요? 혹시라도 제가 도울 일이 있으시면 부디 말씀해 주십시오. 제자, 스승님을 위해 전력을 다하겠습니다." 이히도벨이 결의에 찬 눈을 반짝이며 사무엘 앞에 공손히 허리를 숙였다.

"내일 바로 그 일을 준비하기 위해서 길을 떠나는 것이니라. 여호와께서 하시는 일이니 함부로 인간의 욕망을 내세워서는 아니 된다. 나와 너는 그저 하나님께서 사용하시는 도구에 불과하다는 것을 항상 명심하거라. 내가 자리를 비운 동안에도 제자들과 함께 이스라엘의 안위를 위하여 밤마다 기도의 제단 쌓는 일에 정성을 다하도록 해라. 너는 이 수련원의 수제자로서 더더욱 다른 수련생들의 모범이 되어야 하느니라. 이 점을 각별하게 명심하도록 하여라." 사무엘이 자꾸만 자신에게 이스라엘의 왕이 되어야 한다고 계속 졸라대는 아히도벨에게 짐짓 엄한 얼굴을 내보이며 강하게 경계하였다.

　다음 날 이른 새벽에 사무엘은 수제자 아히도벨에게 선지자 수련원의 모든 책임을 맡기고 손에 나무 지팡이 하나만을 들고서 서둘러 길을 떠나갔다.

　사무엘이 수련원을 떠나자, 아히도벨은 자신의 개인 사재까지 헐어서 평소보다 더 좋은 음식을 많이 준비하고 수련생들에게 풍성하게 제공하였다. 수련생들이 밤마다 의무적으로 반드시 참여해야 하는 엄격한 의무기도 시간도 조금 더 유연하게 선택할 수 있도록 허용해 주었다. 그는 일단 수련생들의 신임과 지지를 확고히 하기 위해 최선을 다해 그들을 더욱 친절하게 대했다.

　아히도벨은 특별히 자신을 추종하는 젊고 똑똑한 수련자들만을 별도로 골라 머지않아 백성의 대표들이 초대 왕을 선출하게 될 때 사용하게 될 여호와의 뽑기 도구들을 준비하도록 지시했다. 고대로부터 이스라엘 민족은 대단히 중요한 사안을 결정하여야 할 때는 신께서 모세를 통해 가르쳐 주신 뽑기라는 그들만의 고유한 제도를 사용하였다. 그들은 그것이야말로 모두에게 가장 공정한 기회를 제공한다고 생각하였다. 그 뽑기의 과정을 통해서 전능하신 그들의 신께서 반드시 개입하시고 직접 결정해 주시는 가장 완벽한 방식이라고 확신하였다.

　그러나 매우 영민하고 특별히 이성적인 아히도벨의 생각은 조금 달랐다. 그는 이스라엘 백성이 외적의 수많은 침략을 이겨 내고 평화와 풍요로움을 누리며 행복하게 살기 위해서는 반드시 자신과 같은 걸출한 능력을 갖춘 자가 왕이 되어야 한다고 생각하였다. 또 바로 그 때문에 자기 스스로 왕이 되기로 굳게 결심하였다. 그러기 위해서는 바로 그 전 준비 단계로서 어떻게 해서든지 자신의 스승인 사무엘 선지자를 먼저 왕위에 올리려는 자기 자신의 계획을 착오 없이 확실하게 달성해야만 했다. 벌써 여러 번 사무엘 선지자에게 왕위에 오를 것을 강력히 권유했지만, 어찌 된 일인지 이 늙은이는 계속 뜨뜻미지근하게 알 수 없는 표정만 지었다. 그냥 두었다가는 자칫 자신의 목표를 이룰 수 없을 것이란 생각이 들었다.

'설사 본인이 원하는 것이 아니라 하더라도, 그것이 분명한 하나님의 뜻이라는 것을 확실히 뒷받침한다면 계속 사양할 수만은 없을 터이다. 반드시 무언가 특별한 방도를 즉시 찾아내야 하겠다.' 아히도벨의 생각은 기필코 자신의 욕심을 이루어 내기 위해 더욱 빠르고 거칠게 굴러갔다.

그는 자신을 따르는 젊은 제자들이 준비한 똑같은 모양의 뽑기 도구에 다른 사람은 결코 식별하기 어려운 특별한 아주 작고 은밀한 표식들을 직접 숨겨 두었다. 아히도벨은 자기가 준비하고 있는 이 모든 과정 그 자체 속에도 하나님께서 당연히 함께하고 계시는 것이라고 굳게 믿었다. 세세하게 세워 놓은 이 모든 계획에 대해서 자기 자신이 이미 하나님께 구체적으로 기도를 통해 여러 번 말씀드렸고, 자신은 오직 하나님께서 허락하시는 지혜를 따라 이 모든 준비를 하고 있다고 생각하였다. 그러므로 이제 스승 사무엘 선지자가 이스라엘의 첫 왕이 되고, 이어서 그 자리가 자기에게 돌아오는 그것은 하나님의 지극히 거룩하고 선하신 뜻이라는 것을 조금의 의심도 없이 자연스럽게 확신하였다.

"신의 평화가 함께하시길!" 스승 사무엘 사사를 이스라엘의 초대 왕으로 옹립하기 위한 특별 계획을 추진하기 위해서 혼자서 여러 날 고심한 끝에, 우선 자신을 대신해서 임시로 전면에 나서 주어야 할 인물을 이미 마음에 정한 아히도벨이 아주 오랜만에 사무엘의 장자이며 공식적인 당대의 사사인 요엘을 찾아왔다.

"유망하신 아버님의 수제자께서 어인 일로 예까지 행차를 하셨나?" 요엘이 가볍게 형식적인 예를 취하면서도 아히도벨을 외면하며 빈정거렸다.

"요엘 사사, 참으로 오랜만에 뵙는군요. 그간 편안하셨습니까? 이제 머지않아 이스라엘의 초대 왕을 선출하는 나라의 중요한 행사가 있게 될 것입니다. 그것을 알고 계셨습니까?"

"그 무슨 헛소리요! 나와 내 아우 아비야가 이스라엘의 사사로 임명되어 멀쩡히 두 눈 뜨고 있는데, 감히 왕을 따로 또 뽑는다고? 어림없는 소리! 우리가 그런 해괴망측한 짓을 그냥 두고 볼 줄 아느냐?" 요엘이 앞뒤 따져보지도 않고 금방 흥분하여 목소리를 높였다.

"아아, 제발 진정하시고 제 말을 좀 더 들어보십시오. 그것은 얼마 전에 백성의 장로들이 실로의 선지자 수련원까지 찾아와 그들의 뜻을 모아 스승님께 건의드린 것이고, 스승님께서도 이미 그리하기로 마음을 굳히신 일입니다. 벌써 이스라엘의 전능하신 신께서도 허락하신 일이라고 크게 소문이 나서, 이제는 그 누구도 다시 바꿀 수도 없는 확정된 일이랍니다." 아히도벨이 차분한 목소리로 차근차근 설명해 주었다.

"그렇다면 마땅히 사무엘 선지자의 장자이며 현직 사사인 내가 왕으로 선출되어야 마땅하지 않겠느냐?" 요엘이 흥분을 가라앉히지 못하고 계속 씩씩거렸다.

"그럼요. 당연히 그리되어야 하지요. 그러나 본인께서도 잘 아시다시피 지금은 요엘 사사를 보는 백성들과 장로들의 감정이 그리 좋지 않은 것이 대단히 풀기 어려운 문제입니다. 요엘 사사가 진정 이스라엘의 왕이 되시고자 하는 생각이 있으시다면 반드시 무언가 다른, 아주 특별한 방법을 찾으셔야 할 것입니다." 아히도벨이 심각한 표정으로 가까이 다가와 요엘의 얼굴을 빤히 쳐다보면서 목소리를 낮추어 속삭였다.

"오, 그대에게 무슨 좋은 방도가 있었구먼. 그래, 뜸 들이지 말고 어서 시원하게 말씀해 보시게. 어떻게 하면 내가 이스라엘의 초대 왕으로 선출될 수 있겠는가?" 번지르르한 요엘의 얼굴에 새로운 야욕의 미소가 꿈틀거렸다.

"요엘 사사가 진정으로 이 나라의 왕이 되시고자 하시는 마음이 있으시다면, 지금부터 제가 하는 말을 주의해서 잘 들으시고 정확하게 그대로 행하셔야만 합니다.

사실상 지금은 아직 요엘 사사가 백성들의 전면에 직접 나서실 때가 아닙니다. 근래에 사사에 대해 노골적으로 불만을 터뜨리고 있는 장로들에게 무작정 정면으로 대응하는 것은 그리 현명한 행동이 아니지요. 그렇게 무모하게 무작정 들이댈 것 아니라, 지금으로서는 뒤로 잠시 물러서 계시면서, 우선은 아직도 백성들의 높은 신망을 받고 계신 스승님을 전면에 내세우시는 것이 가장 좋은 방책입니다.

일단 스승님께서 먼저 이스라엘의 초대 왕으로 추대되신 후, 시간을 가지고 차근차근 왕권을 강력하게 장악하는 겁니다. 그 이후에 전격적으로 요엘 사사를 공식적인 후계자로 임명하시게 만들어야지요. 사사는 향후의 왕세자로서 그저 아버님께 잘 보이기만 하시면 됩니다. 자식을 이기는 부모는 없는 법이지요. 그리고 솔직히 말해서 늙은 스승님께서 앞으로 사시면 얼마나 더 사실 수 있겠습니까!"

아히도벨은 아주 진지한 표정으로 자기 자신이 가지고 있는 엄청난 야욕은 감쪽같이 숨긴 채, 어리석은 요엘의 무지막지한 욕망에 슬그머니 불을 붙여 놓았다.

"하지만 부친께서 나이 드셨음을 이유로 이미 칠 년 전에 사사의 직까지도 스스로 우리에게 양위하신 마당에, 다시금 이스라엘의 새 왕으로 옹립하기에는 너무 늙었다 하지 않겠소이까?" 요엘이 미심쩍은 표정으로 입을 삐죽거렸다.

"절대 그렇지 않습니다. 지금도 스승님에 대한 백성들의 절대적인 존경과 지지는 조금도 줄어들지 않았습니다. 만약 스승님께서 이번에 이스라엘의 초대 왕으로 나서겠다고 말씀만 하신다면, 이 땅에서 그 누가 감히 반대하며 대적할 수 있겠습니까? 더구나 사사도 잘 아시다시피 스승님은 사실 아직 예순도 되지 않으셨습니다. 지금도 매우 건강하시니, 앞으로 이십 년은 너끈하실 것이라고 우리가 나서서 백성들을 열심히 설득해야지요. 정치라는 것이 결국 분위기가 아니겠습니까! 어떻게든 한 번 바람을 불러일으키기만 하면 사무엘 선지자께서 이스라엘의 초대 왕이 되시는 것은 손바닥을 뒤집기보다 더 수월할 것입니다. 일단 스승님께서 이번에 반드시 왕으로서 옹립되셔야만 사사도 그다음이라는 기회를 얻게 된다는 점을 명심하셔야 합니다. 그리고 이런 과정을 통해 훗날 사사가 왕위에 오르시고 나면, 저에게는 확고한 이인자의 자리와 제 가문의 항구적인 부귀영화를 약속해 주셔야 합니다. 오늘날과 같이 어지럽게 격변하는 이 복잡하고 위태로운 주변 상황 속에서 사사나 저와 같이 유능하고 뛰어난 인재가 아니고서 대체 그 누가 이스라엘의 왕이 되어 나라를 이끌 수 있단 말입니까!" 아히도벨이 정색을 하면서 열변을 토했다.

"하기는 아버님께서 나서시기만 한다면야 지금 이스라엘에 아버님을 능가할 적임자는 없겠지요. 그러나 요즘 같아서는 당신께서도 나를 조금 못마땅하게 생각하시는 것 같으니, 아버님께서 왕이 되신 이후에 정말로 그 자리가 내게 돌아오게 될지 어떨지 어찌 확신할 수 있겠소?" 요엘이 여전히 떨떠름한 표정을 지었다.

"하하하, 별걱정을 다하시는군요. 제가 말씀이야 이렇게 드리기는 하지만, 노인의 앞일이란 그 누가 정확히 장담할 수 있겠습니까? 스승께서 이미 왕이 되신 이후에는, 사사는 아마 그리 오래 기다리시지 않아도 되지 않겠습니까? 그까짓 구체적인 여러 방법쯤이야 사사도 이미 더 잘 알고 계실 것 같은데요? 더구나 제가 사사의 곁에서 절묘한 지혜로 함께 도모해 드릴 것이니 아무 걱정하실 것 없습니다." 아히도 벨이 요엘의 가슴속에 타오르기 시작한 무모하고 어리석은 욕망의 걷 잡을 수 없는 불길에 다시 한번 기름을 흠뻑 부어 주었다.

"음, 무슨 말씀인지 잘 알아듣겠소이다. 그대가 나를 도와 이 거사를 성공시켜 주기만 한다면 내 어찌 그대의 공을 잊을 수 있겠소. 그대와 그대의 집안은 영원한 공신의 집으로 나와 함께 대대로 크나큰 권세 를 누릴 것이오. 그런 것은 걱정하지 말고, 그러면 이제 내가 어찌해 야 하는지나 자세히 알려 주시오." 그제야 아히도벨의 이야기가 완전 히 이해가 된다는 듯 고개를 끄떡이는 요엘의 얼굴이 한층 밝아졌다.

"스승님께서 이번 여행에서 돌아오시면 바로 열두 부족의 대표들을 택하여 어딘가 한 장소로 소집하게 됩니다. 먼저 어느 족속에서 왕이 나올 것인가를 정하게 되는 맨 처음 뽑기에 베냐민 족속을 대표해서 참여할 사람으로 제가 요엘 사사를 강력히 추천할 계획입니다. 그것 이 받아들여지면, 사사는 순서를 정하는 패 뽑기에서 반드시 제일 앞 번호를 뽑으셔야 합니다." 아히도벨이 자신의 입을 요엘의 귀에 가까 이하고서 오른손을 가져다 붙이며 나지막이 속삭였다.

"대체 무슨 재주로 내가 제일 앞 번호를 뽑을 수 있다는 말이오?" 요 엘이 두 눈을 껌뻑이며 곁눈으로 아히도벨을 힐끔거렸다.

"제가 머지않아 틀림없이 그렇게 될 수밖에 없는 기발한 방법을 완 벽하게 준비한 이후에, 그 내용을 다시 상세하게 알려 드리겠습니다. 사사는 그저 아무것도 모르는 척 태연하게 연기만 잘해 주시면 됩니 다." 아히도벨이 이미 왕좌에 오른 것 같은 착각 속에 무모하고 거친

소설 밧세바

욕심으로 눈이 먼 요엘의 손을 힘주어 잡아 주었다.

며칠 후, 신의 지시를 따라 숩 땅을 여행하고 돌아온 선지자 사무엘은, 전국에 제자들을 파견하여 백성들의 대표자들을 급히 미스바로 불러 모았다.

"너희 조상을 애굽에서 인도해 내신 이스라엘 하나님 여호와께서 너희에게 왕을 세우라 명하셨다. 이제 각 지파의 대표들은 앞으로 나와 여호와의 뽑기를 위한 순서를 정하도록 하라." 모두가 긴장한 얼굴로 경청하는 가운데 드디어 사무엘의 엄중한 지시가 떨어졌다. 이스라엘의 열두 지파 대표들은 각기 자기들끼리 별도의 모임을 거쳐서, 선지자 수련원 측에서 준비해 준 도구로 여호와의 뽑기 방식을 통해 각 지파를 대표할 집안을 결정하였다. 당연하게도 베냐민 지파에서는 사무엘 선지자의 집안이 대표로 선택되었다.

이미 성결함으로 구분되어 선발된 선지자 훈련생들로 구성된 준비위원들이 절도 있게 뽑기 기구들을 탁자 위에 반듯이 펼쳐 올려놓았다. 기구를 올려놓은 커다란 둥근 탁자를 가운데 두고, 사무엘 선지자를 중심으로 좌우에 빙 둘러선 열두 지파의 대표들은 말없이 각기 신중하게 하나씩의 나뭇조각을 손에 잡았다. 순간 숨 막히는 정적을 가르면서 사무엘이 손을 허공으로 번쩍 들어 올림과 동시에 모두 일시에 자기가 쥔 나무패를 탁자 위에 올려놓았다. 날카로운 시선들이 쏟아지는 탁자 위에는 요엘이 대표로 나선 베냐민 지파의 나뭇조각에 뚜렷한 첫 번째 순서의 표식이 선명하게 새겨져 있었다.

베냐민 지파의 대표 요엘 사사가 의미심장한 미소를 짓고서 모두를 한 번 쭉 둘러본 후 가장 먼저 천천히 패를 골라잡았다. 이어서 나머지 열한 부족의 대표들도 첫 나무패에 새겨져 있던 순서대로 소리 없이 움직여 두 번째 패를 다 골라 자신들의 손에 쥐었다. 그 누구도 먼저 자기 패를 훔쳐보는 사람은 없었다. 사무엘과 장로들이 눈을 부릅뜨고 지켜보는 가운데, 다시 한번 사무엘 선지자의 수신호를 따라 뽑힌 패들이 둔탁한 소리를 내면서 탁자 위에 일제히 펼쳐졌다. 잘 다듬어진 작은 나무 조각들이 올려진 탁자 위로 그 방에 있던 모든 사람의 강렬한 눈길이 폭포수처럼 한 나무패에 쏟아졌다.

"아! 베냐민 지파가 뽑혔다. 자, 여러분이 모두 보신 바와 같이 베냐민 지파가 선택되었습니다. 이제 다른 부족의 대표들은 뒤로 물러들 서 주시고, 베냐민 지파의 대표 가족들은 앞으로 나서시오." 창백한 표정의 사무엘이 큰 소리로 엄숙하게 선언하였다. 뒤로 물러서는 열한 지파의 대표들과 새로이 탁자 앞으로 이동해 나오는 베냐민 지파의 대표 가족들이 엇갈리면서 실내는 한동안 어수선해지고 방 안은 사람들의 소곤거리는 소리로 가득했다.

베냐민 지파에서는 기스가 속한 마드리 가족을 위시해서, 사무엘이 속한 엘가나의 가족 등 모두 여덟 가족이 대표로 나서게 되었다.

"사무엘 선지자님은 이 행사를 주관하고 계시므로, 공정한 진행을 위해서 엘가나 가족의 대표로서는 당연한 관례에 따라 사무엘 선지자님의 장자이신 요엘 사사가 참가하셔야 합니다." 그동안 사무엘의 곁에 서서 모든 과정을 말없이 지켜보기만 하던 아히도벨이 앞으로 나

소설 밧세바

서면서 뚜렷한 음성으로 선언하였다. 순간 잠시 방 안에서는 이런저런 의견들로 소란스러움이 있었지만, 아히도벨의 주장이 가장 자연스러운 방법으로 인정되었다. 결국 애당초 그가 계획했던 대로 요엘이 집안의 대표로 나설 수 있게 되었다.

"사무엘 사사의 집안이 포함되었으므로 공정한 하나님의 뽑기를 진행하기 위해서 지금부터는 다른 사람이 행사를 주관하는 것이 옳을 것 같습니다." 이미 뽑기에서 탈락하여 뒤쪽으로 물러서 있던 다른 족속의 나이 든 장로 한 명이 손을 들고 제안하였다.

"일리가 있는 말씀입니다. 그렇다면 사무엘 선지자를 대신해서 누가 이 행사를 진행하는 것이 좋겠습니까?" 아히도벨이 장로들을 돌아보며 공손한 태도로 물었다.

"내 생각으로는 지금 말씀하고 계신 아히도벨 선지께서 주관하시는 것이 공정할 것 같소이다. 여러분의 생각은 어떻습니까?" 처음 사무엘이 아닌 다른 진행자가 필요하다고 제안한 나이 든 그 장로가 앞으로 나섰다.

"그거 좋은 생각이오. 나도 찬성합니다. 그렇게 합시다." 주변이 웅성거리고 다소 시끄러운 가운데 결국 아히도벨이 사무엘 선지자를 대신해서 계속 진행을 맡는 것으로 결정되는 듯하였다. 요엘과 아히도벨의 뜨거운 눈빛이 날카롭게 허공에서 서로 부딪쳤다. 그들이 자신들의 계획이 순조롭게 진행되고 있음에 만족스러운 미소를 떠올리려 하는 바로 그 순간, 사무엘이 사람들 앞으로 크게 손을 흔들며 앞으로 나섰다.

"나와 내 가족은 이번 추첨에서 제외하겠다." 갑자기 사무엘 선지자가 베냐민 지파 대표들에게 엄숙히 선언하였다.

"아니, 무슨 말씀입니까? 왜 우리 가족만 불공평한 대우를 받아야 한다는 겁니까? 이것은 하나님의 제비뽑기인데 사람이 함부로 개입할 수는 없는 것 아닙니까!" 사무엘의 장자 요엘이 제 아비에게 거칠게 항의하였다.

"그렇습니다. 아무리 선지자님이라 하더라도 하나님의 제비뽑기를 마음대로 결정하실 수는 없습니다. 이 뽑기는 사람의 손으로 진행하는 것이지만 이 모든 과정 중심에 하나님의 보이지 않는 손이 관여하셔서 거룩하시고 흠 없으신 선택을 하시는 것입니다! 그러므로 그 결과를 온전히 하나님께 맡겨 드리는 것이 가장 옳은 방법이라고 생각합니다." 그간 스승이 함께 있는 자리에서는 항상 조용히 뒤에 물러서 있기만 했던 아히도벨이, 이번에는 오랜 자신의 관례를 깨고 스승의 말씀에 직접 반대하면서 강력하게 나섰다.

"오래전에 이미 여호와께서 내게 직접 명하신 것이다. 더는 시끄럽게 하지 말아라!" 사무엘이 화로 인해 얼굴이 거칠게 붉어진 큰아들과 사랑하는 수제자를 슬며시 외면하며 조용히 선언하였다.

"그러나 스승님, 주님께서는 또한 제게 분명히 말씀하시기를, 하나님께서 예비한 이 제비뽑기를 반드시 누구에게나 공정하게 시행하라 명하셨나이다!" 아히도벨이 굳은 표정으로 나서며, 그의 생애 처음으로 스승의 뜻에 다시 한번 단호한 반대의 뜻을 분명하게 표시하였다.

"아히도벨! 사랑하는 나의 제자여, 물러서거라! 아직은 너의 때가 아니니라! 너는 인내심을 가지고 네 때가 이르기까지 기다리고 기다리라!" 사무엘이 지극히 안타까운 표정으로 아히도벨을 바라보며 낮은 음성으로 조용하게 그러나 단호하게 명령하였다

"하지만 스승님, 저는." 아히도벨의 부릅뜬 눈은 스승의 명령을 정면으로 거부하며 거친 욕망으로 더욱 활활 타올랐다.

"아히도벨, 나의 자랑스러운 제자야! 지금 네가 해야 할 단 하나의 일은 그만 그 입을 다물고 조용히 기다리는 것이니라!" 사무엘 사사가 마치 전혀 다른 사람이라도 된 것처럼 거부할 수 없는 엄청난 위엄으로 아히도벨을 노려보면서 강력하게 저지하였다. 이상하게도 아히도벨은 순간적으로 몸과 혀가 굳어져서 아무런 말도 할 수가 없었다. 그저 머릿속이 하얗게 지워진 듯, 혼이 빠져나간 듯, 허깨비 같은 표정으로 간신히 버티고 서 있을 뿐이었다. 현장에서 아히도벨이 갑자기 충격적인 모습으로 변해 버린 현상을 직접 본 사람들 역시 놀라움에 두려워할 뿐, 이제 사무엘 선지자의 강력한 권위에 도전할 사람은 거기에 아무도 없었다. 요엘 사사도 그저 얼굴만 붉히고 씩씩거릴 뿐 어쩔 줄 모르고 있다가 끝내 아무 말도 하지 못했다.

그리고, 사무엘의 주관으로 계속 이어진 하나님의 뽑기에서는 그 누구도 예측하지 못했던, 아히도벨보다 한 살이 더 많은 겸손하고 준수한 장신의 청년, 기스의 아들 사울이 이스라엘의 초대 왕으로 선출되었다.

3. 이스라엘의 새 별

　사울의 큰아들 요나단은 얼굴이 붉은 청년 다윗을 너무나 사랑하여 형제의 맹약을 맺었다. 이스라엘 초대 왕 사울은 물맷돌 하나로 거인 골리앗을 쳐 죽인 민족의 새로운 영웅 다윗을 약속대로 자기 군대의 장으로 삼았다.

"군사, 다윗 장군이 아직 모든 것에 익숙하지 못할 것이니, 당분간 군사께서 그의 곁에서 좀 보살펴 주시오." 다윗이 사울 군대의 장군으로서 처음으로 블레셋군과의 전쟁에 출전하게 되었을 때, 사울은 자신의 원로 모사 아히도벨에게 매우 특별한 새로운 임무를 지시하였다.

"예, 대왕 폐하. 소인이 비록 나이 많아 예전처럼 민첩하지 못하겠지만 최선을 다해 성심껏 도와드리겠습니다. 대왕께서는 아무 걱정하지 마십시오." 아히도벨이 공손한 대답으로 사울을 흐뭇하게 해 주었다.

청년 장수 다윗은 블레셋 남부 지역을 기습 공략하는 침략 전쟁의 선봉대를 맡아 출정하게 되었다. 청년 장수를 위해 특별히 준비된 거대한 백마 위에 앉아 당당한 대장군의 위상을 갖추고 처음 전쟁에 출전하는 그의 얼굴은 긴장과 설렘으로 더욱 붉어져 있었다.

"다윗 장군, 너무 긴장하실 것 없습니다. 당분간 제가 곁에서 늘 함께하면서 보조해 드리겠습니다. 나는 사울 왕의 원로 모사, 아히도벨이라는 사람입니다." 다소 마른 얼굴에 하얀 수염이 인상적인 아히도벨이 그의 깊은 눈에 부드러운 미소를 띠며 손을 내밀었다.

"아히도벨 모사님, 감사합니다. 나이 어린 제가 갑자기 중책을 맡고 보니 정말 어찌해야 좋을지 모르겠습니다. 아무쪼록 제가 처음 하는 이 출전에서 부끄러운 실수하지 않도록 잘 좀 인도해 주시기를 부탁드립니다." 준수한 모습의 다윗이 얼굴을 조금 더 붉히며 겸손한 얼굴로 아히도벨에게 고개를 숙였다.

"오늘의 전쟁에서 장군께서는 반드시 크나큰 승전을 거두실 것입니다. 그러나 지금부터 제가 드리는 말씀들을 반드시 잘 기억해 두셔야만 합니다. 이번 전쟁에서 크게 이기게 되더라도 승리에 너무 도취하지 마시고 냉정하여야 합니다. 언제나 그 승리의 공을 가장 먼저 하늘의 신께, 그다음은 장군의 주군이신 사울 대왕께 돌리서야 합니다. 그리고 또 그다음에는 전쟁에서 수고한 군사들의 공로를 치하해 주서야 합니다. 어떤 사람에 대한 평가라는 것은 그 어떤 경우에도 자기 자신이 직접 하는 것이 절대로 아닙니다. 그 평가는 반드시 다른 사람들이 하는 것이라는 사실을 항상 명심하시기 바랍니다. 앞으로 살아가는 동안 그 어떤 경우에도 장군 스스로 칭찬하지 마십시오. 이 말씀은 이번뿐 아니라 훗날 장군께서 권력의 최고 정점에 올라서게 되는 그 순간에도 반드시 잊지 마시고 기억하시기 바랍니다." 아히도벨이 그 특유의 약간 느린듯하면서도 강렬한 낮은 어조로 속삭였다.

"귀한 말씀 늘 가슴에 깊이 새기겠습니다. 정말 감사드립니다." 청년 장수 다윗은 자신의 첫 출전에서 모사 아히도벨의 진정 어린 조언을 듣고 큰 용기와 깊은 감명을 받았다.

그날의 전쟁은 아히도벨이 예측한 그대로 이스라엘의 대승으로 간단히 끝이 났다. 전쟁에서 크게 승리하고 나팔을 불며 왕궁으로 돌아오는 이스라엘 군대의 행진 대열 가장 선두에는 청년 장군 다윗이 사울 왕과 말머리를 나란히 하였다.

"사울이 죽인 자는 천천이요, 다윗은 만만이로다!"

사울 왕이 전쟁에서 블레셋 사람들을 죽이고 돌아오는 길에는 여인들이 이스라엘 모든 성읍에서 나와서 노래하며 춤추며 소고와 경쇠를 가지고 왕과 청년 장군 다윗과 그 군사들을 열렬히 환영하였다.

'아, 이것이 누구도 거부할 수 없는 신의 기묘한 계획이란 말인가?' 아히도벨은 여인들이 환호하며 외치는 소리를 듣고서, 심히 불쾌해하며 노골적으로 얼굴을 찌푸리는 사울의 모습을 유심히 보면서 깊은 상념에 젖었다.

"교만이야말로 패망의 선봉인 것을. 그렇게도 겸손하던 사울이 하나님의 말씀에 순종하기를 중히 여기지 않았으니 그의 세계는 이로써 종말을 고하고 말았구나." 아말렉을 쳐서 승리하고 돌아온 사울이 사무엘 선지자가 전한 하나님의 말씀을 어기고 제멋대로 행동하자, 사무엘은 자신이 직접 나서서 세운 이스라엘 처음 왕의 비참한 말로를 친히 예언하며 탄식하였다.

"스승님, 언제쯤 사울의 세계가 무너지게 되겠습니까?" 침통한 표정의 사무엘의 곁을 계속 함께 지키고 있던 아히도벨도 근심스러운 어두운 표정으로 스승을 바라보았다.

"여호와께서 사울을 왕으로 세우신 것을 후회하셨다. 이제 곧 머지않아 새로운 인물을 다시 선택하실 것이야. 한 치 앞을 내다보지 못하는 인간의 교만과 어리석음이 스스로 패망의 구덩이를 찾아가는구나. 그대도 절대로 잊지 말고 항상 명심하도록 하라. 하나님 앞에서 교만한 마음을 품는 자는 그의 사랑하심을 결단코 받을 수 없느니라." 사무엘이 자기의 특별한 수제자의 얼굴을 인자하게 쳐다보았다.

"스승님의 소중한 가르침, 마음에 새겨 간직하겠습니다." 아히도벨은 이 순간 자신이 스승 사무엘 선지자에게 정말 꼭 하고 싶은 말들을 힘겹게 눌러 참으며, 겉으로는 여전히 겸손한 모습으로 사무엘을 향해 고개를 숙였다.

'예전에 나의 판단과 계획대로 스승님께서 왕위에 오르셨다면 오늘날 이런 불행한 일은 일어나지도 않았을 것이다. 전능하신 신의 선택이라는 것의 결과가 고작 이 모양이더란 말인가!' 아히도벨은 다시 한 번 그때 놓친 절호의 기회를 못내 아쉬워하였다.

'만약 스승님의 말이 확실하게 맞는 것이라면 사울 왕의 시대는 머지않아 비참하게 막을 내리게 될 것이고, 그렇다면 이제 반드시 신의 뜻에 맞는 새로운 왕을 선택하여야 할 것이다. 어쩌면 이번에야말로 나의 차례가 될 수도 있지 않겠는가!' 아히도벨은 다시금 끓어오르는 욕망으로 긴 밤을 잠들지 못했다.

"나는 이제 하나님의 또 다른 명령을 수행하기 위해서 베들레헴으로 떠날 예정이다. 이번에도 어린 제자 하나만을 데리고 떠날 계획이다. 너는 내가 자리를 비우는 동안, 언제나 그랬던 것처럼 수련원을 잘 관리하고 있거라." 사무엘이 믿음직한 수제자 아히도벨의 어깨를 가볍게 두드려 주었다.

"스승님, 특별히 다른 문제가 없으시다면, 이번 여행은 제가 스승님을 꼭 모시게 해 주십시오. 그동안 한 번도 스승님과 여행길을 함께한 적이 없어 이번 기회에 함께 여행하면서 더 많은 스승님의 가르침을 받고 싶습니다." 아히도벨이 혹시나 또다시 예전 사울의 경우와 같은 실수가 반복될까 걱정이 되어 사무엘에게 간곡히 청하였다.

"우리가 한 번도 여행을 같이한 적이 없었다고? 그래. 자네가 정 그리 원한다면 이번에는 그대와 동행하기로 하지. 하지만 그대와 내가 함께 수련원을 비워도 문제가 없겠는가?" 사무엘이 반쯤 허락하면서도 수련원을 걱정하였다.

"스승님, 아무 걱정하지 마십시오. 제가 자리를 비워도 아무 문제가 생기지 않도록 이미 다른 제자들을 충분히 훈련해두었습니다." 이히도벨이 더욱 공손히 고개를 숙였다.

"알았다. 내 아직 떠날 날짜를 확실히 정하지는 않았지만, 언제든 나와 함께 출발할 수 있도록 미리 여행 준비를 해 두도록 하여라." 사울을 만난 이후 실로에 돌아와서도 내내 불편한 심기를 내보이던 사무엘이 아히도벨에게 여행에 동행할 것을 허락하였다.

'이번 여행길에서 어떻게 해서든지 스승님의 마음을 움직여 반드시 내 평생의 숙원을 이루어야 한다. 만약 사무엘 선지자가 나를 선택하여 이스라엘의 새 왕으로 세운다면 그 누가 감히 그 결정을 반대할 수 있겠는가? 이렇게 좋은 기회를 또 놓친다면 정말 다시는 희망을 품지도 못하게 될 것이다.' 아히도벨은 여행 중에 어떻게 스승의 마음을 훔칠 수 있을까 곰곰이 생각하며 밤잠을 이루지 못하였다.

"스승님, 사울 왕이 이미 신께 버림받은 사실을 어떻게 알게 되신 것입니까?" 베들레헴 지역으로 들어서는 언덕을 지날 때 아히도벨이 공손히 물었다.

"너도 잘 알다시피, 신께서는 세상 어디든지 계시고 보이지 않는 사람의 마음까지도 감찰하시는 분이란다. 예전에 신께서 사울을 선택하셨을 때의 그 사울은 누구보다 순수하고 겸손한 사람이었다. 그러나 왕이 되어 막강한 권력을 오래 누리다 보니 하나님 앞에서조차 그 겸손을 잊어버리게 된 것이지. 사울은 내가 전한 신의 명령을 가벼이 여기고 자신의 교만한 판단으로 그것을 어겼다. 내가 그것을 강하게 책망하였으나 그는 자신의 잘못을 인정하지도 않았고 거짓과 교만으로 신을 능멸하였지. 그로 인해 하나님의 사랑이 그를 떠났고, 참담하게도 신께서 그를 선택하신 것을 후회한다고 내게 말씀하셨다." 저녁노을이 곱게 물드는 들판을 걸으며 사무엘 선지자가 사랑하는 제자에게 친절하게 설명해 주었다.

"대단히 송구한 말씀입니다만, 스승님께서 사울을 왕으로 세우시던 그 당시에, 제 소원대로 스승님께서 왕위에 오르셨다면 오늘날 이런 일은 없었겠습니다." 이히도벨이 자신의 오랜 생각을 조심스럽게 피력하였다.

"나의 제자야, 선지자란 세상과 구분되어 전능의 신 이스라엘의 하나님만을 섬기기 위해 선택된 사람이 아니더냐? 그러므로, 하나님 앞에서 언제나 육신의 욕망은 다 내려놓고 하나님의 뜻만을 따라야 하느니라. 선지자가 되어 하나님을 섬기는 자가 그분의 뜻에 순종하지 않는다면, 그렇지 아니한 하나님을 모르는 다른 사람보다 더 큰 벌을 받게 되는 법이지. 나는 그때 하나님의 음성을 들었고 다만 그 말씀에 순종했던 것뿐이란다." 노을빛으로 붉게 물든 사무엘의 흰 머리카락이 바람에 가볍게 흩날렸다.

다음 날 아침, 사무엘이 아히도벨을 대동하고 찾아간 곳은 베들레헴 지역의 한 유대 족장 이새의 집이었다. 이새는 여덟 명의 걸출한 아들들이 있었는데, 사무엘은 그 모두를 한 명씩 불러 직접 대면하면서 여호와께서 하시는 말씀에 귀를 기울였다.

"이새여, 내가 지금 당신의 아들들을 다 본 것이오?" 이새가 데려온 그의 아들들을 다 보았으나 아직 아무런 신의 음성을 듣지 못한 사무엘이 고개를 갸웃거렸다.

"아닙니다. 제게 아직 어린 막내아들이 있는데 들에서 양을 치는 중이라 데려오지 못했나이다." 이새가 가만히 눈을 감고 있는 선지자에게 아뢰었다.

"내가 당신의 아들 모두를 보아야겠다 하였는데 왜 그 아이를 미리 준비시키지 않았단 말이요? 어서 그 아이를 내게로 데려오시오!" 사무엘이 여전히 눈을 감은 채로 독촉하였다.

"예, 알겠습니다. 곧 아이에게 사람을 보내 급히 들어오라고 하겠습니다. 날씨가 너무 더우니 선지자께서는 잠시 안으로 드시어 몸을 좀 누이시지요." 이새가 연로한 사무엘을 염려하여 친절히 권하였다.

"아닙니다. 내가 지금 당장 여호와의 명을 완수하기 전에는 결단코 먹지도 쉬지도 않겠소이다." 사무엘이 앉은 자리에서 꼼짝도 하지 않았다.

시간이 한참 더 지난 후에야, 거친 들판에서 양을 돌보던 이새의 막내아들이 옷도 갈아입지 못하고 급히 사무엘 앞으로 인도되었다.

"이가 그이니 일어나 기름을 부으라!" 마침내 신께서 말씀하셨다.

사무엘은 주저 없이 순종하여, 아히도벨이 메고 있는 보퉁이에서 기름이 든 뿔 병을 가져다가 그 아름다운 붉은빛의 얼굴과 눈이 빼어난 어린 소년의 머리 위에 성스러운 기름을 들이부었다.

그 초라한 소년 목동이 바로 이새의 막내아들 다윗, 이제 막 여호와께서 그의 백성을 위해 선택하신 떠오르는 이스라엘의 새 별이었다.

이 모든 과정을 하나도 빠짐없이 곁에서 지켜본 아히도벨은 자기가 평생을 바쳐 사무엘 선지자를 스승으로 모시면서 절치부심 기다려 왔던 유일한 꿈이 기어이 산산이 부서지는 것을 뼈저리게 느낄 수밖에 없었다. 스승은 그 오랜 기간 충성을 다해 섬기던 자신의 수제자를 냉정하게 외면해 버리고 너무나 냉정하고 무정하게도, 베들레헴 촌구석의 한 양치기 소년을 택하여 그 소중한 기름을 모두 부어 버린 것이다.

'아, 나는 여태껏 무엇을 추구하며 살아왔단 말인가? 스승님께서는 왜 이렇게 오랜 기간 준비된 나를 택하지 않으시는 것인가?' 스승을 모시고 베들레헴 이새의 집을 떠나 라마로 돌아가는 내내 아히도벨은 고통과 절망과 분노로 격동하는 감정을 추스르지 못하였다.

"아히도벨아, 네가 얼마나 큰 꿈을 가지고 오랜 세월 내게 충성한 것을 모르지 않는다. 그러나 하나님의 선택하심에는 인간이 헤아릴 수 없는 기묘함이 있단다. 너는 네 지혜만을 의지하지 말고 여호와의 선하신 뜻이 어디에 있는지 기도를 통해 더욱 깊이 성찰해 보도록 하여라. 내가 보기에는 네게도 하나님의 지극하신 은총이 분명히 있으나 지금은 오직 때가 아니니라." 사무엘이 잔잔한 어조로 아히도벨을 위로하였다.

"스승님, 정말로 제게도 언젠가는 하나님의 선택과 안배가 준비되어 있다는 말씀입니까?" 아히도벨이 희망의 눈을 반짝이며 사무엘의 얼굴을 간절히 쳐다보았다.

"아마도 네 후손 중 누군가를 통해서 너의 열망이 이루어질 수도 있을 것이다." 사무엘이 하늘을 올려다보며 꿈을 꾸는 듯 중얼거렸다.

라마로 돌아온 지 얼마 되지 않아, 며칠 밤낮을 치열하게 번민하던 아히도벨은, 이제 사무엘의 수하에서 더는 자신의 비전을 찾을 수 없다고 확실하게 판단하였다. 그는 스승께 작별 인사를 올린 후 스스로 이스라엘의 초대 왕 사울을 찾아가기 위해 어린 시절부터 오랜 세월 깊이 정들었던 수련원을 기어이 떠나갔다.

"대왕께서 말씀하시기를, 장군에게 둘째 딸 미갈을 주어 사위 삼으시기를 원한다고 하셨습니다. 폐백은 아무것도 원하지 않으나, 다만 왕의 원수에 대한 보복으로 블레셋 사람들의 포피 백 개를 원한다고 하셨습니다." 사울 왕의 궁궐 의전을 담당하는 신하가 은밀하게 다윗을 찾아와 사울의 뜻을 전하였다. 그러나 그 제안의 실상은, 점점 더 백성들의 크나큰 존경과 사랑을 독차지하고 있는 다윗을 극도로 시기하던 사울이 함정을 파서 타인의 손을 빌려 다윗을 살해하려 하는 치밀하고 악랄한 계획이었다.

'내 어찌 왕의 사위가 되기 위한 사사로운 목적으로 사람들을 함부로 죽이리오. 미갈의 사랑을 차지하고 싶기는 하지만 하나님 앞에서 죄를 범할 수는 없는 일이 아닌가!' 다윗은 사울 왕의 제안에 대해 깊은 고민에 빠졌다.

"이스라엘의 새 별이신 장군께서 무슨 일로 이렇게 시름에 잠기셨
나요?" 아히도벨이 다윗의 장막을 들어서며 빙긋이 웃었다.

청년 장수 다윗은 반가운 마음에 사울 왕이 전해 온 제안에 대해서
아히도벨에게 자세하게 이야기하였다. 사위로 맞는 폐백 조건으로 블
레셋 사람들의 포피 백 개를 원한다는 대목을 말할 때는 그의 붉은 얼
굴이 더욱 붉어졌다.

"장군, 블레셋인들은 우리 이스라엘의 원수입니다. 그들을 기습해
서 몇백 명쯤 죽이고, 그들의 포피를 베어 장군의 결혼식 기념물로 삼
는 것은 아무런 죄가 되지 않는 것입니다." 아히도벨이 부드러운 음성
으로 타이르듯 이야기하였다.

"하지만, 그들도 하나님의 창조물인데 제 결혼식 폐백을 위해서 함
부로 죽일 수는 없다고 생각합니다." 다윗이 진지하게 정색하였다.

"장군의 생각이 정 그러하시다면 제가 하나님 앞에 죄를 짓지 않으
면서도 이 문제를 해결할 수 있는 방도를 한 번 찾아보지요." 아히도
벨은 속으로는 다윗의 올곧은 성품에 깊이 감탄하면서 드러내지 않고
담담한 어조로 다윗을 안심시켰다.

'과연 신께서 선택하실 만한 재목이로구나.' 아히도벨은 다시 한번
다윗의 준수한 얼굴을 유심히 쳐다보았다.

아히도벨은 자신의 외아들 엘리암에게 블레셋 사람들을 죽이지 않
고도 그들의 포피를 얻을 수 있는 자신의 절묘한 계략을 상세히 설명

소설 밧세바

해 주었다.

엘리암은 아버지가 일러준 이 계략을 자신의 새로운 주군이 된 다윗에게 보고하였고, 다윗으로부터 즉시 시행할 것을 명받았다. 그는 소규모 상단으로 변장한 수하 두 명을 대동하고 바로 길을 떠나 블레셋 국경 근처를 어슬렁거렸다.

"꼼짝 말아라!" 어디선가 갑자기 그들 앞에 나타난 수 명의 사나운 블레셋 군사들이 날카로운 창끝을 세 사람의 목에 살벌하게 겨누었다.

"아이고, 살려 주십시오! 저희는 그저 길을 지나는 상인들일 뿐입니다." 정말로 너무나 놀랐다는 듯 엘리암 일행은 그 자리에 털썩 주저앉으면서 고개를 숙이고 벌벌 떨었다.

"이놈들, 첩자가 아니고서야 누가 감히 이 근처를 어슬렁거린단 말이냐! 너희들은 틀림없는 이스라엘군의 첩자들이 분명하다!" 블레셋 군사들은 그들이 짊어지고 있는 큼직한 짐 보따리를 빼앗고 단단히 포박하여 자신들의 대장에게로 끌고 갔다.

"볼 것도 없다. 저놈들을 당장 죽여서 들판에 내버려라!" 붙잡혀 온 놈들보다 보따리 속에 있던 값비싼 보물들이 더욱 욕심난 경비대장은 생각지도 않았던 횡재에 입이 귀에 걸려 부하들에게 아무렇게나 명령을 내렸다.

"장군님, 제발 살려 주십시오. 살려만 주신다면 장군께 엄청난 보물들이 숨겨져 있는 곳을 알려 드리겠습니다." 엘리암이 몸을 벌벌 떨면서 경비대장의 바지 끝을 붙들고 늘어졌다.

"대체 네놈들은 뭘 하는 놈들이냐?" 보따리 속의 보물을 보고 이미 눈이 어두워진 경비대장의 목소리가 조금 부드러워졌다.

"예, 거짓 없이 말씀드립지요. 사실 저희는 도굴과 도적질을 하는 놈들입니다요. 저희는 모두 한 두목 밑에 속해 있는데, 도적질한 물건들을 은밀히 보관해 두는 창고로 가는 길이었습니다요. 그 비밀 창고가 여기서 그리 멀지 않은 곳에 있거든요." 엘리암이 눈치를 슬슬 보면서 경비대장을 현혹해갔다.

"목숨만 살려만 주신다면 저희가 당장 장군님을 그곳으로 안내해 드리겠습니다." 큰 은혜라도 구걸하는 비굴한 노예처럼 엘리암이 바닥에 코를 대고 바싹 엎드렸다.

"만약 나를 속이고 도망가려고 거짓말을 하는 것이라면 그 자리에서 목을 베어 버릴 것이다. 정말 보물들을 숨겨 둔 비밀 창고가 멀지 않은 곳에 있단 말이지?" 마침내 욕심으로 가슴이 잔뜩 부풀어 오른 경비대장이 덥석 미끼를 물고 말았다.

"저, 저, 저희 목숨이 당장 날아갈 판인데 보물이 무슨 대수겠습니까요. 저희가 장군님을 그곳으로 모셔 갈 터이니 제발 목숨만은 살려 주십시오. 이곳에서 빠른 걸음으로 가신다면 하루 정도 거리에 그 비밀 창고가 있습니다요. 그, 그, 그런데 그곳은 저희 두목과 부하들이 삼엄하게 지키고 있으니, 그놈들을 제압하시려면 장군께서도 군사들을 좀 데려가셔야 할 겁니다." 너무 무서워 죽겠다는 듯 말까지 심하게 더듬는 엘리암이 하는 이야기를 들으면서 뜻밖의 초대형 횡재를 발견했다고 쉽게 믿은 경비대장이 너무 좋아서 속으로 크게 쾌재를 불렀다.

"그래. 그곳을 지키는 놈들이 몇 명이나 된다는 것이냐?" 이제 완전히 태도가 바뀐 경비대장이 부드럽게 목소리를 낮추었다.

"모두 육십 명이 교대해 가면서 종일 지키고 있답니다. 하지만 모두 짐승같이 사나운 놈들이기 때문에 만약 장군께서 안전하게 그들을 제압하시려면 최소한 한 이백 명의 군사는 데려가셔야 할 것입니다요." 엘리암이 마치 엄청난 기막힌 비밀을 알려 주기나 하는 듯이 경비대장의 귀에 대고 입을 가리며 속삭였다.

"만약 지금 출발하신다면 가는 길에 산 아래에서 하룻밤 야영을 하고, 다음 날 정오경에는 틀림없이 비밀 창고에 도착하실 수 있을 것입니다요." 엘리암이 진지한 표정을 지어 보였다.

"음, 이백 명이라. 그러면 여기 있는 군사들을 거의 다 데리고 가야 하는데." 경비 초소를 모두 비우고 간다는 것이 불안하여 경비대장이 잠시 머뭇거렸다.

"이곳과 같은 외진 곳에 누가 찾아오기나 하겠습니까? 서두르면 이틀도 걸리지 않을 것이니 함께한 군사들 외에는 아무도 아는 사람조차 없지 않겠습니까?" 엘리암이 대수롭지 않다는 표정을 지어 보였다.

"그 비밀 창고에 숨겨진 보물이면 작은 나라 하나는 살 수 있을 겁니다요. 장군께서는 이제 블레셋 최고의 큰 부자가 되신 겁니다요. 보물들을 다 빼앗으시면 저희에게도 조금씩만 나눠 주셔야 합니다요." 엘리암은 욕심으로 이미 눈이 먼 경비대장을 계속해서 부추겼다.

"최소 경계 인원 열두 명만 남기고, 병사들은 긴급 수색 활동을 나갈 것이다. 부관, 즉시 출동 준비를 하도록 하라!" 머뭇거리던 경비대장이 드디어 결심을 내렸다.

경비대장의 거듭되는 독촉과 성화에 이백 명의 블레셋 병사들은 먹을 식량도 제대로 챙기지도 못하고 개인 병기만을 소지한 채 서둘러 특별 경계 임무를 수행하기 위하여 출발하였다. 인가라고는 전혀 없는 황무지를 오후 내내 쉬지도 않고 줄곧 행군하다가 꽤 높은 산 앞쪽에 도착했을 때, 병사들은 이미 지칠 대로 지쳤고 날은 벌써 어두워지고 있었다. 이백 명의 블레셋 군사들은 식량을 제대로 챙겨 오지 않은 것을 크게 후회하면서 부족한 대로 서둘러 식사를 마쳤다. 세 명의 포로들은 도망치지 못하도록 밧줄로 서로 얽어서 큰 바위에 단단히 결박하였다. 너무나도 피곤했던 그들은 경계병을 따로 세울 엄두도 내지 못하고 누가 뭐라고 말하기도 전에 모두 근처에 아무렇게나 쓰러져 잠에 빠져들기 시작했다.

한 시간여가 더 흐르자 이제는 누가 업고 가도 모를 만큼 모든 블레셋 병사들이 코를 골며 깊은 잠 속에 떨어졌다. 바로 그때 다윗이 이끄는 십여 명의 이스라엘 군사들이 어둠 속에서 조용히 모습을 드러냈다. 그들은 먼저 엘리암과 두 병사의 결박을 풀어 주고, 신속하고 조심스레 움직여 여기저기 널려 있는 블레셋 군사들의 무기를 빠짐없이 모조리 수거하였다. 그리고는 가늘고 질긴 끈으로 그들의 손발을 서로 얽어서 단단히 결박해 두었다.

먼동이 트기 시작하자, 전형적인 산적의 모습으로 분장한 이스라엘 병사들이 돌아다니며 아직 잠에 취해 정신을 차리지 못하고 있는 블레셋 병사들의 엉덩이를 발로 걷어차 깨웠다.

소설 밧세바

"하하하, 이 하룻강아지 같은 놈들아, 네놈들이 감히 내 보물을 강탈하려고 왔단 말이더냐?" 산적들의 두목으로 분장한 다윗이 거칠게 큰 칼을 허공에 휙휙 소리가 나도록 휘둘렀다.

순식간에 함정에 빠졌음을 직감한 경비대장은 자기 자신과 병사들이 완전히 결박되어 꼼짝도 할 수 없는 모습에 얼굴이 하얗게 질려 어쩔 줄을 몰랐다.

"아, 아, 그런 것이 아닙니다! 저희는 당신들의 보물을 훔치러 온 것이 아니라 국경 경비대로서 주변에 대한 경계를 위해서 단지 지나가던 중이었을 뿐입니다. 정말이지 절대로 두목님의 보물을 탐하여 여기에 온 것이 아닙니다." 경비대장이 애써 두려움을 떨쳐내고서 다윗을 비굴한 표정으로 쳐다보았다.

"두목님, 저들의 말이 정말 맞습니다. 저희가 국경 경비대 근처에서 길을 잃고 방황하다가 체포되었는데, 저들이 그것을 수상히 여겨 여기까지 국경을 따라 특별 경계 수색을 나온 것뿐입니다요. 아직 저들의 부대에는 이보다 훨씬 더 많은 군사가 남아 있습니다. 이 사람들이 이 방향으로 특별 경계 수색 나간 것을 모두 알고 있으니, 만약 이들이 제때에 돌아오지 않는다면 또다시 대대적인 수색대를 파견하게 될 것입니다요. 저들을 그냥 죽이시는 것은 아무래도 좀." 엘리암이 몰래 수비대장에게 눈짓을 보내면서 적당히 둘러댔다.

"하지만 이들이 우리 보물창고의 위치를 알았으니 난처하게 되지 않느냐? 어차피 이리되었으니 차라리 그냥 죽여 버리는 것이 더 좋겠다. 다른 놈들이 오면 그들도 다 죽여 버리면 된다." 다윗이 더욱 호기롭게 큰소리쳤다.

"두목님, 두목님. 저희는 절대로 이곳의 비밀을 다른 사람들에게 발설하지 않겠습니다. 여기 있는 군사들 모두 고향에 가족들이 있는 무고한 사람들인데 제발 한 번만 은혜를 베풀어 주십시오." 수비대장이 두 손을 공손히 앞으로 모으고서 애절한 눈빛으로 간절히 호소하였다.

"나도 이렇게 무고한 사람들을 함부로 죽이고 싶지는 않지만, 내가 너희들 같은 이교도들이 하는 약속을 어떻게 믿을 수 있단 말이냐? 혹시라도 우리가 믿는 신의 이름으로 맹세를 한다면 또 모르겠지만 말이다." 다윗이 심히 번민하며 고민하는 듯한 표정을 지었다.

"하겠습니다. 하고 말고요! 당신들이 믿는 신이 누구신지는 모르지만, 그 신의 이름으로 반드시 저희도 맹세하겠습니다. 어떻게 하는 것인지 알려만 주십시오. 저희의 목숨을 살려 주신다면 하라는 대로 뭐든 다 하겠습니다." 마침내 희망의 끄트머리를 발견한 수비대장이 더욱 고개를 숙이며 엎드렸다.

"좋다. 정 그렇다면 이렇게 하겠느냐? 우리 족속의 남자들은 전통적으로 신의 거룩한 가르침에 따라서 태어나고서 팔 일 만에 할례라는 것을 받아야 한다. 너희가 우리 신 앞에서 서원하여 맹세하고 오늘 여기에서 우리와 같은 방식으로 할례 의식을 수행한다면, 나도 이제 너희가 우리와 한 형제 되었음을 인정하고 너희들의 목숨만은 살려 줄 것이다." 다윗이 매우 엄숙한 표정으로 선언하였다.

두목이 말하는 이상한 할례 의식이라는 것에 대해서 전혀 무지했던 블레셋인 병사에게, 엘리암이 그 방법을 자세히 설명해 주었다. 이야기를 전해 들은 블레셋 병사들이 저희끼리 소곤거리며 불안한 동요의 모습을 보였다.

"그리고 나는 잠시 이곳 창고를 비우고 보물들을 모두 다른 곳으로 옮길 생각이다. 너희가 할례를 받고 나면 며칠은 제대로 움직일 수 없을 것이니 당장에는 우리를 추적해 올 수 없겠지. 이제 너희가 당장 선택하라! 여기서 그냥 모두 목숨을 잃겠느냐? 아니면 이제부터 우리 신을 함께 믿기로 맹세하고 그 맹세의 증거로 순순히 너희 포피를 벨 것이냐?" 다윗이 큰 소리로 다그쳤다.

"좋습니다. 당신 족속의 전통 방식에 따라 저희의 포피를 베겠습니다." 경비대장이 모든 블레셋 군사들을 대표하며 앞으로 나섰다.

다윗의 수하들은 결박한 상태로 그들을 몇 그룹으로 나누어 줄을 세우고, 날카로운 칼로 신속하게 포피를 베었다. 바위산 아래 황량한 들판에는 이백여 명 블레셋 병사들의 피가 홍건히 고이고, 그들이 내지르는 신음이 계속 이어져 들려왔다.

이렇게 해서 블레셋 군사들의 소중한 포피 이백 개를 무사히 확보한 다윗과 그 수하들은, 생살을 찢은 고통으로 나뒹구는 그들을 황무지에 그냥 내버려 두고 재빨리 그곳을 벗어났다.

엘리암의 봇짐 속에는 아직 더운 피에 젖은 희한한 결혼 예물이 깨끗한 천에 싸여 소중히 담겨 있었다.

4. 시글락 특별법

다윗은 출전하는 모든 곳의 전쟁에서 매번 눈부신 승리를 거두었고 백성들이 나날이 더욱 그를 칭송하는 소리가 드높아지게 되었다. 그것을 보는 사울의 마음속에서는 걷잡을 수 없는 지옥의 화염 같은 질투의 대폭발이 자신도 인식하지 못한 사이에 일어났다. 그 통제되지 않

소설 밧세바

는 사나운 불길은 사울의 평상심과 자존감을 처절하게 파괴하였다. 그로 인해서 일상의 기본적인 정신 상태마저도 정상을 벗어나게 되었다.

사울은 악신에 사로잡혀 극렬한 분노의 노예가 되어 여러 번 단창을 던져서 자기의 사위인 다윗을 죽이려다 실패했다. 그러나 그 이후에도 어떻게 해서든지 그를 죽이려고 더욱 치열하고 집요하게 압박하였다. 심각한 생명의 위태로움을 느낀 다윗은 결국 사울을 피하여 황무지의 아둘람 동굴로 도망하였다. 다윗의 형제와 아버지의 온 집이 그 소식을 듣고 그리로 와서 다윗에게 이르렀다. 그동안 다윗의 수하로 활동하던 몇몇 군사들과 환란당한 모든 자와 빚진 모든 자와 마음이 원통한 자들이 다 그에게로 모였다. 자연스럽게 다윗은 그들의 우두머리가 되었는데 그렇게 다윗과 함께한 자가 사백 명 정도 되었다.

일찌감치 다윗의 수하로서 굳건한 위치를 차지하고 있던 아히도벨과 엘리암 부자도 그때 길로 성읍에 살고 있던 식구들을 데리고 다윗의 무리에 합류하였다. 그러나 아무것도 없는 거친 황무지에서 병사들과 식솔들이 함께 머무는 것은 현실적으로 쉬운 일이 아니었다.

"왕이시여, 긍휼을 베푸소서! 하나님께서 나를 위하여 어떻게 하실지 내가 분명하게 알기까지, 나의 부모와 나를 따르는 군사의 식솔들이 당신께 피해 있기를 간절히 청하나이다." 다윗이 모압 미스베로 가서 모압 왕에게 식솔들을 잠시 맡아 달라고 간곡히 부탁하였다.

다행히 모압 왕은 다윗의 청을 기꺼이 허락해 주었다. 다윗의 부모와 함께 다윗에게 속한 백여 명의 식솔들은 군사들과 헤어져 그곳에서 함께 망명 생활을 하게 되었다.

그 식솔 중에는 엘리암의 아내와 어머니, 그리고 이제 겨우 다섯 살이 된 엘리암의 외동딸 밧세바도 함께하였다. 까마귀처럼 진한 흑발의 어린 소녀 밧세바는 그 이전에는 헤브론에서 그리 멀지 않은 고향 길로에서 자랐다. 어머니와 할머니는 밧세바에게 늘 엄격한 이스라엘 여인의 예절과 관습을 철저히 가르치려 했다. 그러나 누구에게나 엄격했던 할아버지 아히도벨은 오히려 사랑스러운 손녀에게만은 더할 나위 없이 너그러웠다. 그는 집에 들르게 될 때마다 아직 잘 알아듣지도 못하는 밧세바를 품에 안고서 이스라엘의 장구한 역사와 사상, 스스로 존재하는 신에 대해 가르쳤다. 그녀는 아직 어린아이였지만 벌써 콧날이 늘씬하고 얼굴 윤곽이 또렷한 이스라엘 최고의 미인이 분명하였다. 그 아이의 아름다운 눈을 본 사람은 누구나 천사와 직접 눈을 마주친 것처럼 깊은 애정과 행복으로 몸이 저리는 것을 느낄 수 있을 것이다. 사실상 당대 이스라엘 최고의 석학이었던 아히도벨에게서 직접 교육을 받은 밧세바는 다섯 살이 되기도 전에 이미 글자를 모두 터득했다. 할아버지를 빼닮아 매우 총명하였다. 아히도벨은 어린 손녀에게 전능하신 이스라엘의 유일신에 대해 가르치면서, 신과 자연 섭리의 모순과 그에 대한 조화에 대해서도 여러 번 강조해서 설명하였다. 밧세바는 열정적인 신앙과 차가운 이성을 마음속에 함께 갈무리한 대단히 현명하고 지혜로운 여인으로 성장하였다. 한 번도 보지 못한 이복 오빠가 있다는 말을 듣기는 했지만, 그와 함께 살지는 않았다.

식솔들을 모압 왕에게 의탁한 다윗은 자신을 따르는 무리를 이끌고 유대 땅 헤렛 수풀로 돌아갔다. 엘리암은 다윗과 함께 떠나가고, 이미 머리가 하얗게 센 아히도벨은 남겨진 식솔들의 대표자 역할을 맡으면서 가족과 함께 모압에 남기로 하였다.

다윗이 자기의 수하 육백여 명과 이스라엘의 불모지를 헤매고 다니면서 사울 왕의 집요한 공격을 요리조리 피해 다니던 오랜 세월 동안, 밧세바는 모압 땅에서 살았고 이제는 어엿한 소녀로 성장하였다. 이스라엘에서 가장 저명한 석학 아히도벨의 충실한 교육을 받은 그녀는 당시의 여인으로서는 갖추기 어려운 모든 지식의 기초를 단단히 쌓았다. 밧세바는 나이를 먹어 갈수록 그 아름다운 자태 또한 더욱 빛나는 이스라엘 최고의 미인으로 성장하였다.

반복된 교육을 받은 밧세바는 자신의 할아버지가 어떤 야망을 지니고 살아왔으며, 오랜 세월 그 야망 앞에서 어떤 좌절과 고통을 받았는지를 잘 알게 되었다. 아히도벨이 가지고 있었던 합리주의적 사상은 그녀에게 그대로 이어져 내려왔다. 아히도벨은 평생 자신의 주변을 맴도는 종교적 신비주의의 유혹을 스스로 은밀하고 교묘하게 거부하며 살았다. 신이 존재하고 인간의 삶 속에 실제로 역사한다는 것을 어쩔 수 없이 인정하면서도, 그러나 결국 세상의 모든 일은 인과의 원칙과 자연의 섭리에 따라 움직이는 것이라고 굳게 믿었다. 그는 인간의 뛰어난 능력과 최선을 다한 적극적인 노력이 결국에는 운명의 방향까지도 결정하고 바꿀 수 있다고 생각했다. 할아버지를 빼닮은 밧세바는 할머니와 어머니로부터 뜨거운 열정과 신앙을 충실히 이어받았지만, 그런 가운데에도 자기 자신이 우주의 중심이며 세상 모든 일에는 반드시 자연의 원리와 이치가 숨겨져 있다는 생각을 분명히 가졌다. 너무나 지나치게 세상 모든 일을 신에게로 무작정 결부시키는 여인들의 맹목적인 신앙에 대해서 그녀는 조금 다른 냉철한 이성으로 남모르게 대항하였다.

'내가 후일에는 반드시 사울의 손에 붙잡히리니, 차라리 그의 손이 미칠 수 없는 블레셋 사람들의 땅으로 피하여 들어가는 것이 살 수 있는 유일한 방법이다. 사울이 이스라엘 온 영토 내에서 나를 찾다가 단념하게 되면, 그제야 내가 그의 손에서 완전히 벗어날 수 있을 것이다.' 매우 위태로운 절체절명의 위기상황에서 사울의 공격을 가까스로 피해 낸 다윗은, 이제 더는 이스라엘 땅에서 사울을 피해 도망 다니는 것은 지극히 어렵다고 판단하였다. 오랜 고민 끝에 결국 거친 방랑의 고통스러운 생활에 종지부를 찍기로 작정하고, 가드 왕 마옥의 아들 아기스에게로 몸을 의탁할 것을 어렵게 결심하였다.

"나는 이제 이스라엘 땅을 떠나 잠시 블레셋 땅으로 피해 은신할 계획입니다. 먼저 모압으로 가서 맡겨 둔 우리의 식솔들을 모두 데리고 바로 아기스 왕에게 나아갈 생각입니다. 만약 나의 이 계획에 찬성하지 않는 사람이 있다면 절대로 탓하지 않을 것이니 이번 기회에 내게서 떠나가도 좋습니다." 다윗이 부하들을 모아놓고 이같이 선언하자 잠시 술렁임이 있었지만 곧이어 전체 인원이 다 함께 움직이는 것으로 결정되었다.

"바라옵건대, 내가 당신께 은혜를 입었다면 지방 성읍 가운데 한 곳을 내게 주어 내가 백성과 함께 살게 하옵소서. 당신의 종이 어찌 당신과 함께 왕도에 살 수 있겠습니까?" 아기스 왕을 알현한 다윗은 대담하게도 천여 명에 이르는 이스라엘 식구들이 안전하게 함께 거주할 수 있는 땅을 그에게 요청하였다.

"그래, 내가 네게 내 나라의 땅을 내주어 안전하게 살게 해 준다면, 너는 내게 무엇을 해 줄 수 있겠느냐?" 아기스가 한껏 위엄을 부렸다.

"대왕 폐하, 이 다윗은 이제 당신의 종이 되어 목숨을 걸고 당신의 전쟁에 선봉장이 되겠습니다." 다윗이 아기스 앞에 무릎을 꿇고 고개를 숙였다.

"음, 내 자네의 용맹함과 지혜는 진작부터 잘 알고 있었지. 그러나 만약 그대가 전쟁 중에 나를 배신하지 않을 것을 어찌 믿을 수 있겠는가?" 아기스가 콧수염을 만지작거렸다.

"제 식솔들이 모두 당신의 땅에 있어 그 목숨줄이 당신의 손아래 있는데 제가 어찌 다른 마음을 품을 수 있겠습니까? 제가 대왕의 신하로서 당신의 땅에 사는 동안 저는 제 군사들과 함께 이스라엘의 변방을 약탈하며 살아가겠습니다. 그 모든 상황은 달포에 한 번씩 반드시 대왕을 찾아뵙고 직접 보고 드리겠습니다. 제발 저를 한번 믿어 주십시오. 결단코 대왕을 배신하지 않겠습니다!" 다윗이 돌아가는 상황의 다급함을 알아차리고 더욱 자세를 낮추었다.

"좋다. 그렇다면 내 그대의 약속을 믿고 그대에게 시글락 땅을 내주겠다. 그러나 만약 조금이라도 이상한 행동이 감지된다면 그대의 식솔들은 모두 순식간에 몰살을 당하게 될 것을 명심해야 할 것이야!"

마침내 망설이던 아기스의 허락이 떨어졌다.

필사적으로 목숨까지 걸어야 하는 위기 상황을 감수하고 어렵사리 블레셋 땅에서 거주지를 확보한 다윗과 천여 명의 식솔들은 신속하게 시글락 땅으로 이주해 들어갔다. 비록 남의 나라에서의 서러운 망명 생활이었지만 처음으로 온 가족이 함께 모여 살게 된 그들은, 시글락 땅에 들어서자 가장 먼저 제단을 쌓고 자신들의 신께 감사의 제사를 올렸다. 아무것도 가진 것 없는 절망적인 입장이었지만 거칠고 위험한 방랑 생활을 마치고 정착하게 된 것에 대해서 진심으로 감사의 기도를 올렸다. 그들은 모두 힘을 합쳐 먼저 신께 기도하고 율법을 가르칠 수 있는 회당을 건설하였다. 그리고 회당 앞에는 모든 백성이 함께 모일 수 있을 만한 커다란 마당을 비워 두고서, 지도자 다윗의 집부터 시작해서 장수들의 집과 군사들의 숙소까지 하나하나 모두가 함께 지어 나갔다.

밧세바가 거주하는 집은 두 개의 구조를 함께 붙여서 지었다. 한 방에는 할아버지 아히도벨 부부가 다른 하나는 밧세바와 그녀의 부모가 사용하는 공간으로 준비되었다. 밧세바는 이렇게 식구들이 함께 모여 사는 것이 너무나도 감사하고 행복했다.

그 시기에 전력이 점점 더 강성해진 블레셋 사람들이 다시 이스라엘과 싸우려고 군대를 소집하였다. 아기스는 다윗에게도 이 전쟁에 참여할 것을 엄히 명하였다.

당시에 이스라엘의 마지막 사사이며 아히도벨의 스승이었던 사무엘 선지자가 죽었으므로, 온 이스라엘이 그를 두고 슬피 울며 그의 고향 라마에 장사하였다. 사울 왕은 곧 블레셋이 침공해 올 것이라는 소식을 듣고 마음이 몹시 황망하였다. 그의 곁에는 이제 신의 뜻을 알려 줄 선지자 사무엘도, 빼어난 원로 모사 아히도벨도, 용맹하고 믿음직한 사위도 없었다. 사울 왕은 평소와는 아주 다른 극심한 두려움에 사로잡혔다.

블레셋 사람들은 그들의 모든 군대를 이백에 모았고 이스라엘 사람들은 이스르엘에 있는 샘 곁에 진을 쳤다. 아기스의 명에 따라 다윗과 그의 사람들도 모두 이 전쟁에 출전하여 아기스와 함께 블레셋 방백들의 뒤를 따랐다.

"도대체 이 히브리 사람들이 여기서 무엇을 하려는 것입니까?" 블레셋의 방백들이 다윗이 아기스와 함께 있는 것을 보고 놀라서 왕에게 항의하였다.

"이는 이스라엘 왕 사울의 옛 신하 다윗이 아니냐! 그가 나와 함께 있은 지 여러 날 여러 해가 되었으나, 그가 망명하여 온 날부터 오늘까지 내가 그의 허물을 보지 못하였노라." 아기스 왕이 방백들 앞에서 다윗을 크게 두둔하였다.

"이 사람을 돌려보내어 반드시 왕이 그에게 정하신 그 처소로 가 있게 하소서. 그가 우리와 함께 싸움에 내려갔다가 전장에서 돌이켜 오히려 우리의 대적이 될까 우려됩니다. 그가 우리의 목을 가지고 자신의 옛 주군과 다시 화합할까 하나이다. 이스라엘 사람들이 춤추며 노래하면서 이르기를 사울이 죽인 자는 천천이요, 다윗은 만만이로다

하던 바로 그 다윗이 아닙니까!" 아기스의 대답에 노한 블레셋 방백들이 더욱 거칠게 요구하였다.

"여호와의 살아 계심을 두고 맹세하노니 네가 정직하여 내게 온 날부터 오늘까지 네게 악이 있음을 보지 못하였으니, 나와 함께 진중에 출입하는 것이 내 생각에는 좋으나 수령들이 너를 좋아하지 아니하니, 그러므로 이제 너는 평안히 돌아가서 블레셋 사람들의 수령들에게 거슬러 보이게 하지 말라." 다윗이 자기의 충성심을 블레셋 방백들이 의심하는 것에 대해 짐짓 항의하자, 아기스가 좋은 말로 그를 타일러 시글락으로 돌아가라 명하였다. 이에 다윗이 자기 사람들과 더불어 아침에 일찍이 일어나서 블레셋 사람의 땅 시글락으로 돌아가고, 블레셋 사람들은 전쟁을 위해 이스르엘로 행진하였다.

시글락에서 평화롭게 살고 있던 다윗과 그와 함께한 사람들의 식솔들에게 전혀 예상치 못했던 엄청난 재앙이 들이닥친 것은 바로 다윗이 아기스의 귀향 명령을 받고 다시 시글락으로 되돌아오던 그 시각이었다. 다윗이 아히도벨을 포함한 모든 군사를 거느리고 이스라엘을 침공하는 전쟁에 참여하기 위해 아기스 왕에게로 나아갔기 때문에, 마을에는 여자들과 노인과 어린아이들만이 남아 있었다. 아무런 방어 수단도 가지고 있지 않았던 바로 그 시점에, 아말렉 사람의 큰 무리가 느닷없이 시글락을 침노해 온 것이다.

"남녀노소를 막론하고 하나도 죽이지 말고 다 끌고 간다! 집들을 샅샅이 약탈하여 귀중품을 챙기고, 가축들도 다 끌어내어라!" 아말렉 사람들의 우두머리로 보이는 자가 큰 칼을 거칠게 휘두르며 부하들을 독려했다. 아말렉 군사들은 집마다 모두 뒤져서 마을을 철저하게 약탈한 후에 불을 질러 집들을 태우고는 서둘러 시글락을 빠져나갔다. 그 난리 중에 시글락에는 다윗의 두 아내 이스르엘 여인 아히노암과 갈멜 사람 나발의 아내였던 아비가일도 함께 있었다. 그들을 포함하여 남아 있던 사람들이 모두 다 아말렉의 포로가 되어 끌려갔다. 물론 그들 속에는 이제 거의 완전히 성숙한 여인의 모습으로 성장한 밧세바도 그 참혹한 현실을 피할 수는 없었다.

"어머니, 너무나 무서워요. 대체 이 사람들이 우리를 어디로 끌고 가는 건가요?" 늘 침착하고 조숙한 밧세바였지만 생전 처음으로 당해 보는 엄청난 참변에 큰 두려움을 느낀 처녀 밧세바가 정신없이 제 어미의 품으로 파고들었다.

"아가, 무서워하지 마라. 우리 하나님께서 우리를 반드시 보호하여 지켜 주실 것을 믿어라. 두려워하지 말고 함께 하나님께 기도드리자꾸나." 엘리암의 아내가 딸의 손을 꼭 잡아 주었다.

종일 아무것도 먹지 못하고 황무지를 거칠게 끌려가던 포로들은 해가 지고 나서야 잠시 쉴 수 있었다. 급히 황무지에 진을 친 아말렉 병사들은 포로들에게 굶어 죽지 않을 만큼만의 투박한 음식을 나누어 주었다.

"자, 지금부터 잔치를 벌일 것이니, 장수들을 위하여 흥을 돋워 줄 반반한 계집들을 스무 명 골라 당장 이리 대령하도록 하여라." 아말렉 군대의 대장이 부하들에게 명령을 내렸다.

아말렉 장수들이 술판을 벌이는 자리에 젊고 아름다운 이스라엘 여자들 이십여 명이 즉시 끌려왔다. 그 속에는 다윗의 아내 아히노암과 아비가일이 포함되었음은 물론이고 엘리암의 아내와 그 딸 밧세바까지도 포함되어 있었다.

"이제 너희들도 각자 마음에 드는 여인들을 골라 함께 술을 마시고 즐기도록 하라!" 대장이 여인들을 끌고 온 군사들에게 명령하자, 그들은 요란한 함성을 내지르며 이스라엘 포로들이 있는 곳으로 달려가서 닥치는 대로 여인들을 잡아다가 마구 겁탈하였다.

장수들이 함께 잔치를 벌이는 대장의 큰 장막 안에는 기름진 음식과 향기로운 술이 넘쳐났다. 아말렉 장수들은 각각 여인들을 하나씩 골라 차지하였다. 대장이 골라 자기 옆에 앉힌 여인은 바로 다윗의 아내 아히노암이었다. 이제 막 달거리를 시작한 밧세바는 꽤 높은 위치의 젊은 장수 옆에 끌려가 앉았다. 칼을 차고 위협하는 무지막지한 아말렉 장수들 앞에서 목숨을 걸고 감히 대적하여 나설 용감한 여인은 아무도 없었다. 모두 절망과 두려움에 떨면서 이 엄청난 재앙이 어서 빨리 지나가기만을 그저 눈을 질끈 감고 간신히 견디고 있었을 뿐이었다. 모두 깊은 신앙심을 가진 여인들이었지만, 맨정신으로는 도무지 감당할 수 없는 생지옥의 상황 속에서 거룩하신 신의 자비를 구하려는 생각조차 할 겨를이 없었다.

술에 크게 취한 아말렉 장수들은 강제로 여인들에게 독한 술을 마시도록 하고는, 옆에서 보는 동료들의 눈길도 아랑곳하지 않고 여인들

소설 밧세바

의 옷을 마구 벗기고 거칠게 농락하고 강간하였다. 여인들의 비명과 울음소리, 아말렉 장수들의 웃음소리와 징그러운 신음으로 장막 안은 아수라장이 되었다. 여인들은 질식할 것 같은 두려움 속에 통한의 눈물을 흘리면서 자신들의 불행한 운명을 꼼짝없이 감당할 수밖에 없었다. 청신의 처녀 밧세바 역시 상상도 하지 못했던 너무나 끔찍한 아픔과 영원히 잊을 수 없는 치욕의 고통으로 한없이 울었다. 밧세바를 차지한 아말렉 장수는 겨우 약관을 넘은 장대한 체구의 제이든이라는 이름의 군장이었다. 사실 제이든은 여자를 이렇게 가까이서 보는 것 자체가 처음이었기 때문에 자기 옆에 이렇게 아름다운 여인이 서럽게 울고 있으니 어찌해야 할지 몰라서 그저 밧세바를 끌어안고만 있었다.

"울지 마라. 울지 말고 여기 내게 술이라도 좀 따라 보아라. 오늘 밤에는 내가 너를 절대로 범하지 않고 보호해 줄 것이다. 그러니 제발 울지 말아!" 거칠지만 순박한 숫총각 제이든은 끝없이 울기만 하는 밧세바를 어떻게든 달래 보려 하였다.

"장군님, 저는 아직 어린 소녀랍니다. 제발 살려 주세요! 살려 주세요!" 사내가 그녀의 몸을 만지려 하자 밧세바가 크게 비명을 지르고 질색을 하며 크게 울부짖었다.

"알았어, 알았어. 그냥 가만히 안고만 있을 테니 울지 말아라. 어서 술이나 따라 줘." 제이든은 투박한 손으로 밧세바의 얼굴에 흐르는 눈물을 닦아 주려 하였다.

'오, 전능하신 하나님 저를 도와주세요. 제발 저를 살려 주세요!' 밧세바는 눈을 감고 덜덜 떨면서 정신없이 기도를 드렸다.

"이런 애송이 녀석, 여자는 그렇게 다루는 것이 아니야! 만약 네가 이년을 원치 않는다면 내가 데려가서 놀아 주마. 여자는 거칠게, 아주 거칠게 다루어야 말을 잘 듣는 법이지. 우리 대장께서 네게 이렇게 어리고 아름다운 여자를 준 것은 이렇게 살살 다루라는 뜻이 절대 아니란 말이다! 어서 이 계집의 옷을 홀랑 벗기고 당장 취하도록 하라! 오늘 밤 네놈도 총각 딱지를 떼어야지!" 제이든의 직속상관이 그가 계속해서 쩔쩔매고 버벅거리는 것을 보다 못해 다가와 명령 아닌 명령을 내렸다. 장막 안의 여인들은 이미 강제로 옷이 모두 벗겨지고 술에 취한 아말렉 장수들에게 폭행과 겁탈을 당하고 있었다.

"안 되겠다. 너를 보호해 주려다가 내가 바보가 되고 말겠다. 내 너를 조심해서 다룰 터이니 가만히 있거라. 그렇지 않으면 다른 장수들이 너를 데려다가 정말 가만두지 않을 것이다." 끝없이 울어대는 여자아이를 조금 보호하려다가 상관인 장수에게 조롱을 받고 여자를 빼앗길 뻔한 제이든이 결국 엄청난 완력으로 서럽게 울며 중얼거리는 밧세바의 옷을 거칠게 벗기기 시작했다. 밧세바는 울부짖으며 죽을힘을 다해 저항하고 몸부림쳤지만 거대한 체구의 술 취한 젊은 사내를 감당할 수는 없었다.

'아아, 하나님. 제발 저를 도와주세요. 저를 도와주세요.' 밧세바는 겁탈을 당하는 내내 마음속으로 열심히 하나님을 찾았지만 끝내 신은 그녀의 애절한 호소에 아무런 응답이 없었다.

다음 날 아침까지 장막 안에 갇혀 있던 여인들은 다시 결박되어 다른 포로들이 있는 곳으로 돌아왔다. 아무도 서로의 얼굴을 쳐다보려

소설 밧세바

하지 않았고, 서로 아무런 말도 하지 않았다. 그들에게 닥친 이 처절한 불행 앞에 그들의 마음은 완전히 무너져서 그들의 신께 기도를 드릴 수조차 없었다. 이스라엘 포로들은 스스로 말을 잃었다. 아무런 생각도 없는 영혼이 텅 빈 허깨비들처럼 포승줄에 묶인 채 그저 무의식적으로 걸음만 옮길 뿐이었다.

그날 밤도 또 그다음 날 밤도 승리에 취한 아말렉 군사들이 벌이는 광란의 파티는 계속되었다. 여인들은 이제 눈물을 흘릴 여력조차도 없이 끝없는 절망에 사로잡혀 결국 모든 것을 포기해 버리고 말았다.

"이것이 우리가 목숨을 걸고 지금까지 너를 따랐던 결과란 말이냐?"

시글락에 돌아와 마을은 완전히 불타고 자신들의 아내와 자식들이 모두 끌려간 것을 알게 된 백성들은 마음이 슬퍼서 소리 높여 울다가 모두 함께 돌을 들고서 다윗을 치려고 모여들었다.

"형제들이여! 이 무슨 어리석은 짓들이오? 지금 우리가 이 큰 불행 앞에서 서로를 원망하며 분열해야만 하겠소? 원수들은 지금 우리의 모든 것을 가지고 도주하고 있지만, 노인들과 여자들과 아이들과 심지어 가축들까지 몰고 가기 때문에 틀림없이 멀리 가지는 못했을 것이오. 우리가 빨리 뒤쫓아 간다면 반드시 원수들을 따라잡을 수 있을 것이오! 어서 일어서시오! 지금 우리가 울며 땅이나 치고 한탄만 하고 있을 때가 아닙니다. 어서 일어나시오! 우리의 권속들을 되찾으러 갑시다!" 엄청난 위기의 상황 앞에서 더욱 침착한 백발의 아히도벨이 다윗의 앞을 가로막으며 군사들에게 담대히 외쳤다.

"옳습니다. 어서 우리의 가족과 재산을 되찾으러 갑시다!" 아히도벨의 열정적인 호소에 감동한 백성들이 정신을 차리고 함성을 질렀다.

이에 가까스로 전열을 정비한 다윗과 또 그와 함께한 육백 명의 용사들이 일제히 말을 달려 뛰어나갔다. 브솔 시내에 이르렀을 때, 아히도벨을 위시한 약 이백 명의 군사들이 너무 곤비하여 그곳에 머물게 하였다. 나머지 사백 명은 밤을 새워 계속 말을 달려 여명이 밝아 오는 새벽에 드디어 승리의 축제로 광란의 밤을 지새우고 술에 대취하여 깊이 잠들어 있던 아말렉 사람들의 야영지에 도착하였다.

"한 놈도 살려 두지 말고 철저히 멸절시켜라!" 다윗의 벽력같은 명령 소리를 따라 이스라엘 사백 용사들이 질풍노도와도 같이 아말렉의 진중을 휘몰아치기 시작했다. 다윗이 이스라엘 용사들과 함께 그날 새벽부터 이튿날 저물 때까지 아말렉 전군을 철저히 진멸하니 낙타를 타고 도망한 소년 사백 명 외에는 목숨을 부지한 자가 없었다.

마침내 다윗이 아말렉 사람들이 빼앗아 갔던 모든 백성과 재물들을 완전히 도로 찾고, 그의 두 아내도 구원하였으며, 또 양 떼와 소 떼를 다 되찾았다.

다윗이 백성의 무리와 함께 브솔 시내로 돌아오자, 아히도벨을 비롯하여 몸이 피곤하여 다윗을 따르지 못했던 이백 명의 군사들이 이들을 영접하러 나왔다.

"다윗 장군 만세! 이스라엘의 하나님을 영원히 찬양하라! 하나님께서 우리 백성을 원수의 손에서 온전히 건지셨도다! 이것은 다윗의 전리품이로다!" 백성들이 너나없이 모두 함께 기뻐하며 크게 함성을 질렀다.

"이 사람들은 우리와 함께 가지 않고 여기서 쉬고만 있었는데, 이들이 우리와 동등한 대우를 받는 것은 불가하리라. 우리가 찾은 물건은 무엇이든지 그들에게 주지 말고 각자의 처자만 데리고 떠나가게 합시다." 브솔 시내에서 휴식을 취하며 잠시 머무는 동안 몇 명의 악한 불량배들이 불평을 퍼뜨리며 백성들을 선동하였다.

"장군, 잠시 따로 드릴 말씀이 있습니다." 아히도벨이 자기 아내에게서 들은 그간의 사정과 또 백성들 사이에서 선동하는 자들의 말을 듣고서 다윗에게 별도의 특별 면담을 요청하였다.

"장군, 여호와께서 우리를 보호하시고 우리를 치러 온 아말렉 군대를 우리 손에 넘기셨으니 주께서 주신 것을 사람이 마음대로 판단할 수 없을 것입니다. 이제 장군께서 모든 것을 되찾아 오셨으나, 전장에 내려갔던 자의 분깃이나 소유물 곁에 머물렀던 자의 분깃이 같아야 할 것이며 모두 똑같이 분배해야 할 것입니다." 아히도벨은 이러한 내용을 이스라엘의 새로운 규례로 삼아 선포할 것을 다윗에게 요청하였다.

"아히도벨 님의 말씀이 지극히 옳습니다. 하나님께서 우리에게 주신 것을 가지고 마음대로 할 수는 없지요. 군사께서 하시는 말씀대로 이것을 이스라엘의 새 율례와 규례로 선포하겠습니다." 다윗도 기쁘게 동의하였다.

"그리고 한 가지 더더욱 매우 중요한 법을 반포하여야 할 것 같습니다." 아히도벨이 강렬한 눈빛으로 다윗을 뚫어지게 쳐다보았다.

"무슨 말씀이시기에 그렇게 정색을 하십니까?" 다윗의 표정도 따라서 심각해졌다.

"장군, 대답해 보십시오. 이번에 우리가 아말렉의 침략을 당한 것이 여인들의 잘못입니까?" 아히도벨의 눈빛이 더욱 강렬해졌다.

"그럴 리가 있나요? 여인들이 무슨 잘못이 있겠습니까. 그들을 제대로 지켜 주지 못한 우리 남자들의 잘못이지요." 다윗이 어리둥절한 얼굴로 아히도벨을 쳐다보았다.

"그 말씀이 옳소이다. 그러나 잘못은 우리 남자들이 했지만, 그로 인해 처절한 고초를 고스란히 당한 것은 우리가 지켜 주지 못한 여인네들이었지요. 그러므로 이번에 여인들이 아말렉 인들에게 치욕을 당한 것에 대한 책임은 바로 장군 자신과 우리 남자들이 져야만 하는 것이외다." 아히도벨의 목소리가 더욱 엄숙해졌다.

"장군, 지금 여인들은 남자들의 실수로 인해 자신들에게 닥친 엄청난 이 비극에 대해서 회복할 수 없는 낙심에 빠져 있을 것입니다. 이제 장군께서는 이번 참상으로 이미 감당할 수 없는 치욕을 당한 여자들에게 그로 인한 또 다른 고통이 계속 이어지지 않도록 만들어 주어야 합니다. 비록 이스라엘의 주권자라 해도 어길 수 없는 가장 엄격한 특별법을 제정하여 즉시 반포하십시오."

"구체적으로 어떤 법을 제정하여 반포하라 하시는 것인지요?" 다윗도 즉시 상황의 엄중함을 인식하고 목소리를 낮추었다.

"이번 아말렉의 침공으로 인해 여인들이 치욕을 당한 것에 대해서는, 앞으로 그 누구도 어떠한 언급도 해서는 안 될 것입니다. 모든 백성은 시글락에 도착하는 즉시 의무적으로 반드시 자신들의 아내와 다시 화합하여야 하며, 지켜 주지 못했음을 진심으로 사과하고 진정으로 위로할 것을 명령하십시오. 이 사건과 관련하여 수모를 겪은 여인들을 바로 그 이유로 어떠한 차별이라도 가하는 자는, 그 지위 고하를 막론하고 그 당사자는 즉시 참수하고 그 모든 직계 가족들을 노비로 삼겠다는 특별법을 이곳을 떠나시기 전에 모두에게 선포해 주십시오!" 세상에서 가장 사랑하는 손녀의 앞날을 반드시 지켜 주어야 한다는 절박한 생각으로 아히도벨의 얼굴은 딱딱하게 굳어 있었다.

아히도벨의 심각한 진언을 스스로 진심으로 공감하고 액면 그대로 받아들인 지도자 다윗은, 그 즉시 강력한 시글락 특별법을 제정하여 모든 백성 앞에서 분명히 선포하였다.

밧세바는 아직은 어린 소녀에 불과했지만, 모든 백성 앞에 나서서 직접 새로운 칙령을 공포하는 다윗의 늠름한 모습을 보고서 마음속 깊은 곳에서부터 그를 사모하는 마음이 가만히 싹트고 있었다.

5. 헤브론의 비극

　블레셋과의 치열한 전쟁에서 이스라엘 초대 왕 사울이 죽었고, 그의
큰아들 요나단까지도 전사하였다. 이제는 다시 자신의 조국으로 돌아
가야겠다고 마음을 정한 다윗은 오랫동안 시글락에서 함께 고생했던
백성들을 거느리고 이스라엘 땅 헤브론으로 무혈 입성하였다. 그를

　　　　　　　　　　　　　　　　　소설 밧세바

따르던 수하 장수들에게는 다윗의 거처 가까운 곳에서부터 각각의 공과 서열에 따라 비어 있던 저택들이 제공되었다. 엘리암도 혁혁한 전공을 인정받아 작은 정원이 딸린 아담한 집을 하사받았다. 이미 성숙한 처녀가 다 된 밧세바는 무엇보다 이제 자신만이 혼자서 사용할 수 있는 공간이 생긴 것이 너무나도 기뻤다.

다윗은 아히도벨에게도 자신의 성에서 가장 가까운 커다란 저택을 제공하려 하였다. 그러나 헤브론에서 가까운 성읍 길로에 있는 자신의 고향 집에 다시 머물고 싶다는 본인의 희망을 존중해 주었다. 그 커다란 저택은 다윗의 조카 요압에게로 돌아갔다. 그 대신에 아히도벨에게는 큼직한 나무 상자에 한가득 각종 진귀한 보물들이 하사되었다.

밧세바는 헤브론에서의 평화로운 생활에 차츰 적응해 가면서, 시글락에서 살던 때에 아말렉 군사들의 포로가 되어 끌려가던 중에 겪었던 결코 다시는 떠올리고 싶지 않은 지독한 악몽에서 서서히 벗어나고 있었다.

"밧세바야, 이리 할머니에게 가까이 좀 와 보거라." 모처럼 헤브론 아들의 집을 찾은 아히도벨의 아내가, 요즈음 음식을 제대로 먹지 못한다는 밧세바의 창백한 얼굴을 보고 그녀를 자기 앞으로 불러 앉혔다.

"아가, 밧세바야. 도대체 어째서 이렇게 식사를 하지 못하는 것이냐? 언제부터 이리도 몸이 상하게 되었느냐?"

"할머니, 사실 요즘은 속이 늘 더부룩한 것이 음식 냄새를 맡기도 힘들었어요. 자꾸 헛구역질이 나서 음식을 잘 먹지 못하겠어요. 벌써 여러 날째 계속 같은 증세가 있어서 힘이 많이 들어요. 저에게 무슨 나쁜 병에라도 생긴 것일까요?" 밧세바가 손으로 계속 불편해 오는 배를 어루만지며 얼굴을 살짝 찡그렸다.

"그래도 한 달에 한 번씩 달거리는 틀림없이 잘하고 있겠지?" 그녀의 할머니가 밧세바의 손과 얼굴을 어루만지면서 불안한 표정으로 손녀의 몸 여기저기를 자세히 살펴보았다.

"아니요. 할머니. 그때 그 일이 있었던 이후부터는 저에게는 한 번도 생리는 없었어요." 몸은 이미 다 큰 어른의 모습이었지만 정신은 아직 너무 어리기만 한 밧세바가 아무렇지도 않은 무심한 표정으로 할머니를 빤히 바라보았다.

"아이고, 세상에나! 도대체 이 일을 어찌한단 말이냐! 아무래도 우리 아이가 임신한 것이 분명한 것 같구나." 아히도벨의 아내는 밧세바가 지난번 시글락 난리 때에 아말렉군에게 수치를 당하고, 그로 인하여 결국 임신까지 하게 되었음을 직감하였다. 그녀는 즉시 심부름꾼을 사서 길로 성읍 자기 집에서 지내고 있던 아히도벨에게 급히 헤브론 아들의 집으로 올라와 달라는 급보를 전달하였다.

"지금 여기 이 자리에 있는 사람들 이외에는 그 누구도 이 사실을 알아서는 안 된다. 이미 저질러진 일을 가지고 슬퍼하고 안타까워하는 것은 한 번으로 족하다. 그러나 이 아이의 복중에 잘못 생겨난 생명은 무슨 방법을 써서든 반드시 두 분 여인들께서 즉시 중절시켜 주시오. 지금부터는 내가 내리는 모든 지시와 명령에 대해서 누구든 무조건 그대로 따를 것이며 어떠한 질문도 대꾸도 허용하지 않습니다!" 언제

소설 밧세바

나 집안 가족들에 대해 절대적인 권위를 가지고 있던 아히도벨이 엄숙한 목소리로 선언하였다.

"특히 너, 밧세바는 무슨 일이 있어도 할머니와 어머니가 지시하는 것은 무엇이든지 반드시 순종하여 당장 시행하고, 특별히 이번 일에 대하여 절대 낙심하지 말아야 한다. 인간에게는 전혀 예상하지도 못하고 원치 않았던 불행이 종종 찾아오기도 하는 법이다. 그러나 신께서 불행을 내리시는 때에는 반드시 그 불행을 이겨 낼 힘도 함께 주시는 법이란다. 그러므로 인간들은 자신의 불행을 통해서 겸손한 마음으로 신 앞에 더욱 깊이 성찰하면서 각자에게 주어진 현실 속의 삶을 치열하게 이해하도록 노력해야 한다. 그 고통과 아픔을 통해서 더 크고 단단하게 성장하는 것이니라. 모두 명심하도록 하여라." 엄숙한 표정의 아히도벨이 사랑하는 손녀의 손을 힘주어 잡아 주었다.

아히도벨의 추상같은 엄격한 명령에 따라, 엘리암의 집은 즉시 외부와의 소통이 철저히 차단되었다. 집 안에서는 은밀한 중에 강제 인공유산에 효험이 있다고 알려진 이스라엘 전역의 많은 민간 비법들이 총동원되었다. 아히도벨은 효험이 있다는 소문이 있는 약재들을 소문나지 않도록 중간에 사람을 세워 값을 따지지 않고 마구 사들였다. 그녀의 할머니와 어머니, 그리고 강제 유산의 경험이 있는 노련한 산파가 달라붙어 여러 날 동안 밧세바를 유산시키기 위한 치열한 몸부림이 계속되었다.

그 시대에 이스라엘 사회에서 모든 백성이 반드시 따라야 하는 하나님의 엄한 규례 중 하나는 여인의 복중에 잉태된 아이는 어떤 이유로 도 절대 유산시킬 수 없다는 원칙이었다. 그것을 어기고 억지로 유산 을 시키려 하다가 발각되거나 고발을 당하면 공동체로부터 크나큰 벌 을 받게 되었다. 다윗왕이 제정 발표한 강력한 시글락 특별법으로 인 해서 아내가 있는 남자들은 당시 그 엄청난 불행이 있었던 직후에 반 강제적으로 자기의 아내들과 모두 동침하였기 때문에 그로 인해서 상 당히 많은 수의 여인들이 거의 비슷한 시기에 임신하였다. 이렇게 이 스라엘 남편들에게 치욕을 당한 그들의 아내들과 반드시 동침하게 한 것은 여자들이 소박을 당하지 않도록 보호하기 위한 이유도 있었지 만, 그 이후로 태어날 아이들의 생명을 보존하기 위한 일종의 안전장 치였다.

다윗과 정략결혼을 한 이후 이혼하여 다른 남자와 재혼했었던 사울 왕의 둘째 딸 미갈을 제외하면, 공식적인 다윗의 첫 번째 아내인 아히 노암도 그 시글락 참변 이후 다윗과 동침하여 임신하였는데 건강한 아이를 순산하여 그 이름을 암논이라 하였다.

다윗은 유대 족속의 왕으로서 삼십 살에 즉위하여 칠 년 육 개월을 헤브론에서 지내면서 여섯 명의 아들을 낳았다. 맏아들 암논은 아무 리 뜯어보아도 제 아비 다윗을 닮은 구석이라고는 거의 찾아보기 어 려웠다. 그러나 당시 서슬 퍼런 엄중한 시글락 특별법의 시행으로 인 해서 그 누구도 자신의 목이 날아갈지도 모르는 위험한 상황 속에서 그런 불경한 말을 감히 꺼낼 수는 없는 노릇이었다.

소설 밧세바

강제 유산이라는 역겨운 과정이 진행되는 동안 밧세바의 육신은 이루 말할 수 없이 심하게 훼손되었다. 지극히 위험한 약물들은 슬쩍 냄새만 맡아도 구역질이 날 지경이었지만 코를 틀어쥐고서라도 반드시 마셔야만 했다. 자기 스스로 원한 것은 아니었지만 밧세바의 몸 안에 아주 조금 생겨난 끈질긴 생명이 무의식중에도 자신의 목숨이 절체절명의 위기에 떨어졌음을 알고서 어떻게든 살아남으려고 어미의 자궁 속에 필사적으로 바싹 달라붙어 떨어지려 하지 않았다. 밧세바는 할아버지의 거부할 수 없는 엄중한 지시에 기꺼이 복종하여 죽을힘을 다해 그 지독한 약물과 혹독한 처방들을 겨우겨우 받아내었다. 아직 충분히 성숙하지 못한 어린 영혼의 존엄성을 마지막 한순간까지 완전히 소멸시켜 버릴 것 같은 처절한 과정들을 여러 번 거듭하고 거듭하는 동안, 그녀의 몸은 감당하기 어려운 무지막지한 고통을 끝내 견디지 못하였다. 종국에는 꽤 많은 하혈을 하면서 겨우 유산에는 성공했지만, 밧세바 자신은 그만 매우 위태로운 혼수상태에 빠지고 말았다.

가족들 모두가 두려움과 안타까움으로 눈물을 흘리며 무심하고 무능한 하늘의 신에게 덧없는 기도를 드리는 외에는 별다른 방도가 없었다. 그 모든 과정을 총지휘하면서 내내 자리를 지키던 아히도벨의 주름진 눈에서도 통한의 피눈물이 끝없이 흘러내렸다.

"밧세바, 밧세바야! 잘 들어라. 너는 나의 마지막 희망이란다. 나는 이미 오래전부터 너를 통해서 이 할아비의 간절한 소망이 이루어질 것이라는 신탁을 받았단다. 그러니 너는 반드시 살아나게 될 것이다. 절대로 포기하지 말고 생명의 끈을 단단히 붙잡고 있어야 한다. 너는 전능의 신과 나를 연결하는 맹세의 딸이다. 이 세상에는 아직 네가 반드시 해야 할 일이 너무나 많이 남아 있으니 경솔하게 마음을 놓아 버리면 절대로 안 된다. 알겠느냐!" 아히도벨이 이미 오랜 시간 혼수상태에 빠져 알아듣지도 못하는 손녀의 손을 꼭 잡고 쉼 없이 계속 그녀의 귀에 대고 속삭였다.

그 이후로 얼마간 절망의 시간이 흐른 후, 가족들이 이제는 너무 지쳐서 깊은 낙심 속에 무기력하게 헤매고 있을 때, 정말 기적과도 같이 밧세바의 상태가 호전되기 시작하더니 삼 일 후에는 드디어 의식이 완전히 돌아왔다.

"저를 애처롭게 부르는 아기의 슬픈 목소리를 따라 정신없이 달려갔는데, 새벽 짙은 안개가 흘러가는 갈대 가득한 강가에 도착했어요. 거기에 모여 있던 다른 사람들과 같이 막 배에 오르려는 순간에 허공에서 할아버지가 나타나서서 제 손을 잡아 끌어내 주셨어요." 혼수상태에서 깨어난 밧세바가 식구들에게 자신이 겪은 일을 눈물을 흘리며 힘겹게 설명하였다.

"정말로 다행이로구나! 하나님께서 우리의 기도를 들어주셨어. 자비로우신 하나님께 감사하거라!" 밧세바의 할머니가 그녀의 손을 붙잡고 눈물을 흘렸다.

'아니요. 할머니. 그게 아니랍니다. 나를 살려 주신 분은 하나님이 아니고 아히도벨, 바로 제 할아버지랍니다.' 주름 가득한 할머니의 얼굴을 찬찬히 올려다보면서 밧세바는 생각했다.

"어느새 우리 밧세바가 이스라엘에서 가장 아름다운 숙녀가 되었구나. 어느 녀석이 이스라엘 최고의 미녀를 데려가게 되려는지 정말 궁금하다. 이제부터 내가 나서서 본격적으로 신랑 자리를 좀 알아보아야겠다." 밧세바가 열여덟 살이 되었을 때, 아히도벨은 이제는 그녀가 과거의 모든 어두운 기억들을 거의 다 극복해 냈다고 판단하였다. 비록 너무나 큰 고통과 지독한 아픔을 겪었고 그로 인해서 결혼이 조금 늦어지기는 하였으나 이제라도 좋은 신랑감을 찾아 결혼을 시킨다면 그리 많이 늦은 것은 아니라 생각했다.

"그래, 네가 혹시 마음에 그리고 있는 사내라도 있느냐? 아가, 너는 어떤 남자와 결혼하고 싶으냐? 결혼이라는 것은 특히 여자에게 있어서는 인생의 가장 중요한 선택이니 부끄러워하지 말고 네 진정한 마음을 이 할애비에게 솔직히 말해 보렴." 아히도벨이 부끄러워 귀밑까지 빨개진 밧세바를 앞에 불러 앉히고는 머리를 쓰다듬어 주었다.

"할아버지, 저는 권세 있는 집의 사람이나 재물이 많은 사람보다는 정말 진실하고 이해심이 많은 사람이었으면 좋겠어요. 그래야 제 깊은 상처도 따뜻하게 감싸 줄 수 있지 않겠어요?" 밧세바가 얼굴을 붉히면서도 제 생각을 분명히 표현하였다.

"밧세바야, 이제는 너 자신도 예전에 있었던 일은 다 잊어야 한다. 아니, 잊는 것이 아니라 그냥 없었던 일로 스스로 믿어야 한단다. 이 나라에는 이미 그에 대한 특별법이 반포되어 있어서 그날의 일을 거론하는 것만으로도 큰 벌을 받게 되는 것이지. 그날의 일은 절대로 네 잘못이 아니었고 누구도 그 일과 관련해서는 눈곱만치도 너를 차별하지 못한단다. 그러니 너는 아무 걱정하지 말고 너 스스로에 대해서 자신감을 가지도록 해라." 아히도벨이 손녀딸에게 자상한 미소를 지어 보였다.

"하지만 할아버지, 이스라엘의 결혼 풍습에는 첫날밤을 치른 후 처녀임을 입증하는 순결의 피가 없으면 소박을 맞게 된다고들 하던데요?" 밧세바가 언젠가 친구의 결혼식에서 들었던 이야기를 떠올렸다.

"다른 신부들은 다 그렇지만 너만은 예외란다. 하지만, 이 할아비가 이미 좋은 방법을 알아서 준비해 두었으니 아무 걱정할 것 없다. 너는 결혼하는 그 첫날밤에 다른 처녀들과 똑같이 반드시 순결의 피를 가지게 될 테니까!" 아히도벨이 조용하면서도 확신에 찬 어조로 밧세바를 위로해 주었다.

아히도벨은 이미 당시 유대 족속의 유력한 장로 집안의 한 걸출한 청년을 손녀사위로 점찍어 두고 있었다. 그는 다윗 왕의 먼 친척 동생뻘이 되는 사람으로서 궁전에서 왕의 재산을 관리하는 높은 직책을 가지고 있었던 아시엘이라는 관리였다. 키도 크고 워낙 잘생겼을 뿐 아니라, 예의 바르고 친절해서 궁중의 신사라는 별명이 붙을 정도였다.

"아시엘, 부모님들은 모두 편안하신가?" 궁중에서 우연히 아시엘을 만난 아히도벨이 관심을 보이며 먼저 반갑게 인사를 하였다.

"네, 염려해 주신 덕분에 모두 편안하게 지내고 계십니다. 모사님께서도 편안하신지요?" 아시엘이 밝게 웃으며 예를 갖추었다.

"아시엘, 자네 지금 나이가 몇인가? 아직 결혼하지 않은 것으로 듣고 있네만." 아히도벨이 개인적인 관심을 직접 나타냈다.

"예, 저는 올해 스물여섯이 되었습니다. 집안의 어른께서 조금 까다로우신 편이셔서 아직 적절한 혼처를 찾지 못하였습니다." 아시엘이 더욱 겸손한 자세로 몸을 낮추었다.

"음, 그렇구먼. 내 언제 한번 자네를 내 집에 초대하고 싶은데 방문해 줄 수 있겠는가? 긴히 할 이야기가 좀 있다네." 아히도벨이 최고의 친근감을 나타내며 아시엘의 손을 잡았다.

"어르신께서 초대해 주신다면 언제든 기꺼이 찾아뵙겠습니다." 호감형 얼굴에 부드러운 미소로 아시엘이 깍듯이 예의를 갖추어 허리를 숙였다.

"좋아, 좋아. 그러면 기왕 말이 나왔으니 내일 저녁에 길로의 내 집에 방문해 주게나. 식사라도 한번 같이 하세. 내일 정오를 지나 내 아들 엘리암이 직접 자네를 안내해 줄 것이야." 아히도벨이 준수한 얼굴의 아시엘을 흐뭇한 표정으로 쳐다보았다.

"알겠습니다. 내일 오후에 댁으로 찾아뵙겠습니다." 아시엘도 밝은 미소로 아히도벨의 호의에 진심으로 깊은 감사를 표하였다.

다음 날 아침 일찍부터 길로 성읍에 있는 아히도벨의 집에서는 귀한 손님 맞을 준비를 하느라고 모든 집 안 사람들이 매우 분주하게 움직이고 있었다. 아히도벨의 아내는 하인들에게 일일이 이런저런 지시들을 하면서 집 안 곳곳을 바쁘게 돌아다녔다. 점심때가 되기 직전에 밧세바가 자기 어머니와 함께 도착하였다.

아히도벨의 집은 길로 성읍에서는 가장 크고 아름다운 저택으로 유명하였다. 뒤로는 키 큰 나무가 빽빽한 다소 가파른 언덕이 병풍처럼 버티어 둘렀고, 집의 앞으로는 맑은 개울이 흐르는 넓은 밭이 반듯하게 일구어져 있었다. 그림 같은 집은 가운데는 이 층으로 높다랗게 본채가 들어섰고, 양옆으로 단층의 아담한 건물들이 나란히 조화를 이루었다. 마당에는 큼직한 아름다운 정원이 꾸며져 있어서 작은 나무들과 기암괴석들로 잘 장식되어 있었다. 과연 당대 이스라엘 최고의 모사가 사는 집임에 부족함이 없어 보였다.

"밧세바, 너는 아무 걱정할 것 없다. 너는 그저 손님이 식사를 마친 후에 내가 준비해 둔 특별한 허브차를 연회장으로 가지고 들어오기만 하면 된다. 오늘 초대한 손님이 차를 마시는 동안 내가 너를 잠시 소개할 것이니 그리 알고 있거라." 아히도벨이 다소 긴장한 듯 보이는 밧세바를 따뜻한 말로 안심시켰다.

"너는 방에 들어오거든 차 단지를 가운데 탁자 위에 두고서 할아버지 곁에 와 앉으렴. 어쩌면 네 신랑이 될지도 모르는 녀석이니 잘 살펴보도록 하여라." 아히도벨은 눈에 넣어도 아프지 않을 손녀딸을 가만히 안아 주었다.

"신의 평화가 이 집에 함께하시길." 아직 해가 기울지 않은 시각에 엘리암과 함께 아히도벨의 집에 도착한 아시엘이 집 안에 들어서면서 정중하게 신의 축복을 빌었다.

"어서 오시게. 오시느라 수고가 많았겠소. 자, 들어오시오." 백발의 아히도벨이 직접 나서서 세상에서 가장 귀한 손님을 반갑게 맞이하였다.

하인들이 대령한 차고 깨끗한 물로 얼굴과 손발을 씻은 아시엘이 아히도벨의 친절한 안내를 받으며 넓은 연회장으로 발을 옮겼다.

집주인 아히도벨의 바로 옆자리 귀빈석에 오늘의 주인공 아시엘이 앉았다. 아름다운 복장의 시녀들이 각 사람의 앞에 놓인 백향목 식탁 위에 막 요리된 먹음직스러운 음식들을 배설하였다. 연회장 한쪽 구석에는 한 소녀가 앉아 조용한 음률로 하프를 켜고 있었다.

"자, 우리 사랑하는 청년, 궁중의 신사 아시엘의 무궁한 앞날을 축복하며 다 함께 건배합시다!" 자신의 집에서 직접 만들어 오래 숙성시킨 최고급 포도주가 가득 담긴 유리잔을 높이 들고서 아히도벨이 큰 목소리로 건배를 제안하였다.

연회장 안에는 훌륭한 식사를 하면서 나누는 즐거운 대화와 웃음소리가 계속해서 그치지 않았다. 식사가 거의 끝나갈 무렵, 밧세바가 연한 분홍색이 은은히 내비치는 고운 빛깔의 옷을 입고 얼굴을 흰색 면포로 살짝 가린 채 큼직한 허브차 단지와 도자기 컵들을 쟁반에 받쳐 들고서 연회장 안으로 들어왔다. 아히도벨의 식탁 앞쪽에 놓인 커다란 탁자에 쟁반을 올려놓은 밧세바는 가만히 할아버지 곁에 가서 앉았다.

식사를 거의 마친 아시엘은 심상치 않은 모습의 밧세바가 방 안에 등장하자 긴장하여 눈이 번쩍 떠졌다. 적당히 큰 키와 풍성한 검은 머리칼을 길게 늘어뜨린 균형 잡힌 몸매의 여인은 날아가듯 가벼운 걸음으로 아시엘의 앞을 지나갔는데, 순간 아주 매혹적인 여인의 향기가 느껴졌다. 살짝 가린 면포 사이로 너무나도 아름다운 얼굴이 눈부셨다. 아시엘은 호흡을 잠시 멈추고 자기도 모르게 밧세바의 얼굴을 계속 쳐다보고 있었다.

"아시엘, 자네에게 소개하고 싶은 사람이 있다네." 넋이 나간 듯 밧세바의 모습만을 계속 쳐다보는 아시엘을 보며 아히도벨이 의미심장한 미소를 지었다.

"이 아이는 내 손녀 밧세바라고 하네. 올해 나이 열여덟이고 내가 세상에서 가장 사랑하는 보물 중의 보물이지. 밧세바야, 잠시 머리쓰개를 걷고 궁중의 재무대신 아시엘 님에게 인사를 드리렴." 아히도벨의 소개를 받은 밧세바는 잠시 부끄러워하다가 조심스럽게 머리쓰개를 걷어내고 천천히 자신의 얼굴을 드러내었다.

"아, 정말 천상의 미인이시군요!" 아시엘의 입은 놀라움으로 닫힐 줄을 몰랐고 눈앞에 나타난 천하절색을 보고서 완전히 넋을 빼앗긴 듯하였다. 밧세바도 젊고 준수한 모습의 아시엘이 마음에 드는 눈치였다.

"그래. 되었다. 아가야, 너는 그만 나가 보아라." 아히도벨이 머뭇거리는 밧세바의 손등을 가만히 두드려 주었다.

"어떠신가? 내 손녀딸이기는 하지만 내가 아는 한 이스라엘의 최고 미인인 것은 분명하지. 마침 나도 우리 손녀딸의 혼처를 구하던 중일세. 자네만 좋다면 내 조만간 격식을 갖추어 매파를 자네 어르신들에게 보내도록 하겠네." 아히도벨이 흐뭇한 미소를 지으며 좋아서 어쩔 줄 모르는 아시엘을 가만히 바라보았다.

"고맙습니다. 정말 고맙습니다. 모사 어른. 이렇게 귀한 손녀 따님을 제게 주시겠다니 너무 기뻐서 몸 둘 바를 모르겠습니다. 이렇게 아름다운 아내를 얻으려고 제게 오랫동안 인연이 없었던 모양입니다. 저희 집안 어른들께서도 아마 크게 만족하시고 기뻐하실 것입니다." 아시엘은 신이 나서 얼굴에 웃음이 가득했다.

"방문해 주셔서 감사드립니다." 만족스러운 식사 자리를 파하고 돌아가기 위해 아히도벨과 함께 밖으로 나온 아시엘에게, 밧세바가 고개를 조금 숙여 인사하였다.

"오늘 이렇게 아름다운 낭자를 직접 뵙게 되어 크나큰 영광입니다. 댁은 헤브론이시라고 들었습니다만." 하늘에서 내려온 천사를 대하기나 한 것처럼, 밧세바와 조금이라도 더 함께하고 싶은 아시엘이 자꾸만 말을 걸며 주춤거렸다.

"헤브론에서도 다시 한번 만나 뵐 수 있을까요?" 밧세바의 향기에 취한 아시엘이 다시 또 만나기를 간곡히 청하였다.

"저도 아시엘 님을 다시 만나 어떤 분이신지 진지하게 이야기를 들어보고 싶습니다." 밧세바는 몹시 부끄러워하면서도, 왠지 싫지 않은 훤칠한 젊은 미남이 그녀 마음에 들었다.

"제 아버지께서 허락해 주시면, 저희 헤브론 집으로 한번 모시겠습니다." 밧세바가 용기를 내어 아시엘을 초대하겠다고 약속하였다.

"네, 정말 감사합니다. 헤브론에서 수일 내에 꼭 찾아뵙도록 하겠습니다." 아시엘이 너무 좋아서 싱글벙글하였다.

"아시엘, 그 아이는 안 된다. 무슨 일이 있어도 나는 절대로 허락할 수 없으니 그리 알고 더는 거론하지 말아라!" 어찌 된 일인지 매파의 방문을 받은 후 아시엘의 어머니가 특별한 사유도 밝히지 않고서 밧세바와의 혼인을 결사적으로 반대하고 나섰다.

"어머니, 왜 그렇게 무조건 반대만 하세요? 제발 그러지 마시고 이유라도 좀 알려 주세요." 밧세바의 엄청난 미모에 이미 몸이 바싹 달아오른 아시엘이 터무니없는 말로 계속 고집을 피우는 제 어미에게 이제는 역정을 내기 시작했다.

"내 입으로는 차마 말하지 못하겠다. 조금 있다가 네 아버지가 들어오시면 직접 여쭈어보도록 하여라. 아무튼, 이 혼담은 내 눈에 흙이 들어가기 전에는 절대로 용납할 수 없는 망측스러운 일이다." 아시엘의 어미가 불같이 화를 내면서 그대로 방을 나가 버렸다.

"그래서, 그때 끌려간 여자들이 무지막지한 아말렉 침략자들에게 강제로 추행을 당했는데, 당시 나이 어렸던 밧세바라는 그 아이도 함께 그 험한 일을 당한 것으로 알고 있다. 왕가의 유력한 친척인 우리가 무엇 때문에 굳이 그런 일을 당한 여인을 집안에 들여야 한다는 말이냐? 우리와 같은 고귀한 혈통에는 크게 체면이 상하는 일이다. 그러니 너도 더는 소란 피우지 말고 조용히 근신하고 있어라. 알겠느냐!" 저녁나절에 집에 들어온 아시엘의 아버지는 몇 년 전 시글락의 치욕에 대한 절대로 내비칠 수 없는 금기된 이야기를 아들에게 자세히 설명하며, 이런 결혼은 절대로 하지 못한다고 확실히 결론을 내렸다.

아버지의 설명을 듣고 나서는, 아시엘도 밧세바의 엄청난 미모가 정말 너무나 아깝다는 생각을 하면서도 이미 처녀가 아닌 여자와 혼인한다는 것은 자신과 같은 고귀한 신분에는 어울리지 않는 적절치 못한 처신이라 판단하고 스스로 밧세바와의 혼담을 포기하였다.

"그 댁에서는 이 집 아기씨와의 혼사를 원치 않는다고 전해 왔습니다. 가만히 알아보니 과거 시글락의 참변 때 아기씨께서 무슨 수난을 당했다는 것을 이야기하면서 그리되었다고 하더군요. 집안 대사를 성사시켜 드리지 못해 정말 죄송하게 되었습니다." 아시엘의 집으로부터 혼사를 거절당했다는 말을 힘겹게 전한 매파는 큰 한숨을 내쉬며 서둘러 돌아갔다. 매파의 말을 자기 아내로부터 그대로 전해 들은 아히노벨은 식탁을 내리치면서 크게 분노했다.

"정말 그런 말을 하는 것을 네 귀로 분명히 들었단 말이지? 만약 조금이라도 허튼 거짓을 고한 것이라면 내 반드시 네년의 사지를 찢어서 죽일 것이다." 아히도벨이 그 말을 전한 매파를 집으로 불러들여서 직접 신문하며 혹독하게 겁을 주었다.

"아니고, 나으리. 제가 나이 많아 늙어서 망령이 들었나 봅니다. 그분들이 제게 딱히 그렇게 말씀하신 것이 아니옵고, 집안 어른들께서 혼인을 시키지 않겠다 하셨다 하기에 무슨 일인가 좀 알아보았더니, 그런 황당한 말이 들려서, 저는 그저 떠도는 이야기를 주워들은 대로만 전한 것입니다요. 무지한 것이 물정 모르고 함부로 떠들었으니 정말 잘못했습니다. 이렇게 엎드려 빕니다. 제발 용서해 주십시오." 늙은 매파가 자신이 전한 말로 인해 무언가 대단히 큰 사단이 생긴 것을 눈치채고 죽을힘을 다해 싹싹 빌었다.

아히도벨은 이미 깨어진 혼사를 다시 잇는다는 것이 아무 의미도 없고, 설사 시글락 특별법을 들먹이며 억지로 결혼을 시킨다고 해도 그 이후에 받게 될 밧세바의 수치와 굴욕을 생각해 보니 그 또한 현명한 처사가 되지 못하는 것으로 결론을 내렸다.

"폐하, 폐하께서 직접 선포하신 시글락 특별법을 무시하고 어긴 자가 있어 처벌하기를 강력히 원합니다!" 매우 흥분한 아히도벨이 즉시 다윗을 찾아가 아뢰었다.

"시글락 특별법은 대왕께서 직접, 지위 고하를 막론하고 엄정히 집행하시겠다고 전능하신 하나님과 모든 백성 앞에서 스스로 약속하신 가장 엄중한 법률입니다. 이 법률을 어긴 궁중 재무대신 아시엘과 그 가족을 법에 따라 즉시 처리해 주시기를 요청합니다." 아히도벨의 창백한 얼굴은 분노로 크게 일그러져 있었다.

다윗은 자신의 집안과 그리 멀지 않은 아까운 친척 동생과 가족들을 어떻게든 구해 보려고 나름대로 백방으로 노력해 보았으나, 이미 분노가 극에 달한 전 수석 모사 아히도벨의 명분 있는 집요한 요청을 끝내 거절하지는 못하였다.

아시엘과 그의 부모, 그리고 말을 전한 매파는 시글락 특별법이 정한 바를 따라 즉시 참수형을 당하였고, 남은 식솔들은 노비가 되어 변방의 국경수비대로 보내졌다.

6. 우리아

　사울 왕 사후에, 사울의 군사령관이었던 넬의 아들 아브넬이 사울의
아들 이스보셋을 데리고 마하나임으로 건너가서 길르앗과 아술과 이
스엘과 베냐민과 온 이스라엘의 왕으로 세웠다.

　유다 족속의 왕 다윗과 나머지 이스라엘 족속의 왕 이스보셋은 서로 강하게 대치하고 있었지만 그렇다고 특별히 심각한 전쟁을 벌이거나 하지는 않았다. 다만 다윗의 군대장관 요압과 이스보셋의 군대장관 아브넬 사이에 서로 자신의 군대가 더 강하다는 불필요한 경쟁심 때문에 간간이 국지적인 싸움이 있었다. 때로는 이로 인해서 서로 동족 간에 피를 흘리고 목숨을 잃는 큰 피해가 발생하기도 하였다. 특별히 요압의 친동생 아사헬이 싸움터에서 마주친 아브넬을 반드시 죽이려고 자신의 민첩함만을 믿고 무리하게 급히 추격하다가 오히려 도망하던 아브넬의 창에 찔려 숨지는 안타까운 사건도 발생하였다.

그러한 대치 상황이 계속 이어지면서 다윗의 나라는 점점 강해져 갔으나, 이스보셋의 나라는 갈수록 약해지기만 하였다. 그러던 중에 아브넬과 이스보셋 두 사람이, 죽은 사울의 첩을 사이에 두고 서로 크게 대립하는 대단히 민망하고 껄끄러운 불상사가 발생하였다. 오직 자신의 힘으로 왕으로 옹립하여 올려 세운 이스보셋이 감히 자기를 무시하려는 것에 대해 크게 화가 난 아브넬이 이참에 나라를 들어 다윗에게 돌려 버리려고 헤브론으로 다윗을 찾아왔다가, 자기 동생 아사헬에 대한 개인적인 복수의 칼날을 감추고 있던 요압에게 그만 무참히 피살당하고 말았다. 그 이후 얼마 되지도 않아서 이스보셋도 자신의 부하들에게 참으로 어이없는 개죽음을 당하게 되었다. 상황이 이렇게 되자 마침내 이스라엘 모든 지파가 일어나 헤브론에 이르러 다윗에게 기름을 붓고 그를 전 이스라엘의 왕으로 삼았다. 이로써 다윗은 드디어 확고부동한 이스라엘의 두 번째 왕이 되었고, 그때 그의 나이는 서른여덟 살이었다.

사울의 집요한 공격으로 인한 오랜 방랑 생활과 고통스러운 망명 생활을 다 견디어 내고 드디어 전체 이스라엘의 명실상부한 왕이 된 다윗은 격한 감동에 휩싸여서 여호와 하나님께 감사의 제단을 쌓았다. 다윗은 이제야말로 완전한 절대 군주로서 통일 이스라엘을 다스리게 된 것이다. 그러나 헤브론은 통일 이스라엘의 수도라고 하기에는 너무 초라하였다. 다윗 대왕은 이제 그의 새로운 명성에 어울리는 곳으로 나라의 도읍을 옮기기를 간절히 원했다.

"그야 두말할 것도 없이 예루살렘 성이야말로 통일 이스라엘의 수도로서 가장 어울리는 곳이지요." 모처럼 대신들의 어전회의에 참석한 다윗의 원로 모사 백발의 아히도벨이 확신에 찬 목소리로 예루살렘을 강력하게 추천하였다.

"그야 물론 그렇다고 할 수 있겠지만 워낙 견고한 산성이다 보니 공략하기가 쉽지 않은 것이 문제지요. 그동안 여러 번의 공격을 감행했지만 아까운 장수들과 군사들만 희생시키고 만 것을 모사께서도 잘 아시지 않습니까!" 다윗이 떨떠름하게 입맛을 다셨다.

"대왕께서는 너무 심려하지 마십시오. 이 늙은이에게 곧 특별한 계략이 만들어질 것도 같습니다. 여부스 사람들은 이렇게 오랫동안 그 성을 차지하고 별 어려움도 없이 지켜 내다가 보니 이제는 자기들 산성의 견고함만을 지나치게 믿고 요즘은 기본적인 경계도 허술해진 것으로 보입니다. 좀 더 철저하게 그들의 약점을 찾아보면 어딘가에 반드시 공략이 가능한 방법이 있을 것입니다. 제가 먼저 그들이 간과하고 있는 허점들을 자세히 탐색해 보겠으니, 대왕께서는 일단 강한 군사들을 따로 모아 공격 준비나 단단히 해 두십시오. 아직은 대왕께 제가 계획하고 있는 작전을 자신 있게 말씀 올리기에 부족한 부분이 많이 있으나, 머지않아 반드시 우리에게 예루살렘 성 공략에 성공할 수 있는 절호의 기회가 있을듯합니다." 아히도벨이 무언가 대단히 좋은 계략을 가지고 있는 듯이 부드러운 미소를 띠고서 다윗을 쳐다보았다.

사실 아히도벨은 그동안 조심스럽게 간세들을 예루살렘 성안에 침투시켜서 여러 가지 중요한 정보들을 수집하고 있었다. 그가 최근에 얻은 정보에 의하면, 성내의 꽤 유력한 한 인사가 권력자들의 시기와 모함에 휘말려 심히 난감한 입장으로 몰리게 되었으며, 그 위기를 벗어나기 위해 급하게 탈출구를 모색하고 있다는 최고급 정보였다. 아히도벨이 꽤 오래전부터 그 사람이 누구인지 정확히 알아내어 여러 차례 편지와 선물을 보내면서 그의 마음을 얻으려 애써 왔는데, 최근에 그 인사로부터 아히도벨을 한번 만나 보고 싶다는 연락을 받은 것이다.

"모사께서 그리 말씀하시니 저로서도 큰 기대가 됩니다. 아무쪼록 차질 없이 잘 파악하시고 준비가 되면 제게도 상세히 알려 주십시오." 기대에 찬 다윗의 눈이 반짝거렸다.

며칠이 지난 후, 이미 해가 지고 어두워지기 시작하는 시간에 한 건장한 체격의 낯선 사내가 엘리암과 함께 길로 성읍에 있는 아히도벨의 집으로 사람들의 눈을 피해 은밀히 방문했다.

"신의 평화가 함께하시기를." 방문객은 아히도벨을 향해 이스라엘 식으로 두 손을 모아 가슴에 대며 낮은 목소리로 신실한 경의를 표하였다.

"어서 오시오. 우리아 장군. 이렇게 어지러운 시기에 어려운 용단을 내려 주셔서 정말 고맙습니다. 전에 말씀드린 것처럼, 만약 이번에 장군께서 도와주시는 것에 힘입어서 우리 이스라엘이 예루살렘 성을 정복하게 된다면 다윗 왕께서는 틀림없이 장군을 진정한 우리의 형제로 받아들이실 겁니다. 두말할 나위 없이 이스라엘의 크나큰 은인이 되시는 것입니다." 아히도벨이 진지하고 존경 어린 표정으로 헷 사람 우리아를 쳐다보았다.

"아히도벨 님, 당신의 높은 명성은 저도 익히 알고 있었습니다. 물론 다윗 왕과 이스라엘 군대의 높은 사기와 강력함에 대해서도 잘 듣고 있었습니다. 그러나 모사께서도 잘 아시다시피 예루살렘 성은 그 전체가 천혜의 요지로서 외부에서의 공격만으로는 결코 쉽게 함락하기 어려운 곳입니다. 제가 모사님께 한 가지 숨겨진 개인적인 중요한 진실을 말씀드리지요. 나는 비록 예루살렘 성안에서 여부스 사람들과 함께 살고 있으나 사실은 유일신 하나님을 믿는 사람이랍니다. 제 조부 때로부터 신비로운 기연이 생겨 여호와 신을 믿게 된 것이지요. 얼마 전 제가 깊이 기도하던 중에 매우 특별한 영적인 감동이 있었고, 이제는 하나님의 백성인 이스라엘을 반드시 도와주어야겠다는 결심을 하게 되었습니다." 예루살렘 성 내에 살고 있던 헷 사람 우리아가 자기의 조상 때부터 신실히 믿어 온 유일신 하나님이 주시는 영감을 따라 이스라엘을 도와주어야겠다는 명분을 내세우며 다윗 왕의 원로 모사 아히도벨을 직접 찾아온 것이다.

"장군의 결단에 진심으로 감사드리오. 만약 장군의 도움으로 우리가 예루살렘 성을 정복하게 된다면 다윗 왕께서는 장군께 반드시 큰 상을 내리실 겁니다.

이러한 위험을 감수하고 이스라엘을 돕는 대가로 만약 장군께서 특별히 원하시는 것이 있으시다면 지금 제게 모두 말씀해 주십시오. 저도 모든 것을 혼자 결정할 수 없고 제가 모시는 다윗 대왕의 허락을 미리 받아 두어야 하니까요." 아히도벨이 예루살렘 정복의 국가적인 숙원을 이번에야말로 풀어낼 수 있을 것 같은 커다란 기대로 우리아의 손을 굳게 잡았다.

"예, 그러지요. 아히도벨 님, 저는 이번 거사를 성공시키고 나면 이스라엘인으로 완전히 귀화하기를 원합니다. 물론 예루살렘 정복 작전을 펼치게 될 때 모든 제 식솔들과 제 재산은 완전하게 보호해 주서야 합니다. 이미 짐작하시겠지만, 제가 예루살렘 성내에 상당한 재력을 축적해 두었는데 그것들을 모두 저의 것으로 그대로 인정해 주시기를 요청합니다. 그리고 저는 예루살렘 성이 이스라엘에 귀속된 이후에도 지금까지 제가 살아오던 내 집에서 계속해서 살기를 원합니다." 커다란 덩치의 사내가 다소 부끄러워하면서도 자신이 생각한 바를 분명하게 이야기하였다.

"마지막으로, 제가 얼마 전 상처를 하였는데 이번 일이 잘 마무리되고 나면 이스라엘 명문가의 여식과 결혼을 하여 새로운 가정을 꾸릴

소설 밧세바

수 있도록 도와주십시오." 우리아의 검게 탄 얼굴이 더욱 검어졌다.

"슬하에 자제분들은 얼마나 두셨습니까?" 아히도벨이 재빨리 머리를 굴리며 우리아의 얼굴을 가만히 쳐다보았다. 나이는 조금 들었지만, 재산이 아주 많다는 말을 듣고서 다시 보니 처음 보았을 때보다 훨씬 더 잘생긴 것처럼 보였다.

"아들이 하나 있었는데, 작년에 역병이 들어 그만 죽고 말았습니다." 갑자기 죽은 아들이 생각났는지 우리아의 목소리가 침통해지면서 안면 근육이 심하게 꿈틀거렸다.

"아, 장군께 그런 슬픈 일이 있었군요. 그거 참으로 유감입니다. 내가 반드시 훌륭한 집안의 규수를 찾아 소개해 드리도록 주선해 보겠소이다." 아히도벨은 계속 머리를 빠르게 굴리며 속으로 무언가를 계산하고 있었다.

하나뿐인 손녀 밧세바가 시글락에서 당한 참혹한 시련으로 인해서 아직 어린 나이에 강제 유산까지 경험하고, 그 사건의 여파로 결국 청혼에 실패한 것이 늘 맘에 걸렸었다. 그 상대방이 시글락 특별법을 위반한 것으로 고발되어 공개 처형을 당하고 가문이 완전히 몰락하는 엄청난 비극을 겪으면서, 큰 충격을 받은 사랑하는 손녀 밧세바의 앞날을 어찌해야 할지 몹시 고민하고 있었기 때문이다. 만약 우리아의 도움을 받아 예루살렘 공략에 성공한 후 밧세바를 우리아에게 시집보낸다면 여러 면에서 바람직한 상황들이 가능할 것이라는 생각이 들었다. 다윗 왕이 우리아의 업적을 크게 치하하여 높은 자리에 등용하게 될 것이 분명하고, 재산은 이미 전 이스라엘에서 최고의 부자임이 거의 분명한데 슬하에 자식이 하나도 없다고 하니, 이만한 혼처라면 비록 재취 자리라 하더라도 체면을 크게 구기지는 않겠다고 계산하였다. 더구나 우리아는 외국인으로서 그간에 밧세바에게 있었던 일에 대해서는 전혀 아무것도 모를 것이니, 그 또한 참으로 다행스러운 일이 아닌가! 나이 차가 너무 많기는 하지만, 이스라엘 사회에서는 흔히 있는 일이며 크게 문제가 될 것은 없으리라 생각하였다. 아히도벨은 밧세바를 위해서라도 이번 예루살렘 공격 작전을 반드시 성공시켜야겠다고 마음속으로 다짐하였다.

"얘야, 이제 식사가 거의 끝나가니, 너는 얼른 주방에 가서 밧세바 아가씨에게 소화에 좋은 허브차를 좀 내오라고 전하거라." 심중에 이미 모종의 계획을 세운 아히도벨이 식사 자리에서 시중을 들던 하녀에게 명하였다.

"그래. 밧세바야, 인사 드리거라. 이분은 이번에 나라에 큰 공을 세우실 우리아 장군이시다. 소화에 도움이 되는 따뜻한 허브차를 한 잔 따라 드리거라." 아히도벨이 손녀딸에게 특별히 의미심장한 미소를 보였다.

"저희 할아버지를 도와주셔서 감사합니다." 밧세바가 머리에 얹은 작은 가리개를 살짝 걷어 얼굴을 드러내며 우리아를 향해 고개를 숙였다.

그 순간 아무런 생각도 없었던 우리아는 무심코 그녀의 천사같이 아름다운 얼굴을 한 번 보고서 그만 온몸이 갑자기 뻣뻣이 굳어 버리고

소설 밧세바

말았다.

"내 손녀 밧세바랍니다. 내가 장담하거니와 이스라엘에서 가장 슬기롭고 가장 아름다운 처녀지요. 이제 혼기가 찼으니 곧 출가를 시킬 생각이랍니다. 그래. 밧세바야, 수고했다. 그만 물러가거라. 나는 손님과 함께 좀 더 이야기를 나눠야겠다." 아히도벨은 밧세바의 얼굴을 한 번 보고서 큰 충격을 받아 어쩔 줄 모르는 우리아를 못 본 척 태연한 표정을 지었다.

그간 여러 차례 예루살렘 성 공략을 시도했으나 번번이 실패를 거듭하기만 했던 이스라엘 왕 다윗은, 아히도벨로부터 구체적인 작전 계획을 보고를 받았다. 성안에 살고 있다는 유력 인사 헷 사람 우리아의 도움을 받아 예루살렘 성을 기습하는 작전을 승인하고, 그것을 제안한 아히도벨로 하여금 작전을 총괄 지휘하도록 하였다.

"성안으로 흘러 들어가는 숨겨진 수로 중 하나를 이용하는 것입니다. 물론 성의 안쪽 수로와 이어지는 깊은 우물 위에는 밤낮으로 이십여 명의 군사들이 삼엄하게 경계를 서고 있지요. 장군께서 수로를 통해서 군사들을 우물 위로 올려 보내시기 직전에 서로 약속한 횃불로써 신호를 보내시면, 제가 가신들과 함께 우물 입구로 은밀히 접근하여 경계하는 여부스 군사들을 일시에 모두 제거하겠습니다." 다부진 체격의 헷 사람 우리아가 군대장관 요압과 다윗왕의 모사 아히도벨에게 자신이 직접 준비한 계획을 자세히 설명하였다.

"성안으로 이스라엘의 특공대가 무사히 잠입하고, 제가 그들을 성문 쪽으로 인도해 가서 경계를 서고 있는 여부스 군사들을 기습하여 제압할 수만 있다면, 간단히 성문을 열 수 있을 것입니다. 요압 장군께서 그 성문 앞에 대규모의 강력한 군사를 미리 대기시키셨다가 한꺼번에 밀고 들어온다면 이 작전은 순식간에 마무리될 수 있습니다." 작전을 설명하는 우리아의 얼굴이 확신과 자신감으로 빛났다.

"참으로 기막힌 작전입니다. 그러면 거사 날짜는 언제로 잡는 것이 좋겠습니까?" 요압이 만면에 만족스러운 흐뭇한 미소를 지으며 우리아를 쳐다보았다.

"마침 사흘 후가 그믐이니 그때가 좋겠소이다. 이번 작전은 보안이 무엇보다 중요하니 입단속을 철저히 해야 합니다." 아히도벨이 정색을 하고 그 자리에 모인 장수들에게 단단히 일러두었다.

드디어 사흘 후, 달빛도 없는 그 운명의 그믐날 밤에, 요압이 이끄는 이스라엘 최정예 군사들은 성안에 살고 있던 헷 사람 우리아의 결정적인 도움에 의지하여 여부스 사람들이 오랫동안 장악하고 있었던 견고한 성 예루살렘을 정복하기 위한 특별 작전에 돌입하였다.

아히도벨과 미리 약속한 대로 자정이 훨씬 넘은 늦은 시각에 우리아가 성안에서 은밀하게 자신의 가신들을 움직여서 우물을 지키는 여부스 군사들이 경계를 서고 있는 곳으로 소리 없이 접근하였다. 여부스 군사 십여 명이 모닥불을 지펴 놓고 둘러서서 불을 쬐면서 이야기꽃을 피우고 있었다. 우리아와 함께한 심복들의 수가 경비병들의 배 이상이나 되었기에 아무 소리도 내지 않고 그들에게 가까이 접근하는 것은 그리 간단한 일이 아니었다. 우리아는 일단 심복들에게 몸을 숨기고 경비병들을 향해 일제히 화살을 날리도록 명하였다. 어둠 속에서 날아온 화살에 몇몇 여부스 군사들이 비명을 지르며 쓰러졌다. 나머지 병사들이 당황하여 우왕좌왕하는 틈을 이용해서 우리아와 그 심복들이 일제히 칼을 휘두르며 경비병들을 압박해 들어갔다. 특히 우리아는 우람한 체격에 대단히 뛰어난 칼솜씨를 가지고 있었다. 순식간에 서너 명의 병사가 얼굴에 그의 칼을 맞고 고꾸라졌다. 그러나 아차 하는 찰나에 옆에서 날아온 칼날을 미처 피하지 못하고 우리아 자신도 왼편 팔을 크게 베이고 말았다. 오래지 않아 수적으로 절대 우위를 차지한 우리아와 심복들이 대항하던 모든 여부스 병사들을 제압하여 쓰러뜨렸다.

"너희는 어서 횃불을 흔들어 이스라엘 특공대가 물길을 따라 들어올 수 있도록 연락을 보내거라! 그리고 너희는 어서 우물 아래쪽으로 동아줄을 내려보내라!" 자신의 온몸이 피범벅이 된 줄도 전혀 모르고 우리아가 낮은 목소리로 심복들을 재촉하였다. 우리아의 횃불 신호를 받은 이스라엘 특공대는 성 아래의 좁고 캄캄한 물길을 따라 어렵사리 성안으로 들어와서 우리아가 위에서 내려 준 밧줄을 타고 우물 위로 올라갈 수 있었다. 드디어 성내 잠입에 성공한 백여 명의 이스라엘 특공대는 대기하고 있던 우리아 무리의 안내를 받아 소리 없이 성문으로 접근해 갔다. 특공대는 그곳을 지키던 여부스의 경계 근무자들을 기습하여 몰살시키고 밖에서 대기하고 있던 요압 장군이 이끄는 이스라엘 군사들에게 성문을 활짝 열어 주었다.

한밤중에 갑작스러운 엄청난 해일을 만난 거센 바다처럼 거침없이 들이닥친 이스라엘 군대는 약속대로 우리아의 집과 그 식솔들만을 제외하여 별도로 보호하고는, 그동안 여러 차례 공격을 감행하는 동안 희생된 이스라엘 군사들에 대한 보복으로 나머지 성내에 살고 있던 거의 모든 여부스 사람들을 하나도 남김없이 철저히 도륙하였다.

"하나님의 선하신 인도하심을 따라 준 그대의 헌신적인 도움으로 우리 이스라엘이 큰 성 예루살렘을 손쉽게 공략하게 되었소이다. 그대가 믿는 우리 하나님은 신실한 분이니 그대와의 약속을 모두 반드시 지키겠습니다. 나는 그대에게 완전한 이스라엘 백성으로의 자격을 부여할 것이며, 그대를 즉시 우리 이스라엘 군대의 천부장으로 임명하겠소이다. 하나님의 빛이 항상 그대에게 함께하기를 축복합니다!" 다윗 왕이 승전을 축하하는 자리에서 모든 군대 앞에 헷 사람 우리아를 드러내어 세우고 공개적으로 크게 치하하였다. 우리아는 애초의 약속대로 예루살렘 성에 가지고 있던 자신의 막대한 재산과 식솔들 하나도 상하지 않고 그대로 지켰을 뿐 아니라, 다윗 왕으로부터 큰 공을 인정받아 푸짐한 상까지 덤으로 받았다.

"우리아 장군, 정말 축하드립니다! 당신의 하나님, 우리 이스라엘의 하나님께서 언제나 당신을 보호하시고 지키시기를 축원합니다." 며칠 후 아히도벨이 새 왕궁과 매우 가까이 붙어 있는 우리아의 호화로운 저택을 방문하였다.

"어서 오십시오. 아히도벨 님의 굳건한 믿음과 적극적인 지원이 있었기에 가능한 일이었습니다. 모사님의 현명하신 인도하심에 깊이 감사드립니다." 우리아도 밝은 웃음으로 아히도벨의 손을 힘주어 잡으며 반갑게 맞이했다.

"자, 오늘 저녁은 이스라엘의 수석 모사이신 아히도벨 님께 특별히 감사드리기 위해 제가 준비한 잔치 자리이니, 편안하게 즐겨 주시기 바랍니다." 우리아가 아히도벨을 친절히 안내하며 집 안 이곳저곳을 보여 주었다. 거대한 주택은 잘 다듬어진 대리석과 회양목으로 튼튼하게 건축되었고, 집 안 곳곳의 정원에는 이름 모를 진귀한 화초들이 즐비했다. 넓은 마당 한쪽에는 자연적으로 물이 흘러 들어가는 커다란 연못까지 있었다. 집 안 어디를 보나 허술한 구석 하나 없이 엄청난 고가의 장식품들이 줄지어 놓여 있었다.

"정말 장군의 집 규모가 대단하군요! 이렇게 훌륭한 저택에 안주인이 계시지 않다는 것을 누가 믿을 수 있겠습니까? 이제 장군께서도 진정으로 이스라엘 백성이 되셨으니 서둘러 안주인을 맞이하셔야 하겠습니다그려." 아름다운 저택을 천천히 돌아보면서 아히도벨이 부러움이 가득한 표정으로 우리아의 얼굴을 빤히 쳐다보았다.

"그럼요. 그래야지요. 그렇지 않아도 제가 먼저 모사님께 그 이야기를 좀 드리고 싶었습니다. 우선 안으로 들어가시지요." 우리아가 더욱 공손한 모습으로 아히도벨을 진수성찬이 준비된 회랑으로 모시고 들어갔다.

"모사님, 이것은 그간 모사님께서 저를 도와주신 은혜에 대한 제 작은 감사의 마음입니다." 우리아의 시종들이 큼직한 상자 하나를 아히도벨 앞으로 가져왔다.

"하하하, 따지고 보면 장군께서 저를 더 많이 도와주신 것 같은데 무슨 이런 과한 선물까지 주십니까?" 큼직한 상자에 가득 휘황하게 번쩍이는 황금 기물을 보고 아히도벨이 만족하여 크게 웃으며 기뻐하였다.

"모사님이 아니셨다면 그 어떤 사람이 저 같은 이방인의 말을 믿고서 이렇게 위험한 일을 함께 도모해 주었겠습니까! 부족한 저를 살려 주신 것은 바로 모사님이십니다. 약소하지만 부디 받아 주십시오." 우리아가 따로 생각한 것이 있어서 더욱 아히도벨의 비위를 맞추었다.

"장군, 혹시 내게 무슨 어려운 부탁이라도 있어서 이러시는 거 아니요?" 아히도벨이 자신은 아무것도 모르는 척 운을 뗐다.

"그것이 참, 직접 말씀드리려 하니 좀 민망하군요." 우리아가 차마 말을 하지 못하고 계속 머뭇거렸다.

"아, 대체 무슨 말씀이기에 이렇게 뜸을 들이십니까? 내 장군의 부탁이라면 그 무엇인들 마다하리까? 아무 걱정하지 마시고 어서 말씀해 보십시오." 아하도벨이 부드러운 미소로 우리아에게 용기를 주었다.

"예, 그러면 체면 차리지 않고 말씀드릴 것이니 너무 화내지는 마십시오. 사실은 요즘, 이전에 길로 성읍 모사님 댁을 방문했을 때 잠시 보았던 모사님의 손녀 따님 얼굴이 계속 떠올라 잠을 이루지 못하고 있습니다, 제가 비록 한 번 결혼하기는 하였으나 지금은 혼자의 몸이고 딸린 자식도 없으니, 염치없지만 모사님의 손녀를 한번 욕심내도 되겠습니까?" 우람한 덩치의 용맹한 장수 우리아가 어울리지 않게도 심히 부끄러워하며 말을 더듬거렸다.

소설 밧세바

"물론 장군 정도의 인물이라면 충분히 고려해 볼 수 있는 일이지요. 아, 그러나 아무튼 결혼이란 인륜지대사이니 본인의 생각을 좀 들어 보아야 할 것 같군요." 아히도벨이 대수롭지 않다는 듯 담담하게 미소 지었다.

"내가 조만간 길로에서 승전하신 장군을 위로하는 잔치를 준비할 것이니, 그날 내 집에 오셔서 서로 간의 마음을 직접 한번 확인해 보시는 것이 어떻겠소?" 아히도벨이 큰 선심을 쓰는 표정을 지었다.

"모사 어르신. 정말 감사합니다. 날짜를 정하시면 약소한 선물을 가지고 찾아뵙겠습니다." 우리아가 갑자기 벌떡 일어나 아히도벨에게 큰절을 올렸다.

"거룩한 신의 평화가 이 집에 함께하시기를 기원합니다!" 세 마리의 나귀 등에 어마어마한 선물 꾸러미들을 가득 싣고서 우리아가 아히도벨의 집을 방문하였다.

"어서 오십시오. 우리아 장군! 이제 그간의 모든 노고는 모두 다 내려놓으시고, 오늘 밤만큼은 우리와 함께 편안하고 즐거운 시간 즐기시기 바랍니다." 아히도벨이 우리아를 인도하여 연회가 준비된 커다란 연회장으로 들어갔다.

아히도벨의 넓은 집에 마련된 연회장에는 아름다운 젊은 여인들이 흥겨운 악기의 연주에 맞추어 화려한 이스라엘 전통춤을 추고 있었다. 이윽고 주빈이 정해진 자리에 앉자, 즉시 갓 요리된 기막힌 음식들이 탁자 위에 가득 진설되었다.

"우리 하나님께서 내려 주시는 풍성한 은혜와 우리아 장군의 평안 하심을 위하여!" 아히도벨이 자신의 집에서 직접 만들어 오래 보관했던 향기로운 최고급 포도주가 찰랑거리는 투명한 잔을 높이 들었다.

"오늘의 영웅, 우리아 장군을 위하여!" 잔치 자리에 함께 참석한 사람들이 즐겁게 호응해 주었다. 기름진 음식들과 향기로운 포도주, 반라의 무희들이 흥을 돋우는 선정적인 춤까지 즐기면서 잔치는 절정을 지나가고 있었다.

"자, 이제 너희들은 잠시 물러가도록 하여라." 잔치가 마무리될 즈음에 아히도벨이 악공과 무희들을 연회장 밖으로 모두 내보냈다.

"우리아 장군, 우리 집에는 다른 곳에서는 맛볼 수 없는 매우 특별한 허브차가 있답니다. 기름진 음식을 많이 드신 후에 특별히 좋은 차지요. 이제 곧 제 손녀딸이 차를 내올 것이니 편안하게 음미해 보시기 바랍니다." 아히도벨이 자신의 계획대로 밧세바를 우리아와 결혼시키기 위해 두 사람의 맞선을 준비한 것이다.

곧이어 수수한 이스라엘 전통복장을 입고, 얼굴을 살짝 가린 밧세바가 직접 조심스럽게 차 단지와 잔들을 큰 쟁반에 받쳐 들고 홀 안으로 걸어 들어왔다. 밧세바는 차 단지를 탁자에 내려놓고 몇 개의 유리잔에 나누어 따랐다. 그리고 가장 먼저 우리아 앞의 작은 탁자 위에 김이 모락모락 올라오는 특별한 허브차 잔을 올려놓았다.

그윽한 허브 향기와 함께 전해지는 젊고 아름다운 여인의 체취가 우리아를 바싹 긴장시켰다. 늘씬한 자태도 보기 좋았고, 살짝 드러난 그녀의 백옥 같은 얼굴은 하늘에서 막 하강한 천사인 듯 눈부시게 아름

소설 밧세바

다웠다. 우리아의 가슴은 자기도 모르게 거칠게 뛰기 시작했다. 이어서 할아버지에게도 찻잔을 올린 밧세바는 그대로 밖으로 나가지 않고 아히도벨 곁에 따로 준비된 의자에 살며시 앉았다.

"우리아 장군, 전에 한 번 보신 적이 있지요? 내 손녀 밧세바라오. 내 분명히 장담하거니와, 이스라엘 최고의 미인임이 틀림없답니다! 하하하." 아히도벨이 포도주로 인해 불그레한 얼굴로 호탕하게 웃었다.

"밧세바야, 이분이 바로 이번 예루살렘 성 공격에서 크나큰 공을 세우신 우리아 장군이시란다. 잠깐 머리쓰개를 거두고 인사를 드리도록 하여라." 아히도벨이 부드러운 눈빛으로 밧세바에게 눈짓을 보냈다.

이제는 이십 대 초반에 들어선 절정의 청신한 여인, 밧세바의 얼굴은 티 하나 없는 완벽함 그 자체였다. 일렁이는 불빛 속에 반짝이는 파란 눈동자가 보는 이로 하여금 깊은 태고의 호수 같은 신비로움을 느끼게 하였다.

우리아는 자신 생애에 처음으로 경험해 보는 이 완벽한 이스라엘 여인의 비현실적인 아름다움에 그만 넋을 잃고 온몸에 전율을 느낄 지경이었다.

"아가, 그만 너는 나가 보도록 하여라." 우리아의 충격적인 반응을 즉각적으로 눈치챈 아히도벨이 이미 충분하다고 판단하고 서둘러 밧세바를 방에서 내보냈다.

"장군, 어떻게 보셨습니까? 내 손녀 아이지만 정말 더할 나위 없이 아름다운 아이지요. 마음에 드셨습니까?" 아히도벨이 웃음 띤 얼굴로 우리아에게 은근한 눈빛을 보냈다.

"너, 너무나 아름다운 손녀를 두셨군요. 저, 저는 무슨 꿈을 꾸는 줄 알았습니다. 아히도벨님께서 허락하신다면 어서 빨리 아내로 맞이하고 싶습니다. 제가 명성이 자자하신 이스라엘의 원로 모사님의 손녀 사위가 될 수만 있다면 저는 무엇이든지 시키시는 대로 다 하겠습니다." 우리아가 다소 흥분된 어조로 말까지 더듬었다.

"장군께서 그리 흡족해하시고, 우리 아이도 장군을 마음에 들어 하는 모양이니, 더 미룰 것 없이 서둘러 혼례를 올리기로 합시다." 아히도벨은 이번 기회에 이미 혼기를 놓친 손녀 밧세바를 이스라엘 최고 부자 우리아에게 시집보내는 것이 사랑하는 손녀를 위해서도 분명히 탁월한 선택이라고 생각하였다.

이스라엘 최고의 부자답게 우리아는 엄청난 신붓값을 엘리암의 집으로 보내왔다. 밧세바와 우리아의 결혼식은 매우 빠르게 진행되었다. 예루살렘 최고의 모사 집안과 새로운 영웅으로 떠오른 우리아 장군의 특별한 결혼식이 길로 성읍과 예루살렘 성 우리아의 저택에서 수많은 유력한 하객들의 축복 속에 화려하게 치러졌고, 이어서 여러 날 계속해서 성대한 피로연 잔치가 벌어졌다.

"세상에서 가장 어여쁜 내 딸아, 아들딸 많이 낳고 행복하게 살아라!" 너무나도 기쁜 딸아이의 결혼식 날에 밧세바의 어머니는 소리를 죽이고서 하염없이 눈물을 흘렸다.

"어머니 너무 슬퍼하지 마세요. 저도 이제 더는 힘들어하지 않을 거예요. 남편에게 순종하고 잘 섬기는 현숙한 아내가 될 것이니 어머니도 이제 아무 걱정하지 마세요." 밧세바가 터져 나오려는 눈물을 이를 악물고 참으면서 오히려 제 어미를 위로하였다.

"밧세바, 내 사랑하는 손녀야. 너는 세상에서 가장 고귀한 여인임을 항상 잊지 말아라. 사람의 일이 당장 보기에는 만족스럽지 못하다가도 신의 뜻이 있으면 또 무슨 일이 생기게 될지 누구도 모르는 것이다. 항상 마음을 단정하게 하고 남편을 잘 섬기면서 네가 가야 하는 그 길에 충실하도록 하여라." 아히도벨 역시 쓰라린 가슴을 애써 감추고서 사랑하는 손녀딸의 손을 쓰다듬어 주었다.

"순결한 신부의 잠자리 흔적을 보아라!" 신랑, 신부의 방 밖으로 내걸린 깨끗한 침대보 위에는 멀리서 보아도 선명한 순결의 붉은 상징이 자랑스럽게 빛나고 있었다. 아히도벨이 이미 오래전부터 구해 두었던 동물의 작은 피 주머니를 결혼 예식 이전에 신부의 어미를 통해 전달하고 훈련까지 시켜 두었던 효과를 확실하게 거둔 결과였다.

비록 자기 나이의 두 배나 되고 얼굴이 좀 검은 덩치 큰 외국인을 남편으로 섬기게 되었지만, 밧세바는 이 결혼을 통해서 이제부터는 자신의 불행했던 과거의 운명을 틀림없이 새로운 꿈으로 바꾸어 낼 수 있으리라 굳게 믿었다.

7. 조작된 운명

화려한 결혼식을 치르고 나서 얼마 동안의 기간에 두 사람은 더없이 행복한 신혼을 보냈다. 우리아는 눈에 넣어도 아프지 않을 것 같은 너무나 아름다운 어린 아내를 위로하기 위하여 매일 밤 그녀의 침실에 찾아와 항상 미소 띤 얼굴로 깊은 사랑을 표시하였다.

"당신같이 아름다운 여인을 아내로 맞이한 나는 정말 이스라엘 최고의 행운아일 거요. 내 나이가 당신 나이에 비해 너무 많아 좀 미안한 생각이 드는군. 무엇이든 갖고 싶은 것이 있으면 다 말해요. 내 당신을 위해서라면 세상 어떤 보물이라도 찾아 바치겠소." 우리아는 기적처럼 나타난 색시가 너무 예뻐서 온종일 그녀 곁에만 붙어 있으려 했다.

"서방님께서 이렇게 분에 넘치게 사랑하고 아껴 주시니 저는 지금이 너무 행복해요. 나이 차가 좀 나면 어때요. 저도 당신의 지극한 사랑에 영원히 감사하면서 더욱 행복하게 해 드리고 싶어요." 밧세바가 우리아의 넓고 튼실한 가슴에 안겨 얼굴을 붉혔다.

"자, 나의 사랑, 나의 천사여. 오늘 밤도 우리 함께 아름다운 추억을 만들어 볼까요!" 우리아가 밧세바를 번쩍 안아 귀한 보석들로 치장한 넓은 침대로 향하였다.

"어머 아직 날도 지지 않았는데, 하녀들이 보고 웃어요." 밧세바가 우리아의 목을 끌어안으면서 부드럽게 남편의 입술에 가벼운 키스를 하였다.

"하하하, 마음껏 보고, 마음껏 웃으라지! 나는 당신을 닮은 예쁜 딸의 얼굴이 너무나 보고 싶은걸!" 우리아가 껄껄 웃으면서 사랑하는 아내의 가느다란 허리를 강하게 끌어안았다. 두 사람의 신혼 시절은 그렇게 행복하고 아름답게 지나갔다.

그러나 달이 지나고 해가 바뀌면서 처음의 그 뜨거웠던 사랑은 차츰 차갑게 식어 갔다. 그도 그럴 것이 결혼한 지 일 년이 훨씬 넘도록 그렇게도 바라던 자기의 대를 이어야 할 아이가 생기지를 않는 것에 대해 급하고 초조하게 생각한 우리아가 아이를 갖지 못하는 젊은 아내에게 점점 더 실망하게 되었기 때문이다. 처음에는 밧세바의 몸이 좀 약해서 그런가 생각하여 거금을 들여서 각종 귀한 보약들을 들여오고, 솜씨 좋다고 소문난 산파들을 불러서 아이를 갖는 데 큰 효험이 있다는 값비싼 약재도 무작위로 사들였지만 아무 소용이 없었다.

'이것들이 나를 속이고 엉터리 약을 가져다가 비싸게만 파는 것 아닌가?' 우리아의 조급한 분노가 엉뚱한 방향으로 튀었다.

"나으리, 나리께서 아무리 애쓰고 돈을 많이 쓰신다고 해도 부인께서는 아이를 다시 가지시기 어려울 것입니다요." 어느 날 밧세바가 잠시 집을 비운 사이에, 우리아로부터 가격만 비싸고 약효는 전혀 없다는 호된 비난과 불평으로 크게 망신을 당하자, 나름 예루살렘에서 꽤 유명한 산파가 한동안 망설이다가 그의 귀에 손을 대고서 낮게 속삭였다.

"다시는 아이를 가질 수 없다니, 그것이 대체 무슨 말이냐?" 우리아가 눈을 똥그랗게 뜨고서 산파를 무섭게 노려보았다.

"제가 보기에는, 부인께서는 몇 년 전에 강제로 유산을 하시면서 너무 지독한 약을 많이 써서 이제 더는 임신하시기 어려우신 것으로 알고 있습니다. 그러니 굳이 따지신다면 부인이 임신하지 못하시는 것이 제 탓은 아니라는 말씀입지요." 산파는 약이 효험을 보지 못하는 것이 제 잘못이 아니라는 것을 강력히 주장하려다가 푼수 없이 절대

소설 밧세바

로 해서는 안 되는 말까지 내뱉고 말았다.

"무어라고? 내 아내가 임신한 적이 있고, 더군다나 강제로 유산까지 하였다고? 네가 지금 무슨 말을 하고 있는지 알고 하는 게냐?" 우리아의 검붉은 얼굴이 무섭게 일그러졌다.

"아, 아닙니다. 아닙니다요. 제가 다른 사람의 일과 조금 착각을 했나 봅니다. 이 늙은것이 나이를 먹다 보니 자꾸 깜빡깜빡하지 뭡니까요. 나으리, 제발 용서해 주십시오. 제가 주책없이 헛소리를 했습니다요." 산파가 뒤늦게 자기가 엄청난 말실수를 한 것을 깨닫고 급히 수습하려고 우리아 앞에 무릎을 꿇고 엎드리어 떨면서 더듬거렸다.

"그것이 무슨 소리냐? 나에게 대체 무엇을 속이려 하는 것이냐? 지금 당장에 사실대로 모두 고하지 않는다면 오늘 네년의 모가지가 성하지 않을 줄 알아라." 우리아가 극렬히 노한 얼굴로 재빨리 거실 벽에 걸어 두었던 자신의 칼을 뽑아 들었다.

"나으리, 죽을죄를 지었습니다. 제발 살려 주십시오. 정, 정말입니다요. 제가 전에 아씨 마님과 한동네 사는 다른 아기씨의 일을 착각하여 실수한 것입니다. 이 늙은 것이 기억력이 흐릿하여 말이 함부로 나온 것이오니 이번 한 번만 용서해 주십시오. 나으리!" 기겁한 산파가 몸을 부들부들 떨면서 울음을 터뜨렸다.

"이것이 나를 외국인이라고 아주 바보로 아는 모양이로구나. 당장 네가 알고 있는 모든 사실을 낱낱이 내게 고하거라. 그리하면 네 목숨은 부지하겠지만, 만약 나를 계속 기만하려고 했다가는 이 자리에서 정녕 살아나가기 어려울 것이다. 내 비록 천부장에 불과하지만 너 하나 정도는 언제든 처리할 권한과 능력이 있는 사람이다." 우리아가 산파의 흰 머리채를 우악스럽게 틀어쥐면서 이를 갈았다.

"살려 주십시오. 제발 살려 주십시오. 나으리. 제가 말씀을 드리고 싶어도 나라의 무서운 법령 때문에 절대 말씀드릴 수가 없습니다. 이런 말을 함부로 하는 자는 극형에 처한다는 특별법이 있습니다요. 이 노망난 늙은이의 실수로 여기시고 한 번만 용서해 주십시오." 늙은 산파는 예전에 밧세바와 관련된 일로 시글락 특별법을 어긴 다윗 왕의 매우 가까운 친척까지도 멸문지화를 당한 것이 떠올라서 몸서리를 쳤다.

"흥, 나라의 법은 무섭고 나의 칼은 아주 우습게 보이는 모양이구나. 당장 말하는 것이 좋을 것이다. 지금부터 내가 열을 셀 때까지 말을 하지 않으면 우선 네 왼손을 하나 잘라주마. 하나, 둘." 우리아의 표정이 싸늘해지면서 산파의 왼팔을 거세게 움켜잡고 날카로운 칼을 높이 치켜들었다.

"나으리, 제발 고정하십시오! 정 그러시다면 제가 말씀을 드리기는 드리겠으나, 이 말씀은 어디까지나 제가 원해서 한 것이 절대로 아니고 나리께서 칼을 제 목에 들이대고 강요한 것이니만큼 이 이야기를 저에게서 들었다는 말씀은 절대 하지 않겠노라고 신의 이름으로 약속을 해 주십시오." 이제는 이미 피할 수 없음을 직감한 산파가 오히려 차분한 음성으로 우리아를 도전적인 눈빛으로 쳐다보았다.

"당신이 믿으시는 유일신의 이름으로 약속해 주시겠습니까?" 갑자기 돌변한 산파의 태도에 당황한 우리아가 머뭇거리자 산파가 다시 재촉하였다.

소설 밧세바

"좋다. 네가 무슨 이야기를 하든지 후에 내가 이 이야기를 너에게서 들었다는 말은 절대로 하지 않겠다. 그 대신에 너도 한마디 거짓 없는 진실만을 말해야 할 것이다. 알겠느냐!" 우리아가 움켜잡았던 그녀의 팔을 놓아주면서 신의 이름을 걸고 다짐하였다.

"이방인이신 장군께서는 잘 모르시겠지만, 지금 이스라엘에는 시글락 특별법이라는 강력한 법이 시행되고 있습니다. 시글락 참사 당시에 아말렉 침탈자에게 치욕을 당한 불운의 여인들과 그로 인하여 태어난 아기들을 보호하기 위해서 다윗 대왕이 직접 제정하고 공포한 법이지요.

이 이야기는 벌써 십 년이나 훨씬 더 지난 다윗 왕의 블레셋 망명 시절에서부터 시작됩니다. 이스라엘 남정네들이 전쟁에 나가고 모두 자리를 비운 그때, 아이들과 여자들만 남아있던 시글락 마을을 침략한 아말렉 족속들이 포로들을 끌고 가다가 광야에서 매일 밤 이스라엘 여인들을 겁탈하였습지요. 이미 결혼을 했던 여자들이야 후에 자식을 낳아도 법의 보호를 받아 문제 될 것이 별로 없었지만, 나리의 부인과 같이 어린 처녀들이 임신한 경우에 대해서는 그 누구도 책임을 질 수가 없었지요. 결국, 집 안에서만 비밀로 하고 무슨 수를 써서든지 반드시 중절을 시켜야만 했던 것입니다. 안타깝게도 그 당시 장군의 부인께서 그 일을 당하신 게지요. 나리께서는 아히도벨이란 분이 얼마나 대단한 분인지 아십니까? 이 나라 이스라엘에서 그분의 말씀이라면 왕을 위시해서 백성들도 하나님의 말씀처럼 여기는 이 땅의 유일무이한 절대 현인이시지요. 어렵게 강제 유산이 성공한 이후, 자기 손녀를 결혼시키려고 급하게 혼사를 넣었다가 다윗 왕의 친척 동생뻘 되는 쟁쟁한 집안으로부터 거절을 당하자, 바로 그 무시무시한 시글락 특별법을 즉시 들고나와서 다윗왕조차도 그것을 어찌 막아 내지 못했답니다. 그래서 그 가족이 왕의 대단히 가까운 친척이었음에도 극형을 면치 못하고 온 가족이 멸문지화를 당하게 되었던 것이지요. 나리께서도 마찬가지입니다. 비록 나라에 큰 공을 세우시고 지금 막강한 권력을 가지고 있다고 하셔도, 만약 시글락 특별법에 저촉되신다면 살아남기 어려우실 것입니다." 차라리 모든 것을 포기하고 극비의 위험한 이야기까지 하기로 작정한 산파는, 언제 그랬느냐는 듯이 냉정하고도 오히려 이제는 당당한 표정으로 고통으로 일그러져 가는 우리아의 얼굴을 빤히 쳐다보았다.

"지금까지 한 모든 이야기에 추호도 거짓이 없으렷다? 너도 목숨을 걸고 내게 모든 이야기를 해 주었으니 나도 반드시 너와의 약속을 지키겠다. 자네야말로 살고 싶다면 내게 이러한 말을 한 것 자체를 모두 잊도록 하시게." 산파의 길고 긴 이야기를 세심하게 모두 들은 후, 지금까지 불같이 화를 내던 우리아가 갑자기 신중하고 조심스러운 태도를 보였다.

산파를 돌려보내고 나서 우리아는 심각한 표정으로 자신만이 사용하는 기도실에 들어가서 오랜 시간 깊은 생각에 잠겼다. 그는 며칠 동안이나 기도실에서 숙식을 해결하면서 나오지 않았다. 그런 일이 있고 나서부터 깊은 고민에 빠진 우리아는 자기의 젊고 아름다운 아내

소설 밧세바

를 점점 더 멀리하고 눈에 띄게 냉대하기 시작했다. 그는 늙은 모사 아히도벨에게 속아서 자세히 알아보지도 않고 서둘러 결혼한 것을 분하고 원통하게 생각하였다. 그러나 일단 자기가 이 모든 사실을 다 알게 된 것에 대해서는 그 누구에게도 이야기하지 않았다. 자신이 성공적으로 복수할 능력을 완벽하게 갖추게 될 때까지는 철저하게 비밀에 부치기로 하였다.

밧세바의 결혼 생활은 그리 행복하다고는 할 수 없었다. 나이 차가 너무나 많았던 외국인 남편은 그녀를 통해 자식을 얻으려고 나름 다방면으로 애쓰기는 하였지만, 일 년이 넘도록 밧세바에게서 아무런 임신 조짐이 없자 실망을 하였는지 차츰 그녀와의 잠자리를 멀리하기 시작했다. 그리고 집안에 약재를 대던 산파로부터 엄청난 비밀을 듣고 나서는 한동안 몹시 괴로워하더니, 언제나 다정하고 상냥하던 모습이 완전히 변해서 이제는 마치 전혀 다른 사람처럼 굴었다. 집안의 일이나 혹은 개인적인 결정을 할 때도 밧세바의 의견은 묻지도 않고 언제나 자기중심적이었고, 언제부터인지 밧세바에게 더 유난히 엄격하게 대하기 시작했다. 소소한 재물의 사용에 대해서도 상당히 인색해서 밧세바는 일상적인 지출 몇 가지를 제외하고는 아무런 실제적인 권한을 가지고 있지 못했다. 밖에 나갔다가 돌아오면, 우리아는 집 안에 자신만 사용하는 별채에 화려한 여호와 신전을 꾸며 놓고서 시도 때도 없이 그 안에 들어가서 기도를 해야 한다면서 잘 나오지도 않았다.

결혼을 하고서 이 년이 지나서도 그렇게 원하던 아이가 생겨나지 않자 우리아는 조바심을 넘어 이제는 짜증을 심하게 드러내기 시작하였다. 아내와 잠자리를 함께하는 일조차 점점 더 드물어졌다. 밧세바는 자신의 아버지보다도 나이가 많은 이 덩치 큰 외국인 남편이 세월이 지나갈수록 점점 더 낯설고 무섭기만 하였다.

"전쟁에 나가게 되었소. 내가 돌아올 때까지 아무도 집에 들이지 말고 당신도 외출을 삼가시오." 우리아가 전투 복장을 갖춰 입고 젊은 아내에게 나타나서 혼자서만 무뚝뚝하게 내뱉고는 밧세바의 대답은 듣지도 않고 나가 버렸다.

남편은 전쟁에 나가 싸움을 하는 것에 있어서만큼은 상당히 유능한 모양이어서 수많은 전쟁에 차출되었고, 항상 큰 공을 세워 많은 재물을 상으로 받아오고는 했다. 그러나 어떤 때에는 심각한 부상으로 피를 흘리며 돌아온 경우도 여러 번 있었다.

밧세바는 우리아의 큰 집에서 종일 거의 아무런 할 일이 없이 무료하게 지내고 있었다. 집 안에는 여인들 여러 명이 함께 살았다. 대부분 오래된 하녀들이었고 우리아의 먼 친척이 된다는 늙은 여자들도 몇 명 같이 살았다. 모두 그 집의 주인처럼 말이 별로 없었고, 새로운 젊은 부인을 두려워하는 사람은 아무도 없었다. 집안 살림도 그녀가 안주인으로 오기 전부터 도맡아 하고 있던 나이 많은 대장 하녀가 알아서 다 처리하였다. 밧세바의 음식 습성이 이들과 다른 점이 많았지만, 그녀만을 위한 별도의 식단이 꾸려지는 일이란 결코 없었다. 밧세바는 집안 하녀들이 아무렇게나 차려 내오는 입맛에 맞지 않는 음식을 아무 불평 없이 겨우 먹으면서 그저 결혼 때 함께 데리고 온 몸종과

둘이서만 자기 방에서 조용히 지내는 것이 일과의 전부였다.

가끔은 어머니가 찾아와 어째서 임신이 되지 않는지만 내내 걱정하다가 돌아가곤 했다. 밧세바의 마음속에서는 이제 희망이나 사랑, 행복 같은 단어들이 서서히 무너져 내리기 시작했다.

"살로메, 너무나 답답하고 더워서 못 견디겠구나. 후원에 나가서 목욕이나 해야겠으니 준비 좀 해 다오." 유난히 무더운 어느 날 늦은 오후, 며칠간 계속된 부정함을 깨끗하게 하려고 밧세바는 자신의 방 뒤쪽으로 이어진 작은 야외 정원에 놓인 욕조로 나갔다. 오랜만에 따뜻한 물에 몸을 담그고 몸종의 도움을 받아 목욕하며 답답한 마음을 달래었다.

"어쩌면 이렇게 아름다울 수가 있을까요! 정말 아가씨의 몸매는 온 세상에서 가장 완벽한 조각품일 거예요. 이런 티 한 점 없이 깨끗하고 부드러운 피부를 가진 여인은 이스라엘에서 오직 아마 아가씨 한 사람뿐일 거예요." 몸종 살로메가 욕조에 비스듬히 기대어 앉은 밧세바의 아름다운 어깨 위로 천천히 물을 뿌려 주며 실없이 아부를 떨었다.

"세상에서 가장 아름다운 몸을 가지고 있다 한들 사랑해 줄 사람이 없다면 무슨 의미가 있겠니. 나는 아직 이렇게 젊고 건강한데 함께 말섞을 친구조차 없으니, 나처럼 가련한 신세가 또 어디 있을까?" 긴 한숨과 함께 밧세바의 눈에 반짝이는 투명한 보석 방울이 맺혔다.

"아, 무심한 세월은 돌아볼 줄 모르는 외눈박이 괴물처럼 앞만 보고 내달리는데, 한 번 가고 오지 않는 야속한 님이시어! 속절없는 기다림에 지친 내 마음은 홀로 떠도는 외로운 구름을 닮았구나. 언제나 두려운 피 튀기는 전쟁의 칼 소리 아주 그치고, 그리운 사랑도 내 품에 돌아오시려나?" 밧세바는 몸종이 곁에 서서 부드럽게 부어 주는 물줄기에 아득한 편안함을 느끼면서 가만히 눈을 감고서 낮은 소리로 노래를 흥얼거렸다.

봄장마가 완전히 끝나자 우기 동안 잠시 쉬었던 암몬과의 전쟁이 다시 시작되었다. 이제 거의 완벽한 승기를 확신한 다윗은 요압을 총사령관으로 임명하고 많은 휘하 부하 장수들을 출전시키고서, 자기 자신은 궁에 그대로 남아 안일하고 쾌락적인 나날로 소일하고 있었다.

그 전날의 도를 넘는 지나친 연회와 밤을 새운 폭음으로 종일 숙취에 시달리며 침대에서 빈둥거리던 다윗이 저녁 시간이 다 되어서야 일어나 왕궁 옥상을 한가로이 거닐던 바로 그때였다. 왕궁에서 아주 가까운 한 개인 저택의 뒤쪽 정원 한구석에서 조용히 목욕하는 너무나도 아름다운 여인의 몽환적인 모습이 그의 눈에 들어왔다. 꽤 먼발치에서 보았음에도 불구하고 우수에 젖은 듯 고개를 살짝 옆으로 돌린 여인의 나신은 믿을 수 없을 만큼 완벽했다. 하늘에서 이제 막 하강한 천사의 후광처럼 여인의 우윳빛 부드러운 살결이 눈부셨다.

"너는 가서 저기 보이는 여인이 누구인지 급히 알아 오도록 하라."
욕정이 이글거리는 눈빛으로 다윗이 시종장을 불러 급히 명령하였다.

"폐하, 그 여인은 아히도벨의 손녀이며 엘리암의 딸인 밧세바라는 여인으로, 헷 사람 우리아의 아내입니다." 서둘러 상황을 파악하고 돌아온 시종장이 난처한 표정으로 조심스럽게 눈치를 보며 아뢰었다.

"무어라? 아히도벨의 손녀이고 우리아의 아내라고?" 다윗의 설레던 마음이 갑자기 차갑게 식고 말았다. 아히도벨이라는 이름도, 우리아라는 이름도, 다윗으로서는 도저히 무시하기 어려운 독특한 인물들이었기 때문이다.

"음, 알았으니 물러가도록 하라." 깊은 한숨을 내쉰 다윗은 하릴없이 입맛만 쩝쩝거리면서 어리둥절하고 서 있는 늙은 시종장에게 공연히 신경질을 부렸다.

"네놈은 어찌해서 매일 똑같은 음식만을 계속 올리는 것이야! 대체 이것을 먹으라고 가져온 것이냐?" 치솟는 욕정의 열기 때문에 입안이 깔깔해진 다윗이 평소에 전혀 보이지 않았던 음식 타박까지 해대기 시작했다.

늙은 시종장뿐 아니라 음식을 맡은 관원과 술을 맡은 관원들도 다윗의 갑작스러운 음식 타박과 투정에 바싹 긴장한 채 눈치만 살폈다.

'요즘 다윗 왕의 이상한 행동은 필시 지난번에 우리아의 아내에 대해 알아보았던 그 일과 연관이 있겠구나.' 시종장 시므온은 깊은 생각에 잠겨 이 문제를 어떻게 해결해야 할지 심히 고민하였다.

"시므온, 그대가 무슨 일로 나를 급히 찾았는가?" 시므온이 보낸 심부름꾼의 전언을 듣고 궁에 들어온 아히도벨이 궁금한 표정을 보였다.

"급히 오시라 해서 정말 죄송합니다. 말씀드리기 민망한 묘한 일이 생겨서 말입지요." 아무도 방해받지 않는 장소로 자리를 옮긴 후, 시므온이 심각한 얼굴로 그간에 왕궁 옥상에서 있었던 일과 근간에 다윗 왕이 사사건건 음식 타박을 하면서 이상스러운 몽니를 부리고 있는 문제에 대해서 자세히 설명하였다.

"그러니 이 일을 어찌하면 좋겠습니까요? 이러다가는 자칫하면 이유도 모르고 궁중의 시종들이 죽어 나가게 생겼습니다. 제발 저희 좀 살려 주십시오. 모사님께서 특별한 지혜를 좀 빌려주셔야 하겠습니다." 시므온은 얼마 전에 다윗 왕이 궁궐 옥상에서 우리아의 아내가 목욕하는 것을 목격하고 누구인지 알아보라 하였던 사실을 아히도벨에게 있었던 그대로 다 고하고 초조한 표정으로 침을 삼키면서 아히도벨을 쳐다보았다.

"알았다. 내 밖에 나가서 생각을 좀 해 보고 다시 들어오마. 너는 아무에게도 이 이야기를 하지 말고 잠시 좀 기다려 보아라." 시므온의 안내를 받아 그 문제의 날 저녁 무렵에 다윗 왕이 서성거렸다는 왕궁 옥상까지도 직접 자세히 살펴본 후, 아히도벨이 무언가 짐작되는 바가 있는 듯 가만히 고개를 끄덕거렸다.

"그래. 잘 지내고 있는 것이냐? 한동안 보지 못했는데 그간 별일은 없는 것이지?" 우리아의 유별난 내외로 인해 친할아버지라 해도 함부로 출입할 수는 없었기 때문에 미리 사람을 보내어 공식적으로 약속을 잡은 후 아히도벨이 밧세바를 만나러 우리아의 집에 찾아왔다.

"네. 할아버지. 제게 이제 무슨 특별한 일이 있겠어요? 남편은 벌써 여러 달째 전쟁에 나가 있고, 저는 아무 일도 하지 않고 제 방에서만 소일하고 있답니다." 밧세바가 마치 원망이라도 하는 눈빛으로 아히도벨을 바라보았다.

　　　　　　　　　　　　　　　　　　소설 밧세바

"아가야, 내가 너를 우리아에게 출가시킨 것은 아마도 큰 실수였던 것 같구나. 아무래도 너의 운명은 전혀 다른 곳을 향하고 있었던 것 같은 생각이 드는구나. 지금부터 내가 하는 말을 잘 새겨듣도록 하여라." 아히도벨은 적막이 흐르는 밧세바의 방에서 단둘이만 마주 앉아 오랫동안 이야기를 나누었다. 거대한 욕망으로 급조된 운명의 수레바퀴가 그들을 태우고 아무도 알 수 없는 미래를 향해 거칠게 굴러가기 시작했다.

"너는 당장 가서 저 여인을 내게로 데려오도록 하라!" 바로 운명의 그날 저녁 비슷한 시간, 또다시 왕궁 옥상에 올라온 다윗은 전번과 똑같은 장소에서 나신으로 목욕하고 있는 그 아름다운 여인을 다시 발견하고서 터져 오르는 엄청난 욕정을 더는 도저히 참지 못하고 근위병을 불러 이스라엘 왕으로서의 지엄한 명령을 내렸다.

왕궁에서 나온 근위병의 방문은 우리아의 집을 발칵 뒤집어 놓았다. 그러나 그 뉘라서 절대 권력자인 대왕의 지엄한 명령을 거부할 수 있을 것인가! 집안 여인들이 모두 모여 서서 수군거리는 가운데, 어서 빨리 서두르라는 근위병의 열화 같은 독촉을 받은 밧세바가 어쩔 수 없이 간단한 외출복만을 겨우 차려입고서 집을 나섰다. 두려움으로 정신이 하나도 없고 가슴은 심하게 쿵쾅거렸다. 어제 할아버지가 자신에게 이야기해 준 일들이 이렇게 실제로 일어나는 것에 대해서 마음속으로 너무나도 놀라고 있었다.

'이제는 어찌해서든 왕의 마음을 사로잡아야만 할 것이다.' 황망한 중에도 밧세바는 할아버지가 자신을 찾아와서 해 주었던 말들을 다시 한번 찬찬히 곱씹어 보았다.

'이제부터 너에게 본래부터 주어져 있었던 그 운명을 되찾아야만 하겠다. 원래의 네 운명은 이 나라의 가장 큰 권력의 중심부에 있었고, 너는 이제부터 반드시 피할 수 없는 새로운 운명의 여행을 떠나게 될 것이다. 정신을 바짝 차리어라. 기회는 두 번 다시 오지 않을지도 모른다. 무슨 일이 있어도 반드시 왕의 마음을 확실히 사로잡아야 한다.' 밧세바의 생각 속에 아히도벨의 무서운 주문이 거칠게 소용돌이쳤다.

"어서 오시오. 부인. 내가 부인의 너무나 아름다운 모습을 한 번 보고서 도저히 잊을 수 없었다오. 부디 나의 이러한 무례를 용서해 주시오." 안내하던 시종들을 서둘러 모두 물리고 커다란 방 안에 두 사람만이 남게 되자, 다윗이 고개를 숙이고 심하게 떨고 있는 밧세바에게 다가와 그녀의 얼굴을 만지려 했다.

"왕의 백성이요, 왕의 계집종이오니, 왕의 뜻대로 하옵소서." 밧세바가 꿇어앉은 자세를 흐트리지 않고 떨리는 음성으로 대답했다.

"하지만 한 가지, 단지 한 가지만 분명하게 해 주시옵소서. 저는, 왕께서도 아시는 바와 같이 이미 남의 아내가 된 여인입니다. 왕께서는 이 땅의 주인이신 지엄하신 권능으로 저의 모든 것을 다 가지실 수 있겠지만, 저는 왕께서 한 번 즐기신 후에 그냥 내버려지게 된다면 지아비를 능멸한 죄로 고발되어 사람들이 던지는 돌을 맞아 거리에서 죽게 되겠지요. 왕께서 정녕 저를 취하고자 하신다면 저를 한 번의 욕정을 풀어낼 짐승으로 보지 마시고 한 사람의 여인으로서 대해 주셔야만 합니다. 왕께서 저를 짐승으로만 대하고자 하신다면 결국 그러한 왕께서도 짐승이 되고 마는 것이니까요. 그렇게 해 주실 수 없으시다면 이 미천한 계집은 바로 이 자리에서 죽임을 당하는 한이 있더라도 대왕의 뜻에 순종할 수 없습니다." 밧세바가 몹시 두려워 떨면서도 마음속에 수없이 준비했던 생각들을 차분하게 끄집어내었다.

"알겠소이다. 내 그리하리다. 내 그대를 한 사람의 여인으로서 진지하게 받아들이겠으니 그만 나와 함께 침상에 듭시다." 이미 거친 욕정의 노예가 되어 영성이 완전히 어두워진 다윗이 밧세바의 손을 거칠게 잡아당겼다.

"왕, 왕이시여! 한 가지만 더 약속해 주옵소서!" 밧세바가 다윗의 손을 죽을힘을 다해 단호하게 뿌리치며 다급하게 소리쳤다.

"그래. 말해 보라. 내게 원하는 것이 무엇이더냐? 어서 말하라!" 다윗이 조급한 마음을 드러내며 손을 내밀어 밧세바의 얼굴을 들어 올렸다.

"왕이시여, 제가 이 일로 인해서 사람들의 돌에 맞아 죽는 일만은 제발 면하게 해 주옵소서!" 밧세바가 격정에 사로잡혀 비참한 심정으로 뜨거운 눈물을 흘렸다.

"그렇게 하겠노라. 내 무슨 일이 있어도 너를 홀로 돌에 맞아 죽도록 그냥 내버려 두지는 않겠다. 내 하늘에 맹세코 오늘의 일들에 대해 반드시 나 스스로 책임질 것이니 이제 두려워하지 말아라." 눈앞의 욕정에 완전히 눈이 먼 다윗이 밧세바를 번쩍 들어 안고서 그의 화려한 침상으로 거칠게 걸음을 옮겼다. 밧세바는 이제 피할 수 없는 폭풍우처럼 불어닥친 자신의 숙명 앞에 기꺼이 모든 저항을 포기하고 가만히 눈을 감았다.

"도대체 사람이 어찌 이리도 아름다울 수가 있다는 말이냐!" 수줍어하는 밧세바의 속옷까지 조심스레 다 벗긴 다윗이 티 하나 없는 백옥과도 같은 그녀의 눈부신 나신을 바로 눈앞에서 보면서 저도 모르게 깊은 감탄사를 터뜨렸다.

"내가 지금까지 수많은 여인을 안아 보았지만, 그대 같은 절대 미인은 한 번도 본 적이 없소. 진정 당신은 사람이 아니고 천사임이 분명하구려!" 다윗이 흠 하나 없는 완벽한 백옥 같은 밧세바의 아름다운 몸을 어루만지며 흥분하였다.

"폐하께서는 저를 전혀 모르시겠지만, 사실 저는 아주 오래전부터 폐하를 마음에 모시고 사모하였답니다." 다윗의 부드러운 애무와 키스로 이미 터질 듯이 부풀어 오르기 시작한 밧세바도 가만히 눈을 감고서, 자신의 깊은 속으로 폭풍처럼 밀고 들어오는 운명의 남자를 힘주어 끌어안으며 속삭였다.

두 연인은 긴긴밤 내내 온몸을 녹여 버릴 것 같은 뜨거운 욕정으로 몸부림치면서, 자기들이 바로 서로의 진정한 반쪽이었음을 직감적으로 받아들였다. 그 밤에 두 사람은 오랜 세월 천지간을 헤매다가 마침내 찾아낸 진정한 하나의 운명이었다.

8. 욕망과 저주

다윗 왕과 함께 보낸 운명의 그날 밤, 도저히 스스로는 통제할 수 없었던 음탕했던 육체의 일탈은 밧세바에게는 이성의 영역을 벗어난 그 자체로 완전한 신세계였다. 어쩌면 이것은 영혼은 숭덩 빠져 버린, 단지 무분별한 정욕의 판타지로 불타오른 육체의 향연에 불과한 것이었

다 할지라도, 그녀가 이십삼 년여를 살아오는 동안 단 한 번도 상상조차 해 보지도 못했던 진정한 삶의 지독한 환희였다. 다른 사람의 아내로서 엄청난 죄악을 저질렀다는 자책감의 흔적은 어디에도 찾아볼 수 없이, 밧세바의 마음은 오직 자기를 뜨겁게 사랑해 주던 다윗의 늠름한 모습만으로 가득 차고 말았다. 그러나 절대 군주의 추악한 욕망으로 잉태된 저주의 씨앗이 훗날 하나님의 백성 이스라엘의 앞날에 두고두고 얼마나 고통스러운 끝없는 올무가 될 것인가 하는 사실을 그 누가 짐작이나 할 수 있었겠는가!

'어째서 달거리를 하지 않지? 혹시 내가 또 임신한 것일까?' 얼떨결에 왕궁을 다녀온 지 이미 두 달이 지났으나 월경이 없자, 밧세바는 오래전 헤브론에서 겪었던 임신과 유산의 악몽이 되살아났다. 만약 또다시 아이를 지워야 한다면 차라리 혀를 물고 죽는 것이 더 나을 것이라는 생각이 들었다. 밧세바는 어찌해야 좋을지 몰라 혼자 쩔쩔매다가 할아버지 아히도벨에게 집에 급하게 들러 주십사 하고 은밀한 연통을 넣었다.

"밧세바야, 너는 먼저 확실하게 믿을 수 있는 사람을 다윗 왕에게 보내어 네가 임신하였다는 사실을 쪽지에 직접 적어 분명히 전하도록 하여라. 그리고 당분간은 일체 외부와의 어떤 연락도 하지 말고 오직 네 방 안에서만 지내도록 해라. 만약 꼭 나에게 연통해야 할 일이 생기면 남들이 알아볼 수 없는 너와 나만의 비밀 수열 방식의 편지를 적어 믿을 만한 일꾼을 통해 보내어라. 나도 그 일꾼을 통해 네게 답장을 보내도록 하겠다." 아히도벨은 밧세바에게 여러 가지 발생 가능한 사항들과 그에 대한 대처 방법들을 꼼꼼히 지시해 주었다. 예상하지 못한 일이 발생하여 꼭 필요한 경우에만 자신이 그녀의 어린 시절 가르쳐 준 적이 있는 두 사람만이 알아볼 수 있는 비밀 형식의 편지를 보내도록 당부하였다.

"아가, 너는 이제부터 본래 정해졌던 진정한 네 운명을 찾아 길고 긴 여행을 떠나야 한다. 그러나 절대로 두려워하지도 무서워하지도 말고 이 할아비가 전에 일러 주었던 말들을 잘 기억하였다가 착오 없이 정확하게 실행해야 한다. 알겠느냐!" 늙은 아히도벨의 깊고 차가운 눈빛이 손녀딸의 아름다운 푸른 눈동자 속으로 강력하고 끈질긴 핏줄의 지혜를 불어넣었다.

밧세바가 보내온 편지를 읽고서 마른하늘에 날벼락처럼 그녀의 임신 소식을 알게 된 다윗은 순간적으로 가슴이 덜컥 내려앉았다.

'아니, 내가 도대체 남의 아내에게 무슨 짓을 한 것이지? 이 일을 어찌 조용하게 수습한단 말인가?' 이미 영성이 거의 어두워진 다윗은, 밧세바가 보내온 쪽지를 보고서도 자신의 잘못을 뉘우치기는 고사하고 어떻게 하면 당면한 이 난처함을 피할 수 있을까 하는 무책임한 생각에만 몰두하였다.

"폐하, 어찌하여 이리도 안색이 좋지 못하십니까? 어디 몸이 불편하신 것은 아닙니까? 아히도벨로부터 미리 특약 처방을 조언받은 바 있는 시종장 시므온이 아무것도 모르는 척 다윗 앞에서 대단히 걱정스러운 표정을 지었다.

"아, 그것이 말이야. 아, 아닐세. 그대가 해결할 수 있는 일도 아니고." 다윗이 무언가 말을 하려다가 말고 손을 내저으며 얼굴을 찌푸렸다.

"폐하, 소신이 비록 시종에 불과한 미천한 신분이오나 세상을 오래 살면서 이런저런 경험을 많이 하였사옵니다. 폐하의 주변에 무엇이든 난처한 문제들이 있으시면 언제든 말씀만 하십시오. 저는 바로 그런 일을 해결하기 위해서 대왕의 곁에 있는 존재입니다. 제가 오랜 세월 겪어 온 수많은 생활의 지혜를 통해서 가장 적절한 해결 방법들을 찾 아드릴 수 있을 것입니다." 시므온이 진지한 표정으로 잔잔한 미소를 다윗에게 보이고는 조용히 돌아섰다.

"잠깐, 잠깐 기다려 보시게. 내가 어쩌다가. 이것 참, 말하기도 민망 해서 말이야. 실은 내가 좀 난처한 일이 생기기는 하였다네." 다윗이 돌아서는 시므온을 다시 불러 세웠다.

"폐하, 그런 일이라면 이제 아무런 걱정도 하지 마옵소서. 저에게 그 누구도 알아챌 수 없는 감쪽같은 방법이 있사옵니다." 시므온이 자신 의 입을 다윗의 귀에 바싹대고서 한 손으로 입을 가리고서 꽤 오랫동 안 무언가 자세히 설명하였다.

"음! 그것 참 기막히구나. 과연 묘안 중 묘안이로다!" 시므온이 귀에 대고 속삭여 준 절묘한 계략을 듣고서 연신 고개를 끄덕이던 다윗이 무릎을 치며 좋아하였다.

"랍바성의 함락이 왜 이리도 지지부진한 것이냐! 짐이 그곳의 전황

　　　　　　　　　　　　　　　소설 밧세바

을 직접 들어 보고자 하니 요압 장군에게 전령을 보내어 예루살렘 전투의 영웅, 용사 우리아를 내게 보내어 보고하라 이르라. 내 그에게서 랍바성 전투의 현황도 듣고, 지난날 그의 수고에 보답하는 특별 휴가를 보내고자 하노라." 왕의 명령은 파발을 통해 신속하게 랍바성을 포위하고 있던 이스라엘 군대장관 요압에게 전달되었다.

몇 달씩이나 계속되는 지루한 대치 상황에 지쳐 있던 다른 장수들은, 특별 휴가를 받아 다윗 왕에게 직접 전황을 보고하러 떠나는 우리아를 크게 부러워하며 축하해 주었다.

> "곧 우리아가 다윗 왕을 알현하고 특별 휴가를 얻어 집에 돌아 오게 될 것이니 그 밤에 반드시 그와 동침해야 한다."

극비 내용을 담은 편지가 누군가에 의해 사전에 밧세바에게 전달되었다. 그러나 밤을 새워 기다리던 밧세바에게 정작 우리아는 오지 않았다. 그다음 날도, 또 그다음 날도, 밧세바에게 전해지는 소식과는 다르게 우리아는 집에 오지 않았다.

"지금은 그들이 우리 군대와의 접전을 피하고 성안에 숨어 방어에만 전념하는 상황이라서 계획보다 시간이 더 많이 걸리고 있습니다. 하지만 꽤 오래전부터 요압 장군께서 성 주변을 완전히 포위하고 봉쇄하였기 때문에 머지않아 성안의 식량과 물 사정이 심각하게 나빠지게 될 겁니다. 결국에 적들은 별수 없이 스스로 성문을 열고 나오는 수밖에 다른 방법이 없습니다." 왕궁에 들어가 다윗 왕을 알현한 우리아가 열심히 전선의 상황을 보고하였다.

"그래, 그래. 다들 수고가 정말 많소이다. 내가 이번에 장군을 특별히 부른 것은 지난번 예루살렘 공격 때에 그대가 세운 큰 공을 충분히 보상해 주지 못한 것 같아서라오. 랍바성 전선의 보고는 이제 충분히 들었으니, 장군께서는 오늘부터는 집에 돌아가서 사랑하는 아내와 잠시나마 즐거운 회포를 풀도록 하시오." 속마음을 감춘 다윗은 아무렇지도 않게 만면에 웃음 띤 얼굴로 우리아의 손을 잡으며 위로하였다.

"대왕의 크나큰 은혜에 감사드립니다." 왕의 호의에 감격한 우리아가 다윗 앞에 한쪽 무릎을 꿇어 군례를 해 보이고는 대궐을 나왔다. 그의 뒤를 따라서 다윗 왕이 내린 선물 상자들을 짊어진 십여 명의 하인들이 줄을 이었다.

하지만 우리아는 그냥 집으로 돌아가지 않았고, 대궐 성문에서 다른 군사들과 함께 왕이 내린 음식과 술을 나누어 마시고 말았다.

"내 주 요압 장군과 나의 동료 장군들과 군사들이 지금도 그 험악한 전쟁터에서 노숙하며 고생하고 있는데, 제가 어찌 혼자만 편안히 집에 돌아가 아내를 품을 수 있겠습니까! 저는 살아 계신 신께 맹세코 절대 그렇게 행할 수 없나이다!" 우리아가 집에 가지 않았다는 사실을 알고서 다윗이 그를 다시 불러 그 사유를 물었더니, 너무나 당연한 것을 어찌 물으시느냐며 우리아가 눈을 동그랗게 뜨고 정색하였다.

틀림없이 성공할 것으로 짐작했던 자신의 절묘한 계략이 결국 실패로 돌아가자 하릴없이 쓴 입맛을 다시던 다윗이, 저녁때가 되자 크게 잔치를 배설하고 다시 우리아를 불러 기름진 음식과 술을 잔뜩 먹고

소설 밧세바

마시게 하였다. 술을 많이 마시면 마음이 풀어져서 반드시 집에 가게 될 것이라고 짐작하였다.

"장군은 자신의 이름처럼 정말 신앙심도 깊고 동료들에 대한 신의도 대단하군요. 하지만 이것은 나라의 왕이 내리는 상이니 하루쯤 집에 가서 잔다고 해도 하나님 앞이나 동료들 앞에 무례한 것이 절대로 아닙니다. 더는 고집부리지 말고 오늘은 꼭 집으로 가서 사랑하는 아내를 위로해 주시오. 이것은 그대의 왕으로서 내리는 왕명이외다. 하하하." 다윗이 우리아의 어깨를 두드려 주며 크게 웃었다. 그러나 우리아는 어디에서 이미 무슨 특급 비밀 정보를 듣기라도 했는지 그날 밤에도 역시 집으로 돌아가지 않고 궁전 문을 지키는 군사들 틈에 끼어서 불편하게 쪽잠을 잤다.

"도대체 네 계략이라는 것이 무슨 소용이 있다는 말이냐! 네 묘책대로 다 했는데도 그가 집에 가기는커녕 이제는 절대로 집에는 가지 않겠다고 신의 이름까지 들먹거리며 저렇게 고집을 피우니 말이다. 하, 이것 참. 이제 이 일을 어찌한단 말이냐?" 다윗이 화가 나서 묘안을 제안했던 시종장을 불러 심하게 짜증을 부렸다.

"대왕이시여, 너무 염려 마십시오. 어차피 이스라엘 모든 백성의 목숨은 대왕의 것입니다. 이제 마지막으로 이렇게 하시지요." 아히도벨로부터 미리 마지막 방책을 전달받은 시종장이 다시 한번 다윗의 귀에 입을 대고 심각한 표정으로 한참을 속삭였다.

"그것은 너무 지나친 처사가 아닐까? 정말 그런 방법밖에 다른 수가 없다는 말이냐?" 다윗이 썩 내켜 하지 않는 표정을 지었다.

"대왕 폐하, 그렇게 하는 것이 오히려 우리아 장군 당사자에게도 군인으로서의 명예로운 죽음이 될 수 있습니다. 이번 조치에 대해서는 오히려 대왕께서 그에게 은혜를 베푼다고 생각하십시오." 시종장이 조금도 물러서지 않으며 강경하게 조언하였다.

"알았다. 내일 아침에는 우리아를 다시 전쟁터로 돌려보낼 것인즉, 너는 요압에게 보내는 비밀 편지를 준비하도록 하여라." 영성이 심히 무너져 사탄의 유혹에 그만 완전히 눈이 먼 다윗의 입에서 드디어 너무나도 악랄하고 추악한 허락이 떨어졌다.

틀림없이 우리아가 집에 들르게 될 것이라고 철석같이 믿고 있던 밧세바는 연이어 이틀씩이나 온다던 남편 우리아가 오지 않자 몹시 당황하고 신경이 곤두서서 어쩔 줄을 몰랐다. 다른 사람에게는 아무 내색도 하지 못하고 그저 혼자 끙끙거리며 쩔쩔매면서 방 안을 수없이 서성거렸다. 그리고 몇 날을 더 그렇게 애태우며 초조하게 기다리던 밧세바에게 마침내 다시 전해진 엄청난 소식은, 그녀의 남편 용감한 우리아 장군이 나라를 위해 전쟁터에서 적군과 치열하게 싸우다가 장렬하게 전사했다는 차갑게 식은 알맹이 없는 소식뿐이었다.

실제로 자기 남편이 언제 어디서 어떻게 죽었는지 자세한 속사정은 아무것도 알지 못하는 밧세바는, 그저 남편이 죽었다는 소식과 이미 고인이 된 남편이 입었다는 옷 몇 벌만을 받았다. 그녀는 형식적으로 이스라엘의 전통 의식을 따라 이레 동안 호곡을 하였다. 소리를 내어

우는 척은 하였으나 사실은 슬픈 것도 기쁜 것도 아닌 정신적 붕괴 상태에서 몹시 떨면서 두려워하고 있었을 뿐이었다. 찾아오는 손님 하나도 없는 명색뿐인 초상을 치르고 나자, 즉시 궁에서 근위병들이 나와 밧세바를 마차에 숨겨서 조용히 옮겨 나갔다.

당시 권력의 최고위층에 있었던 아히도벨은, 미망인 밧세바를 대신한다는 명분으로 어마어마한 우리아의 전 재산을 모조리 인수해 즉시 자기 자신의 소유로 삼았다.

"흥! 정실부인이 일곱이나 되면서 또 결혼식을 올리겠다고?" 이제는 다윗의 눈길도 받지 못하고 살기는 하지만 그래도 궁내에서는 명색이 첫째 부인이라고 큰소리치며 지내던 사울 왕의 둘째 딸 미갈이 큰 목소리로 짜증을 부렸다.

"그것도 이번에 결혼하려는 여자는 얼마 전에 랍바성 전투에서 전사한 우리아라는 이방인 장수의 부인이라네요." 다윗의 장자 암논의 어미인 아히노암이 미갈의 귀에 대고 속삭였다.

"우리 대왕 폐하의 끊이지 않는 왕성한 정욕이 이 궁전을 날로 더욱 비좁게 만드는군요. 별궁을 하나 더 짓든지 해야지. 이건 뭐 시장통도 아니고, 정말 짜증이 나서 못 견디겠군! 그나저나 이번에 들어오는 그 밧세바란 여자가 그리도 절색이라면서요?" 미갈이 세 번째 처인 아비가일을 쳐다보았다. 그녀가 다윗 왕의 지시로, 밧세바가 궁에 들어오던 날 여러 가지 필요한 일들을 챙겨 주었었기 때문이다.

"그래요. 정말 미인이기는 하더군요. 그런데 너무나 갑작스러운 일들을 한꺼번에 당해서 그런지 얼굴이 그리 밝아 보이지는 않았어요."
아비가일이 담담한 표정으로 함께 앉아 있던 왕비들을 둘러보았다.

아무래도 주변의 시선이 조금은 부담되었던 다윗은 밧세바와의 결혼식은 비교적 간소하게 치르고, 서둘러 그녀를 위해서 별도의 아름다운 작은 공간을 따로 마련해 주었다. 눈에 띄게 아랫배가 불러오기 시작한 밧세바는 다른 사람들이 주변에서 숙덕거리든지 말든지 오직 아이의 태교에만 온 정신이 팔려 있었다. 할아버지 아히도벨의 지시를 받은 그녀의 어머니가 궁에 수시로 들락거리면서 여러 가지 값비싸고 진귀한 약재들을 들여왔다.

"건강한 아기를 낳으려면 힘들더라도 매일 적당한 운동을 해 주어야 한단다. 나쁜 것은 보지도 말고, 만지지도 말고, 생각하지도 말아라. 네가 왕비가 되어 왕자를 생산하다니, 정말 꿈만 같구나!" 밧세바의 모친이 둥그렇게 부풀어 오른 밧세바의 배를 조심스럽게 어루만졌다.

"어머니, 저도 꿈을 꾸고 있는 것만 같아요. 저에게 이런 엄청난 일이 생기게 될 줄은 정말 상상도 못 했지요." 밧세바가 감회에 젖어 어미의 품에 가만히 머리를 기대었다.

"아름다운 나의 사랑 밧세바. 오늘은 어찌 지냈는고? 혼자서 너무 심심하였겠구나!" 짧은 시간 안에 너무나도 많은 큰 사건들을 겪으며 두려움으로 불안해하는 밧세바를 위로하려고 다윗은 매일 밤 그녀의 거처를 열심히 찾아 주었다.

"폐하, 저는 당신께서 이렇게 저를 찾아와 주시는 것만으로 충분한 위로를 받았습니다. 폐하의 사랑을 받을 수만 있다면 저는 이제 어떤 고통이라도 다 견딜 수 있을 것 같습니다. 당신은 이제 제 인생이 존재하는 유일한 이유 그 자체랍니다." 얼굴을 붉히며 수줍게 사랑을 고백하는 밧세바의 뺨으로 뜨거운 눈물이 흘러내렸다.

"밧세바, 내가 지금까지 살아오는 동안 그 어느 여인도 내게 이렇게 진지한 사랑의 고백을 해 준 사람은 없었소. 나 역시 당신의 사랑을 결단코 배신하지 않을 것이오. 당신이야말로 내가 오랫동안 기다렸던 진정한 내 사랑이라오." 다윗도 첫사랑의 홍역을 치르는 소년처럼 흥분하여 그녀에게 뜨거운 키스를 퍼부었다.

너무나 늦게 찾아온 두 사람의 열정적인 사랑은 마치 죄 없는 우리아의 영혼을 살라 먹고서 영원히 타오르는 지옥의 불길처럼 거침없이 거칠게 타올랐다. 둘이서 함께 저지른 지독하게 악하고 너무나도 이기적인 욕망의 탈선 열차 속에서 오직 공범 두 사람만이 공유할 수 있는 묘하게 뒤틀린 동지애가 인간이 가진 모든 정상적인 판단을 철저하게 무력화시키고 있었다. 그렇게 다른 누구의 조언도 비판도 철저히 외면한 그들의 너무 지나친 특별한 사랑은 공의로우신 유일신의 체면까지 크게 훼손시키게 되었다.

"이 아이는 세상에서 가장 존귀한 신분이 될 것이요. 태어나서부터 이렇게 아름다운 모습의 아이를 지금까지 나는 본 적이 없다오. 정말 단 한 군데도 흠이 없는 완전한 아이로군." 며칠간의 진통 끝에 밧세바가 낳은 아기를 받아 안은 다윗은 막 태어난 아이의 빼어난 기골과 준수한 모습에 크게 감동하였다.

"정말 나를 그대로 빼닮았구려. 이 아이는 장차 나를 이어 이 나라 이스라엘을 다스리는 현군이 될 것이오." 다윗이 기쁨을 이기지 못하고 그만 지나치게 흥분하여 몇몇 신하들이 지켜보고 있는 비공식적인 자리에서 군주로서 반드시 책임져야 하는 입을 자제하지 못하고 함부로 나라의 가장 중요한 후사 문제를 가볍게 선포하는 어설픈 감정을 드러내고 말았다.

이 말이 사람들의 입과 입으로 빠르게 전해지자 몇몇 대신들은 놀라움을 금치 못했으며, 새삼스럽게 밧세바라는 여인을 주목하기 시작했다. 주변의 사람들이 보내는 부러움과 냉소의 수군거림이 교차하는 중에도, 밧세바와 다윗은 자신들의 부정과 죄악이 가져다준 한없이 탐스러운 열매를 가운데 두고 더없이 즐거워하였다.

그러나 다윗의 바로 이 엄청난 죄악으로 인해서 하늘에서는 인간 중에 가장 쓸 만한 인간으로 다윗을 선택하여 크게 편애하였던 신의 절대 권위가 엄청난 도전과 상처를 받았다. 바로 그것으로 인해서 신을 대적하는 원수가 크나큰 비방 거리를 갖게 되었다.

이새의 막내아들로 태어난 다윗은 그의 부모가 보았을 때는 여러 형제 사이에서 더욱 뛰어난 인물로 여겨지지는 않았다. 그는 어려서부터 아버지 이새의 명을 받아 주로 들판에 나가서 양을 돌보는 목동의 일을 하였다. 유목민에게 목축은 대단히 중요한 일이기는 하지만 그 일 자체는 매우 거칠고 고된 다소 천하게 여겨지는 일이었다. 하지만 어린 다윗에게는 정말 너무나도 순수한 신에 대한 믿음이 있었다. 양을 치며 들판에서 밤을 지새웠던 수없이 많은 날마다 그는 하늘의 별들을 하나하나 헤아리며 그 속에서 거룩하고 전능한 하나님을 온몸으로 체험하였다. 그는 감수성이 뛰어난 타고난 시인이었으며, 누가 가르쳐 주지 않았어도 하프를 기막히게 연주할 수 있는 음악가였다. 다윗이 깊은 신의 영감 속에 잠겨 하프를 타고 노래하면, 들의 짐승들도 제자리에 조용히 서서 귀를 기울이는 것 같았다. 그는 또 물맷돌을 매우 잘 던졌다. 밤중에 양을 지키다가 때때로 굶주린 곰이나 사자와 같은 엄청난 야수들을 만나게 되었을 때도 두려워하지 않고 정확하게 물맷돌을 던져 때려잡을 만큼 용맹하였다. 그는 항상 신께서 자기와 동행하고 계신 것을 육감적으로 알고 있었고, 온전히 그분에게 자신의 모든 것을 다 맡기고 의지하였다. 그의 마음속에서는 정말 아무런 의심도 불신도 찾아볼 수 없었다.

"다윗이야말로 참으로 내 마음에 합한 자로다." 다윗에 대한 신의 사랑도 다른 사람과는 비교할 수 없이 깊고 견고하였다.

"바로 이 자가 나의 선택을 받은 자이니 너는 일어나 그에게 기름을 부으라." 사울이 하나님의 명령에 순종하지 못함으로 이미 그를 버리기로 작정하신 유일신이, 이스라엘의 새로운 왕으로 다윗을 선택하신 것은 너무나 당연한 결과였다.

그러나 그렇게도 특별한 신의 총애를 받았던 바로 그 다윗이, 하나님께서 내려 주신 엄청난 복을 누리는 것으로 부족해서, 단지 순간적인 욕정의 유혹에 눈이 멀어 지독한 간음과 살인의 죄를 저지른 것은 도저히 그냥 넘어갈 수 없는 중대한 사건이었다. 하지만 다윗은 이미 절대 군주로서 막강한 권력의 정점에 있었다. 인간 세상의 그 누구도 서슬이 퍼런 절대 권력 앞에서 감히 왕의 잘못을 지적하거나 비방할 수가 없었다.

신은, 모든 욕망을 다 버리고 광야에서 외롭게 홀로 수련하고 있던 젊은 선지자 하나를 택하여 그의 입에 당신의 말씀을 넣어 다윗에게 친히 보냈다.

"다윗 왕, 당신이 바로 그 사람이오! 하나님께서 이번에 당신의 목숨을 거두시지는 않으시겠으나 당신의 악한 행위로 인하여 이 아이의 생명을 가져가실 것이며 이제로부터 당신의 집안에 영원히 칼이 끊이지 아니하리라!" 아무런 거리낌도 없이 희희낙락하던 다윗과 밧세바 앞에, 느닷없이 들이닥친 선지자 나단은 엄청난 신의 노여움을 담대히 선포하였다. 나단 선지자의 입을 통해 터져 나오는 신의 호통 소리를 듣고 놀라 의자에서 떨어진 다윗은 오랫동안 완전히 어두워졌던 영성이 그 순간 심한 충격을 받고 순식간에 다시 깨어났다. 그러자 한 순간에 자기 자신의 가증한 모든 죄악이 신 앞에 적나라하게 드러나 펼쳐진 것을 온전히 깨닫게 되었다. 그는 즉시 신 앞에 엎드러져 자기의 죄악을 고백하고 용서를 빌었다. 하지만 아이는 나단 선지자가 하나님의 저주를 선언하자마자 그대로 정신을 잃고 무서운 질병의 나락으로 빠져들었다.

"오, 안 돼요. 안 돼! 차라리 나를 데려가세요. 제발 이 아이만은 살려 주세요!" 밧세바가 힘을 쓰지 못하고 축 늘어진 아이를 부둥켜안고 울부짖었다.

"이제 막 태어난 아기가 무슨 죄가 있답니까! 죄가 있다면 그것은 불행한 운명을 갖고 태어난 나에게 있습니다. 이 아이는 정말 아무런 죄악도 없는 순전한 영혼이 아닙니까! 다윗 왕이시여, 제발 이 아이를 살려 주세요. 어서 의원을 불러 주세요. 어서요!" 혼이 빠져나간 듯 밧세바가 정신없이 울면서 큰 소리로 울부짖었다.

"밧세바, 당신의 슬픔을 충분히 이해하오. 그러나 이 모든 것은 하나님의 손에 있는 것인즉 더는 소란을 피우지 말고 잠잠히 있으시오. 먼저 우리의 죄를 주께서 용서하실 때까지 진심으로 회개하며 간절한 마음으로 기도하시오. 하나님은 신이시니 우리의 모든 것을 아시고 그분이 하시는 일은 언제나 선하신 것이라오. 우리가 이미 큰 죄를 지었으나 죽을힘을 다해 주께 간절히 구하면, 혹시 우리를 불쌍히 여기신 주께서 아이를 살려 줄지도 모릅니다." 나단 선지자의 질책 이후 다시금 영성이 깨어나 온전한 믿음으로 돌아온 다윗은 밧세바에게 오직 정성을 다해 기도하라고 타이르고는, 자기 자신도 안에 들어가 금식하면서 눈물로 회개하며 이레 동안을 땅에 엎드려 여호와께 간구하였다.

밧세바는 아이를 끌어안고 넋이 나간 모습으로 온몸 속 수분이 눈물이 되어 모조리 빠져나갈 만큼 울고 또 울었다. 아무리 이해하려 해도 자신의 머리로는 도저히 이해가 되지 않았다. 어른들의 잘못을 이유로 아무런 죄가 없는 갓 태어난 순진무구한 아기에게 이리도 가혹한 벌을 내리는 신의 치졸한 옹졸함에 결코 동의할 수 없었다.

그러나 한 번 정신을 잃고 몸이 늘어진 아이는 이후로 단 한 번도 호전되지 못하고 이레 만에 그만 호흡이 끊어지고 말았다. 두 사람의 뜨겁게 타오른 욕망과 절절했던 사랑의 귀한 열매는 신의 무자비한 저주의 화인을 맞고 처참하게 짓이겨졌다.

　그녀의 간절한 소망을 저버리고 아이가 허무하게 죽어 버리자, 밧세바는 사는 것에 대한 의욕 자체를 완전히 상실하고 말았다. 그녀는 하염없이 눈물을 흘리며 식음을 전폐하고 누웠다. 그러나 정작 식음을 전폐하고 눈물로 기도하던 다윗은 신하들로부터 아이가 죽었다는 소식을 듣고 나서 오히려 일어나 목욕을 하고 새 옷을 갈아입었다. 그는 신이 인간과 다르다는 것을 너무나 잘 알고 있었다. 신의 저주는 이미 집행되었고 그것은 그 자체로서 정의로운 것, 절대 선일 뿐이다. 인간의 잣대로 평가할 수도 없을 뿐 아니라, 어떻게 하더라도 이제는 되돌릴 수 없다는 것을 확실히 알았다.

　"밧세바, 이제 일어나 몸을 씻고 옷을 갈아입으시오. 그리고 신께서 주신 우리 생명을 이어 가기 위하여 나와 함께 식사합시다. 죽은 아이는 다시는 살아 돌아올 수 없는 것이오. 당신과 내가 훗날 죽은 후에 우리는 그 아이를 보러 갈 수 있을 것입니다. 슬픔과 미련의 어리석음을 이제 털어 버리시오. 내 진실로 약속하거니와, 내가 살아 있는 한 당신은 나와 진정한 슬픔과 기쁨을 모두 함께할 것이오. 그대의 그 진한 고통과 사무치는 아픔은 살아가면서 내가 반드시 더 큰 기쁨으로 채워 주리다. 이제 일어나시오. 당신의 이 비참한 모습이 나를 또한

더욱 비참하게 만들지 않도록 제발 도와주시오!" 다윗의 진정한 위로
는 밧세바의 영혼을 깊이 흔들었고 삶에 대한 새로운 용기를 불어넣
었다.

밧세바는 자리를 털고 일어나서 얼굴을 깨끗이 단장하고 새 옷을 갈
아입고서 다윗이 준비한 정찬의 자리에 기꺼이 마주 앉았다.

9. 움트는 희망의 싹

'어찌하여 하늘은 나를 또다시 외면하는가! 아, 정말 분하고 원통하구나! 이 늙은이의 평생 소망이 이대로 영원히 허무하게 사라지고야 마는 것인가!' 비록 신의 선택을 받은 자의 간음이라는 지독한 사악함 속에서 잉태되었다 해도, 다윗왕과의 사이에서 정말 기적처럼 어렵게

얻은 밧세바의 아기가 거짓말처럼 죽어 버리자, 그 누구보다도 아히도벨은 세상을 모두 다 잃은 것처럼 처절하게 슬퍼하였다. 그 아이가 세상에 태어났을 때 그는 자기의 하나뿐인 증손자가 장차 이 나라 이스라엘의 유일한 왕이 될 수 있도록 이미 주도면밀한 계획을 세워 두었다. 그런데 안타깝게도 그 귀한 아이가 태어난 지 얼마 되지도 않아서 하나님의 선지자가 선포한 저주를 받아 이렇게 허무하게 죽었다는 것을 그는 도저히 받아들일 수가 없었다.

"할아버지, 제발 이제는 그만 슬퍼하시고 진정하세요. 하나님의 기묘한 뜻이라는 것은 종종 인간이 헤아릴 수 없다고 할아버지께서 늘 제게 가르치셨잖아요. 죽은 아이는 제발 그만 잊으세요. 저도 다윗 왕도 하나님의 공의로우신 뜻에 온전히 순종하기로 진심으로 맹세했습니다. 이제는 비통하고 안타까운 마음을 다 비우고 치열했던 절망의 고통도 이미 다 이겨 냈어요. 그러니 할아버지도 이제는 그 아이를 놓아주세요. 할아버지께서 지어 주신 제 이름을 걸고 다시 한번 분명히 맹세해 드릴게요. 다윗 왕과 저 우리 두 사람에게 지금과 같은 진정한 사랑이 함께하는 한, 할아버지는 머지않아 다시 사랑스러운 증손자를 반드시 보게 되실 거예요. 할아버지가 그 아이를 얼마나 사랑했었는지 제가 너무나 잘 알지만, 이제는 더는 어쩔 수 없는 일이예요. 이러시다가 할아버지까지 큰 병이 나시겠어요." 낙심이 가득한 절망의 얼굴로 밧세바를 찾아온 아히도벨을 붙잡고, 오히려 밧세바가 온갖 정성으로 열심히 위로하였다. 자기 자신은 다시금 그렇게도 큰 고통을 겪었으면서도 그로 인해서 더욱 성숙해진 탓인지 정말로 밧세바의 얼굴은 한층 편안해 보였다.

"할아버지, 이번 일을 통해서 저는 다윗 왕과 함께 하나님 앞에서 제 생명을 내려놓고 진심으로 회개하는 귀한 경험을 하였어요. 비록 목숨보다 더 귀한 아이를 잃었지만, 그 큰 슬픔 뒤에는 하나님의 더 큰 근본적인 사랑하심과 자비로우심이 있다는 진실을 알게 되었어요. 다윗은 정말 놀라운 위대한 믿음의 사람이랍니다. 그는 하나님께서 우리를 온전히 용서하셨다는 것을 분명히 믿고 있어요. 이제 이 슬픔은 저만의 슬픔이 아니고 다윗 왕과 함께하는 슬픔이지요. 그는 자신이 사는 동안 언제나 모든 슬픔과 기쁨을 저와 같이할 것이라고 맹세했어요. 그러니 할아버지도 이제 슬퍼하지 마세요. 그 아이는 이제 하나님의 자비로운 품 안에서 영원히 행복할 거예요." 마침내 밧세바의 눈에서도 굵은 눈물이 흘러내리고 말았다.

"알았다. 아가, 울지 말아라. 네가 이렇게 잘 이겨 내고 있다니 참으로 대견하구나. 과연 내 손녀답다." 아히도벨도 마음을 추스르고 밧세바의 눈물을 닦아 주었다.

"하지만 너도 알다시피, 나에게는 평생에 이루지 못한 깊은 한이 있단다. 네 아이가 반드시 나의 오랜 한을 풀어 줄 것이라는 간절한 소망이 허망하게 무너졌을 때 나로서는 너무도 견디기가 어려웠다. 그러나 네 말대로 하나님의 고귀한 뜻은 절망 중에도 기묘의 길을 보이시는 것을 나도 인정한다. 하지만 이제 나는 너무나 늙었고, 나의 소망은 오직 너를 통해서 이루어질 수 있다는 것을 잘 알고 있다. 너는 아직 충분하게 젊으니 어떻게든 다윗의 마음을 사로잡아서 그의 왕위를 이을 왕자를 생산하도록 하여라. 네가 왕자를 출산하기만 한다면 내가 무슨 수를 써서든 반드시 그를 역사상 가장 위대한 이스라엘의 군주로 만들고 말 것이니라." 아히도벨은 다시 한번 손녀를 힘주어 안아 주고는 깊은 생각에 잠겨 궁을 걸어 나갔다.

"또 무슨 생각을 그리도 골똘히 하는 것이냐?" 자기가 방에 들어온 것도 모르고 이미 어두워진 창밖만을 하염없이 바라보고 있는 침울한 표정의 밧세바에게 소리 없이 다가가 어깨를 다정하게 감싸 안으며 다윗이 부드럽게 속삭였다.

"어머, 죄송해요. 들어오신 줄도 몰랐네요. 사실은 오늘 오후에 할아버지께서 다녀가셨는데, 아직도 우리 아이의 죽음을 너무나도 애통해하시는 모습을 보고 저도 갑자기 마음이 슬퍼져서 그만." 밧세바가 가만히 돌아서서 다윗의 품에 안겼다.

"그래. 그 양반이 아이를 참으로 너무나 사랑하셨지. 하지만 이제는 우리 모두 그 아이를 잊기로 합시다. 그 아이는 하나님께서 데려가셨으니 이제 누구보다 행복할 것이오. 이렇게 당신이 쓸쓸하게 서 있는 모습을 보니 내 가슴이 찢어지는구려." 진정한 위로를 담은 다윗의 따스한 손길이 밧세바의 슬픔을 차츰 녹여 주었다.

"당신의 말씀이 틀림없이 맞을 거예요. 그 아이는 이제 하나님의 품 안에 있으니 가장 행복하겠지요. 하지만 분명히 저도 그렇게 생각은 하면서도 너무나 아기가 보고 싶어요. 그 예쁘고 귀여운 모습이 자꾸만 떠올라서 아무리 참으려고 해도 나도 모르게 눈물이 나요." 밧세바가 다윗 앞에서 눈물을 보이지 않으려고 애쓰면서 부끄러워했다.

"당연한 일이지. 당신도 사람인데 어찌 그렇지 않겠소. 당신의 아픈 마음 다 이해하오. 하지만 사람의 목숨은 신께서 결정하시는 것. 공의로우신 신의 뜻에 순종하고 온전히 따르는 그것이 바로 신실한 믿음입니다. 당신이 하나님 앞에서 진실로 당신의 믿음을 나타낸다면 하나님께서 반드시 당신의 믿음에 응답하셔서 더 아름다운 생명으로 당신에게 허락하실 겁니다." 다윗이 다시 한번 힘차게 밧세바를 끌어안았다.

"당신의 그 말씀은 제게 정말 큰 위로가 되었습니다. 당신이 이렇게 제 곁에 계시니 이젠 슬퍼하지 않고 저도 당신의 큰 믿음을 따라 하나님의 뜻에 순종하도록 더 노력하겠어요." 밧세바가 다윗의 넓은 가슴에 가만히 얼굴을 묻으며 속삭였다.

"애당초 나의 지나친 욕심 때문에 편안히 살고 있던 당신에게 이렇게 큰 시련을 준 것만 같아서 정말 미안하구려. 여보, 나를 용서해 줄 수 있겠소?" 다윗이 푸르고 깊은 밧세바의 눈동자를 다정하게 들여다보면서 그녀의 도톰한 귓불을 부드럽게 어루만졌다.

"용서라니, 당치도 않은 말씀입니다. 당신을 만나기 이전의 저는 어떤 의미에서는 살아 있는 사람이라고 할 수도 없었습니다. 당신을 만나기 전까지 저는 진정한 사랑이라는 것이 무엇인지 전혀 몰랐으니까요. 사랑을 모르는 여자의 삶은 어찌 보면 정말로 살아 있는 것이 아니지요. 저에게 사랑의 참 의미를 알게 해 주신 당신에게 오히려 너무나 감사하고 있답니다. 이제는 당장 죽는다고 해도 억울하지는 않을 것 같아요." 밧세바가 미소를 띠면서 다윗의 손을 잡아 다정하게 입맞춤을 하였다.

"나는 오직 내 육신의 지나친 정욕으로 인해 양심의 눈이 멀어 그대를 겁탈하였는데, 그런 내가 원망스럽지 않았소?" 다윗이 짓궂게 그녀의 뺨에 콧등을 비볐다.

"이제야 드리는 말씀이지만, 사실은 저는 아주아주 어려서부터 당신을 마음속 깊이 사모하고 있었답니다." 밧세바가 오래전 옛일을 생각하며 가만히 홍조를 띠었다.

"어려서부터 나를 좋아했다니 그것이 대체 무슨 소리요? 나는 이전에 당신을 본 적이 없었던 것 같은데?" 다윗이 재미있는 놀이라도 하는 듯이 자기 코를 밧세바의 코에 가볍게 부딪히며 즐겁게 웃었다.

"그야 당연히 대왕께서는 저를 기억하실 수 없으셨겠지요. 저는 비록 먼발치에서였지만, 백성들 앞에 서서 씩씩하게 연설하시던 당신의 모습을 여러 번 보았답니다. 지금 다시 생각해 보니 그때마다 어린 소녀의 가슴이 저절로 두근거리며 뛰곤 했었지요. 아마 그때 당신의 그 늠름한 모습이 어린 소녀의 순결한 가슴속에 영원히 지울 수 없는 꿈이 되어 깊이 새겨졌었나 봐요. 제게 당신을 꿈꾸던 어린 시절이 있었다는 것은 세상 누구도 모르는 나만의 비밀이었지요." 밧세바의 얼굴이 더욱 빨갛게 물들었다.

"제가 이렇게 당신과 부부가 되어 한 지붕 아래 살고 있다는 것이 정말 믿어지지 않을 만큼 너무나 행복해요. 한없이 부족한 저를 사랑해 주어서 정말 고마워요." 밧세바의 눈에 감격의 눈물이 살짝 맺혔다.

"내게는 왕비들이 많이 있지만 진정 내 마음을 알아주는 사람은 오직 당신뿐이구려. 당신은 얼굴만 예쁜 것이 아니라 그보다 그 마음이 더욱 아름답기 때문이지. 지난날 내가 순간의 욕망으로 큰 잘못을 저지르기는 하였지만, 그래도 당신을 만난 것은 내게 얼마나 큰 행운인지 모르겠소. 내 사랑, 나의 욕심 때문에 큰 고초를 겪었고, 세상에서 가장 귀한 아이의 죽음까지 겪었으면서도, 나를 용서하고 사랑하는 당신은 정말 내게 천사와 같은 사람이오. 이제부터는 아무 걱정하지 마시오. 내가 바로 당신의 가장 귀한 아들이 되고 가장 좋은 친구가 되고 또 믿음직하고 든든한 남편이 되어 줄 것이오." 다윗이 밧세바를 힘차게 끌어안으며 부드럽게 입을 맞추었다. 밧세바도 가만히 눈을 감고 입술을 벌려 열정적으로 다윗의 따스한 혀를 탐욕스럽게 받아들였다. 두 사람은 자신들도 모르는 사이에, 인간에게 주어진 시간이 한 치의 오차도 없이 반드시 지나다녀야만 하는 공간의 냉혹한 궤적을 훌쩍 벗어나서, 길고 긴 밤 내내 온 우주 곳곳에 걸려 있는 모든 아픔과 고민을 다 태워 버릴 만큼 뜨거운 사랑을 누리었다.

궁궐 안의 다른 부인들을 모두 외면하고, 거의 매일 밤 밧세바의 거처에서만 지내는 다윗의 모습을 두고 궁내의 여인들이 심하게 쑥덕거리며 시샘했지만, 아이를 잃고 깊은 슬픔에 빠져 있던 밧세바는 오직 다윗만을 바라보며 큰 위로를 얻을 수 있었다.

"오, 하나님! 세상에 이런 일이 생기다니, 하나님 감사합니다! 여보, 여보. 우리 밧세바가 또다시 임신했답니다." 오랜만에 딸을 보살피러

궁에 다녀온 밧세바의 모친이 마침 집에 돌아온 남편에게 기쁜 소식을 전했다.

"오, 그 말이 정말이요? 정말로 너무나 반가운 소식이구면. 이 사실을 아버지께서 아시면 얼마나 좋아하실까? 나는 지금 당장 아버지께 이 기쁜 소식을 전하러 가야 하겠소. 먼저 있었던 일로 크게 상심하시던 아버님 모습이 얼마나 심란하던지. 여보, 나 지금 바로 아버님 집에 다녀오리다." 엘리암은 아내가 차려 준 저녁 밥상도 나중으로 미루고서 그대로 아히도벨의 집을 향해 말을 몰았다.

"그것이 정말이더냐! 오, 하나님. 감사합니다. 이 늙은이의 소망을 완전히 잊지는 않으셨군요. 이제야말로 진정 내가 살아 있을 이유를 다시 찾게 되었구나. 오, 고맙다. 아들아! 세상에서 가장 귀중한 소식을 전해 주었구나. 오, 하나님. 감사합니다! 감사합니다!" 아히도벨은 아들의 손을 꼭 잡고 감격의 굵은 눈물을 흘렸다.

밧세바의 임신 소식을 접한 아히도벨은 즉시 정성껏 목욕재계하고 자신의 서재에 틀어박혀 며칠을 꼼짝도 하지 않았다. 커다란 양피지와 여러 가지 모양의 나무토막들을 책상 한가득 펼쳐 놓고서 무언가 적기도 하고, 이리저리 옮겨 놓기도 하면서 깊은 상념에 잠겼다. 그의 하얀 머리카락은 창을 통해 들어온 햇볕에 투명한 빛으로 물결치고, 세상의 모든 이치를 통달한 듯 날카롭고 깊은 눈매는 한 치 흔들림도 없이 단호하게 빛났다. 방 안의 공기까지도 숨을 죽이고, 모든 소리의 파동도 완전히 멈춘 절대 침묵의 시간이 끝없이 깊은 우주의 심연 속을 천천히 유영하였다. 마침내 신의 손으로 직접 시간과 공간의 축에 단단히 묶여 인간의 힘으로는 도저히 꿈쩍도 할 수 없었던 거대한 운명의 수레바퀴가 아주 서서히 그 견고한 축을 비틀기 시작했다.

"거룩하신 하나님의 평화가 당신과 함께하시길 축복합니다." 완전한 백발의 노인 아히도벨이 온통 타오르는 열정으로 가득한 젊은 선지자 나단의 거친 손을 잡으며 깊이 고개를 숙였다.

"누구신데 이렇게 험한 곳까지 찾아오셨습니까?" 아무도 살 수 없는 황무지 한가운데 커다란 바위 밑에 허름한 움막을 지어 놓고 밤낮없이 수련에만 정진하고 있던 나단 선지자가 처음 보는 노인을 맞아 어색하게 마주 인사하며 의아한 표정을 지었다.

"나는 아주 오래전 사무엘 선지자의 제자였던 아히도벨이라는 사람이외다. 나단 선지자께서 이미 뛰어난 영성으로 신과 동행하고, 또한 하나님의 음성을 직접 전하기도 하셨다는 소문을 듣고 이렇게 찾아왔습니다." 아히도벨이 더욱 겸손하게 자세를 낮추며 예를 취하였다.

"아, 어르신의 존함은 저도 들은 적이 있습니다. 이렇게 누추한 먼 곳까지 무슨 일로 오셨는지요? 일전에 다윗 왕의 잘못에 대해서 하나님께서 제 입에 말씀을 넣으시고, 제가 그 질책의 말씀을 전한 경험이 있습니다. 하지만 그것은 하나님께서 제 입을 통해서 직접 말씀하신 것입니다. 사실 당시에 저는 제가 무슨 말을 했는지조차 기억하지 못하고 있습니다. 언제나 세상 소문이라는 것은 항상 과장되기 마련이지요. 무슨 일로 오셨는지는 모르겠지만 아마도 제가 별 도움을 드리지는 못할 것 같군요." 꽤 오랫동안 척박한 황무지 생활로 인해 해어져 지독하게 남루한 옷차림에 영양실조에라도 걸린 듯 몹시 여윈 나단의 얼굴은 강렬한 햇빛에 검붉게 그을려 있었다.

"나단 선지자께서 이스라엘의 앞날을 위해 온몸을 던져 불철주야 정진한다는 소문을 듣고, 많이 부족하기는 하지만 한때 같은 길을 걸었던 선배로서 작은 격려와 용기를 드리고 싶어서 찾아왔습니다. 여기 비록 아주 약소하게나마 선지자께서 드실 수 있는 약간의 무화과와 건포도 덩이를 좀 가져왔습니다. 선지자께서 수련에 정진하시다가 지치실 때 조금씩 드시면 기력 회복하시는 데 더없이 도움이 될 것입니다." 잔잔한 미소를 띤 아히도벨의 얼굴이 진지했다.

"선배께서 주시는 것이니 가져오신 음식은 감사히 받겠습니다. 하지만 아히도벨 님께서도 아시다시피 저는 아무런 힘도 없고 이름도 없는 한낱 황무지의 방랑자일 뿐입니다. 그 누구도 도울 수 없는 가장 미천한 수련자에 불과하답니다." 젊은 나단 선지자가 한없이 맑고 투명한 눈으로 아히도벨의 늙고 메마른 손을 다정하게 잡았다.

"나단 선지께서는 너무나도 겸손하시군요. 하지만 제 눈에는 머지 않아 신의 선택된 백성, 이스라엘 운명의 한 축이 바로 나단 선지의 어깨에 기대어 있는 것이 명백하게 잘 보인답니다. 선지께서 흠 없는 맑은 영성으로 이렇게 신실한 정진을 계속 이어 가신다면, 언젠가는 하나님의 인정하심을 받아 진실한 여호와의 종으로서 인치심을 받고 반드시 이스라엘의 가장 위대한 선지자가 되실 것입니다. 그래서 저는 오늘 선지께 작은 부탁을 하나 드리려고 이렇게 험한 길을 마다하지 않고 찾아온 것이지요." 잔잔한 미소를 머금은 아히도벨의 깊은 눈매가 묵직하고도 날카로웠다.

"제게는 인간으로서는 짐작조차 할 수 없는 기묘의 길을 여시는 하나님의 크신 은혜로 기적처럼 어렵게 얻은 증손자가 하나 있답니다. 저는 그 아이가 이 험한 세상을 하나님께서 베푸시는 은총 속에 평화롭게 살아갈 수 있도록 선지자께서 축복해 주시기를 부탁드리러 왔습니다." 아히도벨이 백발의 머리를 젊은 선지자에게 정중히 숙였다.

"그런 부탁이라면야 얼마든지 해 드리고 말고요. 어르신의 증손자 이름을 알려 주십시오." 생각했던 것보다 어렵지 않은 가벼운 방문자의 특이한 부탁에 크게 부담이 덜어진 나단의 얼굴에 이내 밝은 표정이 피어났다.

"하지만 사실 아이가 아직 복중에 있는 상태이기 때문에 이름도 짓지 못했답니다. 혹시 선지자께서 지어 주실 수 있다면 더욱 감사하겠습니다." 아히도벨도 가볍게 웃으며 나단의 얼굴을 쳐다보았다.

"증손자가 평화롭게 살아가기를 원하신다고 하셨으니, 그 아이의 이름을 솔로몬이라 부르시면 어떻겠습니까? 허락하신다면 제가 이제부터 솔로몬을 위하여 축복기도를 드리겠습니다." 나단 선지는 그 자리에서 자기를 찾아온 노인의 아직 태어나지도 않은 증손자를 위하여 하늘을 향해 손을 들고 즉시 열정적인 축복의 기도를 올려 주었다.

"아가, 혹시 어디라도 불편한 데는 없는 것이냐? 궁중 의원을 직접 만나 보기는 하는 것이야?" 모처럼 밧세바의 모친과 함께 궁에 들어온 그녀의 할머니가 그녀의 볼을 부드럽게 어루만지며 걱정스러운 어조로 속삭였다.

"할머니, 제가 예전처럼 구토가 나고 음식을 먹기 어려운 증세가 있어서 궁중의 의원에게 진찰을 받았어요. 그 의원의 말이 제 배 속 아기가 아주 튼튼한 사내아이 같다고 하였어요. 할머니, 어머니, 아무리 생각해도 제가 아기를 다시 갖게 되었다니 정말 믿을 수 없어요. 정말 제가 다시 사내아이를 낳을 수 있을까요? 할머니, 저는 지금 말로는 표현할 수 없을 만큼 너무나 행복해요. 자비로우신 하나님께서 베풀어 주시는 참된 위로와 진실한 평화가 제게 임한 것 같아요." 밧세바가 상기된 얼굴로 할머니의 품에 안기며 활짝 웃었다.

"그래, 참으로 감사한 일이다. 참으로 장하구나. 내 손녀! 네 할아버지께서도 언젠가 반드시 네가 다시 왕자를 낳을 것이라고 늘 말씀하셨단다." 밧세바의 할머니가 손녀의 이미 부풀어 오르기 시작한 아랫배를 소중한 보물 만지듯 가만히 쓰다듬었다.

"아가, 이것은 네 할아버지께서 특별히 오직 네게만 직접 전해 주라는 서신이란다. 답장은 할 필요 없고, 절대로 아무에게도 보이지 말고 혼자만 읽은 다음에는 반드시 즉시 완전히 소각하라고 말씀하셨단다." 그녀의 할머니가 목소리를 낮추며 재빨리 두툼한 편지 하나를 밧세바에게 전해 주었다.

"그러니 너는 사내아이를 낳거든 그 이름을 솔로몬이라 짓도록 하여라. 훗날 내가 예상치 못했던 새로운 어려움이 생기게 될 때, 선지자 나단이 반드시 그 아이의 큰 힘이 되어 줄 것이다.

너는 아이를 낳기 전에 어떻게 해서든지, 네가 낳은 아이가 아들일 경우 다윗의 위를 잇는 자로 삼겠다는 약속을 단 한 번만이라 할지라도 반드시 직접 그의 입으로 하도록 만들어야 한다. 여러 사람 앞에서가 아니라 하더라도, 단지 네게만 침상 머리에서 하는 말이라도 상관없다. 어떻게 해야 할지 그 방법은 네가 고민해서 직접 찾아내도록 하여라. 그의 말이 비록 취중에 나온 말이거나 농담으로 내뱉은 말이라 할지라도, 정확하게 그렇게 말을 하기만 하면 된다. 어떠한 상황에서든 그의 입에서 네 아들로 이 나라의 왕위를 이을 것이라는 말이 직접 나올 수 있도록 하는 것이 중요하다. 이것은 너와 네 아이의 목숨이 관련된 일이니 신중하고 깊이 생각해라. 너에 대한 그의 사랑이 식기 전에 어떻게 해서라도 수행되어야 하느니라. 가능하다면 빠를수록 좋고, 아무리 늦어도 아이가 태어나기 전에는 반드시 그렇게 만들어야 한다. 사랑이란 결국 허무한 것이며 늘 쉽게 변하는 것임을 절대로 간과하지 말아라. 나의 이 당부를 꼭 기억하고 시간을 놓치지 않도록 주의하도록 하거라."

아히도벨의 편지에는 첫인사도 마지막 안부를 전하는 말도 없이 새로 태어날 아이에 대한 여러 가지 당부들만 가득하였다. 할아버지의 편지를 여러 번 유심해서 여러 번 읽어 뇌 속에 단단히 저장한 후에, 밧세바는 자기 방에 있는 화로에 편지를 넣어 완전히 소각하였다.

"어디가 불편하거나 혹시 아프기라도 한 것이냐? 어찌해서 그렇게 슬픈 표정을 짓고 있는 것이야?" 그날 저녁에 밧세바의 거처를 찾은 다윗이 표정이 어두운 밧세바의 그늘진 얼굴을 보고서 걱정이 되어 물었다.

"어머, 죄송해요. 당신께 이런 모습을 보이지 않으려 했는데, 걱정하지 마세요. 의원의 말이 저도 아기도 아주 건강하답니다." 밧세바가 억지로 미소를 지어 보였다.

"그래? 그것 참 다행이로군. 입덧이 심하다 들었는데 어째 음식은 좀 먹고 있는 것이오? 건강한 아이를 출산하려면 산모가 더욱 잘 먹어야 한다고 하던데." 다윗이 다정히 웃으며 밧세바의 하얀 뺨에 입을 맞췄다.

"설사 제가 건강한 왕자를 출산한다고 해도, 이렇게 살벌한 궁궐에서 편안하게 살아갈 수 있을지 걱정이 참 많이 되네요." 밧세바의 얼굴이 다시 쓸쓸한 표정으로 어두워졌다.

"당신을 세상에서 가장 사랑하는 내가 있는데 대체 무슨 걱정을 하는 것이오? 내가 항상 안전하게 지켜 줄 것이니 당신은 아무 걱정도 하지 말고 그저 건강한 아이만 출산하도록 하시오." 다윗의 다정한 얼굴에 여전히 웃음이 가득했다.

"대왕께 이런 말씀까지는 드리지 않으려 했는데 굳이 물으시니 말씀 올리겠습니다. 오늘 낮에 어머니와 할머니께서 제게 다녀가셨는데, 밖에서 들리는 백성들의 소문이 심상치 않다고 많이 걱정하셨습니다." 밧세바가 여전히 무거운 표정을 지었다.

"아니, 대체 무슨 이야기를 들었기에 그렇게 우울한 얼굴을 하는 것이오? 어서 자세히 말해 보시오." 다윗이 다정한 목소리로 가까이 다가앉았다.

"지난번에 여호와께서 보내신 선지자의 저주로 인해 우리 아기가 허무하게 죽었는데, 이번에 제가 임신한 이 아이도 같은 운명을 피할 수 없을 것이란 소문이 백성들 사이에 파다하답니다." 힘들어하며 겨우 이야기를 마친 밧세바의 눈가가 촉촉이 젖어 왔다.

"무슨 그런 허망한 소문을 듣고서 이렇게 힘들어하는 것이요! 이미 우리는 하나님의 용서하심을 받았고, 앞으로 그런 일은 절대로 일어나지 않을 것이니 아무 걱정하지 마시오!" 다윗이 코웃음을 치며 큰 소리로 밧세바를 책망하였다.

"하지만 그 소문의 진원지가 바로 이곳 궁궐이라 하니 제 마음이 어찌 불안하고 두렵지 않겠습니까?" 밧세바가 눈가를 훔치면서 기어드는 작은 소리로 항변하였다.

"무엇이라고? 도대체 궁의 어떤 작자들이 그런 아무 근거 없는 낭설을 퍼뜨린다는 것이오? 내 당장에 그런 놈들을 찾아내어 엄벌하겠소!" 밧세바의 항변에 다윗도 마음이 답답해져서 공연히 더욱 큰 소리로 약속하였다.

"대왕께서 그리하신다면 지금 당장에야 그런 악의적인 소문은 잠시 수면 아래로 가라앉겠지요. 하지만 지금 궁중에서 저를 시기하는 다른 왕비들과 장성한 왕자들의 견제를 언제까지 묶어 둘 수만은 없을 겁니다." 밧세바가 계속 슬픈 표정을 풀지 않았다.

"그대는 너무 걱정하지 마시오. 내 왕자들을 불러 형제들 간에 언제나 화평하게 지내도록 충분히 타이를 것이오." 다윗이 부드럽게 밧세바를 끌어안았다.

"지금이야 대왕께서 건재하시니 별문제 없겠지만, 언젠가 대왕께서도 늙어 돌아가시고 나면, 저 기세등등한 왕자들과 일가친척들이 우리 모자의 생명을 그냥 살려 두려고나 할까요? 이 복중의 아이는 어리고 힘이 없으니, 사나운 왕자들의 강하고 거친 손길을 감당하지 못할 것이란 걱정에 갑자기 서러운 생각이 들지 뭡니까. 감히 대왕의 심기를 어지럽혀서 죄송합니다." 고개를 살짝 돌리는 밧세바의 눈에는 어느새 투명한 눈물이 넘쳐흘렀다.

"내 특별히 왕자들에게 형제들 간의 우애를 가장 중요하게 여기도록 엄히 가르칠 터이니 그대는 너무 걱정하지 마시오. 내가 없더라도 당신 모자는 절대 안전할 수 있도록 나의 후계자에게 약속을 단단히 받아 주겠소. 그러니 이제 눈물을 거두시오. 당신의 눈물이 나를 얼마나 힘들게 하는지 잘 알지 않습니까! 그만 울음을 그치고 어서 이리로 오시오." 다윗이 애써 온화한 미소를 지으며 다정하게 두 팔을 밧세바에게로 벌렸다.

"아, 아! 정말 대왕께서는 아무것도 모르시는군요. 바로 이 시간에도 대왕의 사랑을 집요하게 갈구하는 저 비빈들은 저를 끝없이 질투하고 이를 갈고 있답니다. 자기 아들들에게 우리 모자를 헐뜯고 모함하는 것을 저는 매일 전해 듣고 있지요. 그러니 언젠가 대왕께서 우리 곁에서 떠나시면, 그때는 바로 저와 복중의 이 아기는 기댈 곳 없이 온전히 죽은 목숨이라는 게지요." 스스로 이런 말까지 하고 보니 자신도 모르게 더욱 마음이 서러워져서 밧세바는 서럽게 흐느끼는 소리까지 내고 말았다.

"이런, 이런. 자, 자. 그만 울음을 그치거라. 사랑하는 네가 이리도 서글피 울어대니 짐의 마음이 너무나도 아프구나. 정 그렇게 걱정이 된다면, 내가 네 복중의 아이로 내 위를 잇게 해 주면 될 것이 아니냐. 네 아들로 나를 이을 이스라엘의 왕으로 삼을 것이니 너는 이제 마음을 편안히 하도록 하여라." 밧세바의 서러운 울음소리에 마음이 더욱 심란해진 다윗이 결국 견디지 못하고 그녀의 사랑스러운 귓불에 자신의 입을 대고 아주 낮은 목소리로 속삭여 주었다.

10. 가지치기

　아히도벨의 수단 방법을 가리지 않는 노골적인 엄청난 지원과, 어머니, 할머니의 지극한 보살핌 가운데 산모 역시 복중 아기만을 위한 태교에 정성을 다하였다. 밧세바의 가족들에게 이제 곧 태어날 이 아기는 이미 이스라엘의 다음번 제왕과 다름없었다. 가족들의 열렬한 기

도와 소망 가운데 하루하루 소중한 날들이 지나가고 달이 차서, 마침내 밧세바는 건강한 사내아이를 출산하였다. 아이는 제 아비와 어미를 거의 반반씩 닮은 모습이었지만, 그래서인지 기골이 그리 장대하지는 않았고 울음소리도 아주 우렁차지는 않았다. 그러나 하얀 얼굴에 굳게 다문 얇은 입술이 왠지 특별하게 무척 단단하고 야무져 보였다.

"여호와의 평안함이 대왕과 늘 함께하시기를!" 오랫동안 홀로 황무지에 기거하며 영성 수련에만 몰두하던 당대의 뛰어난 선지자 나단이 다윗 왕이 다시 득남하였다는 소식을 듣고서 하나님이 내리신 말씀도 전하고 또 아이를 축복하려고 궁을 찾았다.

"하나님의 인도하심이 그대와 늘 함께하시길! 나단 선지자, 오늘도 혹시 내게 무슨 꾸짖을 일이 있어 찾아오신 것은 아니겠지요?" 다윗이 웃는 얼굴로 나단을 반갑게 맞이하면서도 한편으로는 걱정스러운 표정을 지었다.

"아닙니다, 아닙니다. 오늘은 대왕께서 새로이 왕자를 얻으셨다는 소식을 듣고 저도 축복하고자 이렇게 찾아뵈었습니다. 그리고 여호와께서 왕자님께 내리신 말씀도 가져왔답니다. 태어난 왕자의 이름은 지으셨습니까?" 나단이 얼굴을 붉히며 손사래를 쳤다.

"훗날 왕자들 간에 평화의 구심점이 되기를 바라는 마음에서 솔로몬이라는 이름을 지어 주었습니다." 다윗이 진지한 표정으로 설명하였다.

"솔로몬이라고요? 정말 좋은 이름이군요. 하나님께서 또한 이 아이를 지극히 사랑하셔서서 여디디야라는 이름을 내리시겠다고 제게 말씀하셨습니다. 대왕께서 하나님으로부터 지극히 사랑하심을 받는 귀한 왕자님을 얻으신 것을 경하드립니다." 나단은 다윗의 입에서 자연스럽게 흘러나오는 솔로몬이라는 익숙한 이름에 마음속으로는 너무나 소름 끼치도록 놀랐지만, 겉으로는 아무런 표정도 내비치지 않았다. 나단은 이스라엘 선지자 대표의 자격으로서 축복기도를 하면서 아직 강보에 싸여 곤히 잠들어 있는 아기의 평화로운 얼굴에서 범상치 않은 후광이 은은히 비치는 것을 놓치지 않았다.

"하나님께서 특별히 사랑하셔서 이렇게 따로 귀한 이름까지 주셨으니 정말 감사한 일이오. 사실 나는 이 아이가 훗날 나의 위를 이어 이스라엘을 다스렸으면 하는 기대를 하고 있답니다." 나단의 이례적이고 특별한 칭찬에 기분이 매우 좋아져서 마음이 다소 느슨해진 다윗이, 비록 공식적인 자리는 아니지만 다른 몇몇 가신들도 함께 있는 자리에서, 다시 어설프게 사려 깊지 못한 말을 내비치고 말았다.

"하하, 하지만 그런 말씀을 하시기는 좀 이른 것 같습니다. 대왕 폐하." 나단이 얼른 다윗의 귀에 다가가 손을 가리고 속삭였다.

"음, 내가 좀 서둘렀나요? 그래. 아무래도 좀 그런 것 같구려. 방금 내가 한 이야기는 못 들은 것으로 합시다." 당황한 다윗도 나단의 의도를 즉시 알아차리고 고개를 끄덕거리며 얼른 자기가 내뱉은 말을 엉거주춤 수습하였다. 함께 자리를 지키던 몇몇 가신들 속에서 순간적으로 약간의 수군거림이 일었지만, 즉시 서로 눈짓을 교환하며 모두 입을 닫았다. 그 사람들 뒤쪽에 그림자 속에 숨은 듯 조용히 서 있던 아히도벨의 늙은 얼굴에 희미한 미소가 슬며시 피어났다가 바로 사라졌다.

"대왕께서 신하들 앞에서 이번에 막 태어난 우리아의 아내 밧세바의 아이에게 이스라엘의 왕위를 잇게 하겠다고 발표했다는 것이 사실입니까?" 다윗의 장자 암논의 어미 아히노암이 얼굴이 하얗게 질려서 궁궐 내의 소식통으로 통하는 사울의 둘째 딸 미갈을 찾아왔다.

"흥! 선지자 나단이 찾아온 자리에서 다윗이 얼떨결에 그런 헛소리를 했다고 합디다. 어디서 별 거지 같은 것이 나타나서 이렇게 궁중 법도를 어지럽히고 순진한 군주의 눈을 미혹시키고 있으니, 이것은 정말 있을 수 없는 일입니다. 이미 암논 왕자가 장자로서 왕세자와 다름없는 대우를 받고 있는데 왕위를 운운한다는 것이 도대체 말이 됩니까!" 미갈이 아히노암의 손을 잡아 주며 제 일처럼 흥분하였다.

"대왕께서 갑자기 이방인 장수의 아내를 취한 것으로 인해 세간에 너무나 이상한 소문들도 무성한데 왕위까지 운운하다니, 혹시 그렇게 영민하시던 군주께서 망령이라도 드신 것 아닐까요? 이년을 그냥 두었다가는 궁중의 법도와 질서가 엉망이 되고 말겠습니다." 미갈의 말에 용기를 얻은 아히노암이 이를 갈며 두 주먹을 바르르 떨었다.

"그럼요, 그렇고 말고요. 어디서 굴러 들어온 허접한 돌이 감히 세자의 자리를 넘본다는 말입니까! 이것들을 그냥 두었다가 잘못하다가는 정말 돌이킬 수 없는 큰 사단이 생길지도 모르겠군요. 우리 모두 힘을 합쳐서 다윗 왕이 더는 잘못된 길에 깊이 빠지지 않도록 긴급히

소설 밧세바

특별한 대책을 마련해야 하겠네요." 오랫동안 다윗에게 눈길조차도 받지 못하고 살아온 미갈의 심술이 거칠게 꿈틀거리기 시작했다.

"네, 형님. 제발 저를 좀 도와주세요." 천군만마를 얻은 표정으로 아히노암이 마갈의 손을 부여잡으며 간절한 눈빛으로 다가앉았다.

밧세바는 어린 왕자 솔로몬에게 자신의 모든 시간과 열정을 다 쏟아서 정성껏 양육하였다. 아기가 말을 알아듣지 못하던 때부터 자기가 알고 있는 모든 지혜의 말과 교훈들을 열심히 가르쳤다. 특별히 전능의 하나님에 대한 절대적인 믿음이 인간의 기본적이고 가장 중요한 의무라는 것을 반복해서 가르쳤다. 솔로몬이 세 살이 되자 다윗 왕으로부터 특별한 허락을 받아 외증조할아버지 아히도벨이 독선생의 자격으로 왕자를 교육하게 되었다. 당시에는 아히도벨이 하는 모든 말을 백성들이 하나님의 말씀으로 여길 정도로 그의 학식과 인품은 당대 최고로 여겨졌다. 어린 시절의 솔로몬은 사실상 그 시대 최고의 석학으로부터 가장 뛰어난 학문을 배울 수 있었다. 게다가 외증조할아버지의 빼어난 두뇌까지 그대로 물려받은 그는 명석하기가 이루 말할 수 없었다. 아주 어려서부터 보는 모든 것에 대해서 많은 의문을 가지고 있었고 한 번 깨우친 것은 결코 잊는 법이 없었다. 특별히 솔로몬은 궁궐의 아름다운 정원을 헤매 다니며 꽃이나 벌, 나비 같은 자연 속 작은 생명의 신비에 관심이 아주 많았다. 아히도벨은 자신이 가르쳤던 어떤 왕자보다 더욱 총명한 솔로몬의 모습에 크게 만족하였다. 그는 증손자에게 이스라엘의 전능한 신에 대해서도 많은 것을 가르쳤지만, 맹목적이고 무조건적 믿음보다 합리적이고 객관적인 지혜와 굳건한 믿음의 균형 잡힌 조화가 더욱 중요하다는 것을 집중적으로 교육하였다.

"너는 네 아비의 아들 중에서 신의 특별하신 사랑을 받은 선택된 왕자임을 한시도 잊지 말아야 한다. 너를 통해서 이스라엘이 전 세계의 열방 가운데 우뚝 서게 될 것이며 하나님의 큰 영광을 드러내게 될 것이니라. 너는 마음을 담대히 하고 네게 주어진 위대한 운명을 기필코 훌륭하게 완수해야 하느니라." 아히도벨은 솔로몬이 확실한 차기 왕으로 성장할 수 있도록 치밀한 준비에 자신에게 남은 생애의 모든 것을 걸었다.

다윗 왕에게는 열일곱 명의 아들이 있었는데, 그 첫째는 시글락 치욕 사건 직후 아히노암과 동침하여 얻은 암논이었다. 암논은 아버지 다윗이 맏이라 하여 항상 특별대우를 해주었기 때문에 스스로 당연히 자기 자신이 왕세자라고 생각하였다. 그러나 그의 성품은 아버지와는 사뭇 다르게 매우 급하고 야비한 마음의 소유자였다.

'암논 왕자는 그냥 두어도 크게 걱정할 것은 없겠는데, 문제는 셋째인 압살롬 왕자로구나.' 아히도벨은 왕자들의 이름을 하나하나 적어가며 그들의 생김새와 인품과 능력 같은 특성들을 세밀하게 분석하였다. 왕자 중에 가장 뛰어난 인물은 역시 압살롬 왕자였다. 그는 기골이 장대하고 완벽한 미남자였으며, 정의감이 투철하고 빼어난 전투능력의 소유자였다. 성격도 호방하고 소탈해서 그에게 호의를 보이며

　　　　　　　　　　　　　　　　　　소설 밧세바

믿고 따르는 사람들이 아주 많았다. 넷째 왕자 아도니아는 나름 외모는 매우 출중하고 훌륭하지만, 아무래도 능력과 야심의 크기는 압살롬에게 많이 미치지 못하는 것으로 분석되었다. 둘째 왕자 다니엘은 어려서부터 병약하였고 역병에 걸려 일찍 죽었다.

'역시 가장 큰 장애물은 압살롬이로구나. 압살롬이 건재하는 한 나의 증손자가 다윗의 위를 잇는다는 것이 쉽지 않을 것이다.' 아히도벨은 보다 빈틈없는 계획을 세우기 위해서 유능한 수하들을 풀어서 왕자들의 주변을 샅샅이 탐문 조사해 보게 하였다.

다윗의 형 시므아의 아들 요나답은 품행이 난잡하고 심히 간교한 자였는데, 유유상종으로 다윗의 장자 암논과 늘 어울려 다니곤 했다. 아히도벨의 수하들이 암논의 주변을 자세히 조사하다가 우연히 그와 가까이 지내는 요나답을 주목하게 되었다. 그가 자기 집안의 권세를 믿고 근처에 작은 포도원을 운영하는 한 농부에게 농장을 헐값에 넘기라고 핍박하고 괴롭히더니, 어느 날은 그 집의 딸을 강제로 추행하였다. 그가 자신의 모든 악행을 덮기 위해 야밤에 은밀히 자기 가신들을 이끌고 가서 그 집 모든 식솔을 일시에 칼로 죽이고 자기 마음대로 포도원까지 차지한 것을 알게 되었다. 당시 이스라엘의 법률은 이스라엘 백성을 죽인 살인자는 반드시 죽이도록 명확히 표시하고 있었다.

"네놈이 내 사촌의 포도원을 빼앗으려고 집안사람들을 모두 죽인 요나답이란 말이지?" 험상궂은 얼굴의 중년 사내가 그를 납치하여 눈을 가린 채 외딴 동굴에 가두고 며칠을 굶긴 후에야 나타났다.

"네놈이 감히 내가 누군지나 알고 이런 짓을 하는 것이냐?" 허기와 두려움에 떨면서도 요나답이 호기롭게 호통을 질렀다.

"오호, 그 잘난 왕의 조카시다 이거지. 하지만 네가 아무리 왕과 인척이라 할지라도 여인을 겁탈하고 아무 죄 없는 이스라엘 백성을 살해한 것은 절대로 용서받지 못할 살인죄인 사실을 모르더냐!" 중년 사내의 냉혹한 일갈에 요나답은 겁이 덜컥 났다.

"나는 네놈이 무슨 말을 하는지 하나도 모르겠다. 나는 이 나라 세자의 절친이란 말이다. 알겠느냐? 나를 잘못 건드렸다가는 너희 모든 집안이 쑥대밭이 될 것이다. 당장 이 결박을 풀지 못할까!" 요나답은 겁에 질린 자기 모습을 감추려고 오히려 소리를 크게 지르며 중년 남자를 노려보았다. 그 순간 전혀 예상하지 못한 어마어마한 충격이 턱을 강타하였고 그는 즉시 정신을 잃고 말았다.

"그를 일으켜 재갈을 풀고 무릎을 꿇려라." 다시 하루를 꼬박 더 굶긴 후에 나타난 중년 사내가 자신의 수하에게 명령하였다. 요나답은 너무나도 배가 고프고 두려워서 더는 감히 대들지 못하였다.

"자신의 죄를 모르는 벌레만도 못한 놈이로구나. 당장 쳐 죽여야 마땅하지만, 어르신께서 아직은 살려 두라 하시니 잠시 참는다. 하지만 다시 한번 거짓으로 더러운 입을 놀린다면 틀림없이 네 입을 찢어 줄 것이다." 중년 사내가 무시무시한 목소리로 엄숙히 협박하였다. 요나답은 너무나 겁에 질린 나머지 그대로 오줌을 지리고 더는 앙탈 부리지 못하였다.

"나는 네놈이 죽인 포도원 주인의 가까운 친척이다. 갑자기 그가 죽고, 네놈이 포도원 주인 행세를 하는 것을 알고 모든 사실을 자세히 조

소설 밧세바

사하여 보았다. 이 모든 일에 증인들도 이미 확보해 두었다. 그러나 너와 같은 비열한 놈들은 자신의 죄를 절대로 회개하지 않고 오히려 복수하려 들 것이 뻔하다. 내 조만간 너와 네 가족을 모두 죽여 아예 후환을 없앨 계획이다." 중년의 사내가 이를 갈며 낮은 소리로 속삭였다.

"제가 죽을죄를 지었습니다. 한 번만 살려 주십시오. 제가 빼앗은 포도원은 물론이고 그 열 배로 갚아 드리겠습니다. 목숨만은 살려 주십시오. 저를 살려 주시면 시키시는 일은 무엇이든 다 하겠습니다." 이제야 진정 제 목숨이 경각에 달린 것을 깨달은 요나답이 태도를 바꾸어 애원하면서 중년 남자의 앞에 엎드렸다.

"너같이 야비한 놈들은 거짓을 밥 먹듯 하는데 네놈의 말을 내 어찌 믿을 수 있겠는가!" 중년인이 냉정한 얼굴로 외면하였다.

"제가 저지른 모든 일을 제 손으로 다 적어서 서명하고 선생께 바치겠습니다. 저를 당장 죽이신다고 선생께 득 될 것이 무엇이겠습니까? 제가 만약 선생을 배신한다면 언제든지 그 문서를 가지고 저를 처벌하실 수 있지 않겠습니까? 제발 목숨만 살려 주십시오. 살려 주신다면 주인으로 모시고 시키시는 일은 무어든 다 하겠습니다." 중년인의 얼굴에서 잠시 망설이는 틈을 엿본 요나답은 어떻게든 제 목숨을 구걸하느라고 그의 발을 붙잡고 애원하였다.

"네놈의 말을 믿을 수 없지만, 네놈이 이리도 사정하니 한번 어르신께 말씀드려보겠다. 이 녀석에게 다시 재갈을 물려 동굴 안에 단단히 결박해 두도록 해라." 중년인은 싸늘한 표정으로 돌아섰다.

"주인 어르신, 이제 어찌하오리까? 녀석에게 자백서를 쓰게 하고 서

명을 받는 것은 형식에 불과한 것이고, 사실 그는 우리의 정체를 알지 못하니 주께서 원하신다면 언제든 즉시 처단하겠습니다." 중년인이 책상을 마주하고 앉아 지그시 눈을 감고 있는 아히도벨 앞에 서서 공손히 허리를 굽혔다.

"그 녀석을 완전히 네 손아귀에 넣어 완벽하게 장악하기까지 그를 철저하게 압박해 두어라. 내 머지않아 네게 새로운 지시를 내리겠다. 잘만 진행된다면 망나니 첫째와 가장 위험한 셋째를 동시에 제거할 수 있을지도 모르겠구나." 아히도벨이 깊은 생각에 잠겨 허공을 응시하면서 아무런 감정이 드러나지 않는 낮은 소리로 중얼거렸다.

"왕세자 저하, 제 친구 놈의 결혼식장에 놀러 가지 않으시겠수? 거기가면 이스라엘에서 제일 예쁜 여자애들을 많이 볼 수 있을 것이오." 오랜만에 궁에 들어온 요나답이 재미없는 일상에 몹시 지루해하던 암논 왕자에게 수작을 걸었다.

"그깟 혼인식장에서 무슨 재미있는 일이 있겠소이까? 따분하기만 하지. 아, 나에게는 이제 특별하게 짜릿한 무언가가 정말 필요해!" 암논이 시큰둥한 반응을 보였다.

"그렇다면 잘되었습니다. 제가 알아보니 이 결혼식 신부의 들러리로 참가하기로 한 처녀 중에 천하절색의 미녀가 있다고 하더이다. 심심한데 저랑 같이 가서서 눈요기나 하면서 즐겁게 놀아 보심이 어떻겠습니까?" 요나답이 눈꼬리를 치뜨면서 암논을 부추겼다.

"아, 너무 심심하고 특별히 할 일도 없는데, 그러면 그냥 재미 삼아 거기나 한번 가 볼까?" 암논이 못 이기는 척 승낙하였다.

요나답을 따라 그의 친구 결혼식에 참석한 암논은 그곳에서 만난 한 처자에게 반하여 눈이 멀게 되었다. 그녀의 이름은 다말이라 하였으며, 불행하게도 바로 암논 왕자 자신의 이복동생이었다. 당시의 이스라엘에서는 왕족이라 하여도 이미 근친 간의 혼인을 좋지 않은 풍습이라 하여 엄격히 금지하였다. 그러나 금단의 열매가 더 맛있어 보이는 것인가! 암논의 눈에는 자신의 이복누이 다말의 모습이 너무나도 눈부시게 보였다. 결혼식 잔치에서 암논이 다말에게 다가가 이런저런 수작을 걸어 보았으나 다말은 그를 그저 형제의 예로서만 대하고 일정한 거리를 두고 피하기만 하였다. 그러자 암논의 마음에는 더욱 큰 통제할 수 없는 욕망이 거칠게 일어나고 말았다. 그러나 상대는 비록 이복일지라도 자신의 여동생이니 엄격한 궁중의 법도를 잘 알고 있던 그로서는 그저 마음만 끓일 뿐 어쩔 도리가 없었다. 집으로 돌아온 암논은 잠자리에 들어서도 다말의 아름다운 자태가 눈앞에 삼삼하게 어른거려서 도무지 잠을 이루지 못하였다. 어려서부터 자기가 가지고 싶은 것은 어떻게 해서든 소유하고야 말았던 암논은 너무나 아름다운 다말과 연애를 한번 해 보고 싶어서 안달이 났다. 하지만 아무리 궁리해 보아도 마땅한 방법이 떠오르지 않았다. 마침내 도저히 가질 수 없는 것에 대한 삐뚤어진 욕망으로 마음을 다스리지 못한 암논은 울화통이 터져서 자리에 눕고 말았다.

"왕자여, 어찌하여 나날이 이렇게 파리해지십니까? 그것이 무엇이든 내게 말씀하시면 내가 절묘한 지혜를 내어 왕자의 고민을 시원하게 풀어 드리리다." 암논이 무엇 때문에 싸매고 누웠는지 누구보다 잘 아는 요나답이 모르는 척 시치미를 떼며 접근하였다.

"내가 일전에 아우 압살롬의 누이 다말을 한 번 본 후로는 그녀를 연모하게 되었는데, 어떻게 건드려 볼 방도가 없어서 이렇게 애를 태우는 중이라오." 암논은 자신이 요나답이 교묘히 쳐 놓은 거미줄에 걸린 줄도 모르고 음흉한 제 속을 내보였다.

"일인지하 만인지상이신 세자께서 어찌 이리도 마음이 여리시단 말입니까? 지금 이 나라에서 저하의 명을 누가 감히 거절할 수 있겠습니까? 이 나라의 모든 백성은 바로 세자 저하의 신하에 불과한 것입니다. 사실 세상의 규범과 법도라는 것들도 모두 다 저하와 같은 권력자들이 백성들을 효과적으로 다스리기 위해 마련된 장치에 불과한 것이지요. 그런 규범과 법도 위에 계신 세자께서 하시고자 하는 일을 그 뉘라서 감히 막을 수 있다는 말입니까!" 그렇지 않아도 색욕에 눈이 멀어 있던 암논은 곁에서 은근히 부추기는 요나답의 간사한 혀에 영혼까지도 완전히 빠져들었다.

"요나답 형, 이제 제발 내게 말해 주시오. 내 어찌하면 그 계집의 부드러운 속살을 한번 만져 볼 수 있겠소이까?" 암논이 애타는 눈길로 바싹 다가앉았다.

"다말은 정말 천하절색이기는 하지요. 하지만 왕자님, 사실 여인이 지닌 겉보기의 아름다움은 그리 오래가는 것이 아니랍니다. 아무리 아름다운 꽃도 세월이 조금 지나면 쉬 시들고 금방 흉하게 변하는 법이지요. 하지만 만약 왕자께서 다말 공주를 정말 사랑하신다면 제가 대왕께 잘 말씀드려 공주를 세자께 드리시라고 설득하겠습니다." 암논이 부왕의 눈 밖에 나는 것을 가장 두려워한다는 것을 누구보다 잘 아는 요나답이 딴청을 피웠다.

"아니, 아니. 그것이 아니지! 내가 원하는 것은 그 여자의 영혼이 아니야! 사랑이니, 진실이니 하는 시시한 얘기는 집어치우고, 어찌하면 그 계집을 잘 꼬드겨서 실컷 데리고 놀 수 있는지 절묘한 비책이나 알려 주시오." 암논이 짜증스러운 표정을 지었다.

"지난번에 왕자께서 무작정 들이대고 달려드는 바람에 다말 공주가 놀라서 이제는 접근하기조차 쉽지가 않습니다. 요즘은 제 오라비 집에 꼭 틀어박혀서 바깥 마실은 아예 하지도 않는다고 합니다." 요나답이 암논의 고민을 시원하게 풀어 주기는 고사하고 오히려 그의 심기만 더욱 불편하게 만들었다.

"아, 그러니 내가 형에게 이렇게 부탁을 하는 거 아니요! 내 부왕의 눈을 피해 그년을 품을 방도가 없겠느냐 말이요.!" 벌써 여러 번 심각한 잘못들로 인해 다윗의 눈에 나서 부왕의 경고까지 받은 적이 있는 암논은 세상에 그 무엇도 무서운 것이라곤 없었지만 유일하게 제 아비만은 두려워하였다.

"무어든 가치 있는 것을 얻으려면 그만한 희생을 치러야 하는 법이지요. 그리고 용감한 자만이 미인을 차지한다는 교훈도 있습니다. 그만한 일로 왕자께서 부왕을 그렇게 두려워해서야 장차 무슨 큰일을 도모할 수 있겠습니다. 왕자께서는 이 나라 이스라엘의 이인자이신 세자십니다. 마음에 드는 여인 하나쯤 규례에 좀 어긋나게 취한다고 해서 그게 무슨 큰 문제가 되겠습니까! 그래도 부왕의 시선이 정 불편하시다면 차라리 부왕까지도 끌어들여 일을 도모해 보십시오. 어찌 되었든 당신께서도 관여된 일의 결과를 가지고서 세자만을 벌할 수 없게 만드시는 겁니다. 그렇게 해서라도 부왕에 대한 두려움을 극복하셔야만 미래의 이스라엘 군주로서의 위엄을 드러낼 수 있습니다." 요나답이 갑자기 심각한 표정을 지으며 암논의 눈을 똑바로 응시하였다.

"아니, 그것이 무슨 소리요? 아버님을 끌어들이라니?" 암논이 깜짝 놀랐다.

"이제부터 제가 하는 말을 잘 들으시고 그대로만 하시면 부왕을 이 일에 끌어들이면서 왕자님의 소원대로 다말 공주를 왕자의 침대 앞까지 유인할 기막힌 기회를 얻을 수 있습니다." 요나답이 입을 귀에 바싹 들이대로 속삭였다.

"왕자님은 부왕의 맏이이며 세자이기 때문에, 만약 왕자께서 병이 나 자리에 누웠다 하면 왕께서 반드시 왕자님의 병문안을 오실 겁니다. 왕께서 오셔서 안부를 묻고 위로하시거든, 그때 왕자께서는 큰 병이라도 걸린 것처럼 아주 힘겨운 모습으로 왕께 이러저러하게 청을 드리십시오. 왕자를 지극히 사랑하시는 부왕께서 반드시 병중에 있는 왕자님의 청을 거절하지 않으실 겁니다." 요나답은 자신 뒤에서 조정하고 있는 중년인이 일러 준 말을 하나도 빼놓지 않고 그대로 암논에게 전해 주었다.

"아니, 요나단 형. 대체 무슨 소리를 하는 것이오? 아버님이 아시지 못하게 숨겨도 시원치 않을 일을 처음부터 아버님이 아시게 대놓고

소설 밧세바

저지르라니 지금 제정신으로 하는 말씀이시오?" 암논이 실망한 표정으로 얼굴을 외면하였다.

"왕자님, 다시 한번 찬찬히 생각해 보십시오. 물론 부왕께서는 자신까지 끌어들여 파렴치한 짓을 벌인 왕자에게 크게 화를 내실 것이 분명합니다. 그러나 이전에 부왕 자신이 이방인 우리아의 아내를 겁탈하고 왕비로 세운 일로 신의 저주를 받았던 사건을 분명히 기억하고 계시기 때문에, 그 정도의 일로 세자에게 차마 벌을 내리시지는 못할 것입니다. 그러니 왕자님은 이번 일을 통해서 개인적인 소원과 욕망을 채우심은 물론, 동시에 이스라엘의 세자로서 든든한 본인의 입지를 다시 한번 확인하는 기회로 삼으십시오." 요나단은 망설이는 암논의 마음을 안심시키고 오히려 이 일로 인해서 세자의 지위가 더욱 공고해질 것이라는 궤변을 늘어놓았다.

"정말 그렇게 될까? 형의 말대로만 된다면 나로서야 꿩 먹고 알 먹기이긴 하지. 그런데 그래도 혹시 아버님이 진노하셔서 나를 혼내시고 내치지는 않을까? 지난번에도 이스라엘 처녀 아이 하나를 장난삼아 건드렸다가 그년이 자진하는 바람에 아버님께 크게 핀잔을 들었었거든." 암논이 여전히 부왕 다윗의 눈치를 보며 망설였다.

"아하, 왕자님도 참, 그렇게 마음이 약하셔서 어찌 강력한 이스라엘의 군주가 되실 수 있으시겠습니까! 아마 몇 마디 꾸지람은 있겠지만 절대로 부왕께서 왕자님을 크게 나무라지는 못하실 것입니다. 원래 새로운 군주가 등장하게 되면 종종 전왕의 여자를 취하여 자기의 권위가 전왕을 넘어섰음을 공표하기도 한답니다. 이제 제가 알려 드린

대로만 하시면 왕자님의 소원을 이루는 것은 손을 뒤집기보다 쉬운 일입니다. 망설이고 두려워하실 일이 아닙니다. 세자 저하!" 요나답이 집요하고 끈질기게 암논을 설득하였다.

마침내 요나답의 간사한 헛바닥에 영혼을 홀리고만 암논은 평소 형제간의 우의와 평화를 무척 소중히 여기는 제 아비의 마음을 기만하고 제 악한 계획에 끌어들였다. 그는 끝내 다말이 부왕의 명을 받아 자기에게 병문안 올 수밖에 없도록 간악한 계교를 꾸몄다.

"누이야, 내가 몸이 너무 아프니 누이가 직접 과자를 좀 만들어 줄 수 있겠느냐? 누이가 만들어 주는 과자를 먹으면 내 병이 금방 나을 것 같구나." 암논이 다 죽어 가는 불쌍한 소리로 그녀의 순수한 감성을 자극하였다.

"알겠어요. 첫째 오리버니. 제가 맛있는 과자를 구워 가져올 것이니 그것 드시고 얼른 일어나서요." 암논의 시무룩한 얼굴을 보고 아름다운 숫처녀 다말은 아무런 의심도 없이 맑게 웃으며 앞치마를 두르고서 서둘러 주방으로 들어갔다.

"너희는 모두 밖으로 나가고 이 방에서 무슨 소리가 나더라도 절대 얼씬도 하지 말아라. 알겠느냐!" 암논이 무서운 얼굴로 하인들에게 엄히 명하였다

"누이야, 이리로 와서 네 아름다운 손으로 직접 그 과자를 내 입에 넣어 주렴." 다말이 구워 온 과자를 가지고 방으로 들어오자, 자기 침대에 그대로 누운 암논이 그녀를 가까이 불렀다.

　　　　　　　　　　　　　　소설 밧세바

"누이야, 내가 지난번 혼인식장에서 너를 한 번 본 후로 깊은 사랑에 빠져 날마다 네 모습을 그리워하며 지냈단다. 이리 오거라. 나와 동침하자. 내 오늘 너를 갖지 못하면 도저히 견딜 수가 없을 것 같구나!" 극도로 흥분한 암논이 과자를 먹여 주기 위해 침대 위로 올라온 다말을 제 품으로 거칠게 끌어안으며 소리쳤다.

"오라버니, 왜 이러세요? 오라버니, 오라버니! 제발 이러지 마세요!" 너무나 놀랜 다말이 발버둥을 치며 거세게 그를 밀어내려 하였다.

그러나 이미 정욕에 눈이 먼 암논은, 서슴없이 폭력까지 동원하여 애원하며 저항하는 제 이복누이를 무참하게 강간하는 죄악을 저지르고 말았다. 그에 더하여, 그는 강제로 옷을 벗기고 제 욕심만 허겁지겁 채운 후에는 자기 사촌 여동생을 그대로 집 밖으로 잔인하게 내치는 최악의 패륜 행위를 더하였다.

"여봐라! 이 천박한 계집을 이제 여기서 당장 끌어내고 곧 문빗장을 지르라!" 암논은 옷이 찢어져 거의 알몸으로 바닥에 주저앉아 계속 서럽게 울어대는 다말을 냉혹하게 외면하면서 하인들에게 고함을 내질렀다.

11. 압살롬

말로 다 할 수 없는 엄청난 치욕을 당하고 하인들의 손으로 암논의 집에서 내쳐진 다말이, 스스로 재를 자기의 머리에 덮어쓰고 공주의 채색옷을 찢고 손을 머리 위에 얹고 크게 울부짖으며 제 오라비 압살롬의 집으로 돌아왔다. 바로 그 시간, 한 치의 오차도 없는 기막힌 우

소설 밧세바

연처럼 마침 그곳에서는 아히도벨이 압살롬과 담소를 나누고 있었다.

"압살롬 왕자, 흥분하시면 안 됩니다! 심하게 화가 날수록 더욱 냉정하게 생각해야 합니다. 우선 아가씨를 달래어 목욕을 시키시고 안에 들어가 편안히 쉴 수 있도록 하시는 것이 좋을 것입니다." 아히도벨이 극도의 화를 억제하지 못하여 막 폭발하기 일보 직전인 압살롬의 옷소매를 잡으며 억지로 다시 자리에 주저앉혔다.

"하지만 스승님, 이런 천하에 다시없을 패악한 일을 당하고도 그냥 참아야만 한다면 어찌 사내라 할 수 있겠습니까! 제 한 목숨을 바쳐야 한다 해도 이 원수를 지금 당장 제 손으로 처단해야 마땅하지 않겠습니까!" 압살롬이 늙은 스승의 간곡한 만류에 어렵사리 자리에 주저앉으며 비분강개하여 피눈물을 흘렸다.

"맞습니다. 왕자님, 맞습니다. 이런 일을 당하고도 가만히 있는 것은 왕자님 같은 영웅호걸이 취할 태도는 아니지요. 하지만 차분히 생각해 보십시오. 상대는 스스로 왕세자라 으스대고 있는 첫째 왕자입니다. 그는 수하에 직접 거느린 사병들만 해도 수십 명입니다. 왕자께서 흥분하시어 당장 한두 명 수하들을 데리고 복수를 하러 가신다고 해도 그리 간단하지 않을 것입니다. 이런 때일수록 더 냉정해지셔야 정말 제대로 된 복수를 하실 수 있게 될 것입니다. 분하더라도 지금은 조금 참으실 때라는 말씀입니다." 아히도벨의 차갑고 깊은 눈초리가 압살롬 왕자의 뜨거운 혈기를 힘겹게 제어하였다.

"어서 공주를 차분한 말로 위로하시어 안으로 들이시고, 모든 사람 앞에서 다시 평온한 얼굴을 보이십시오. 대장부의 복수는 십 년이 걸린다 해도 결코 늦은 것이 아닙니다. 걱정하지 마십시오. 제가 왕자께서 반드시 철저한 복수를 하실 수 있도록 도와드리겠습니다." 아히도벨이 압살롬의 손을 힘주어 잡아 주었다.

"이 일이 있었음을 반드시 부왕께서도 아시게 될 것이나, 부왕께서는 그저 아들들이 평화롭게 지내시기만을 원하시니 틀림없이 암논을 제대로 나무라지도 않을 것입니다. 이런 때에 왕자께서 첫째 왕자를 지나치게 비난하고 나서게 된다면 오히려 난처한 처지가 되실 수도 있습니다. 그러니 일단은 다른 왕자들에게나 특히 부왕 앞에서는 아무렇지도 않은 듯 평안한 표정으로 그저 태연한 척하십시오. 그래야 왕자께서도 충분한 시간을 벌어 더욱 철저한 준비를 할 수 있고, 그 이후에는 더욱 확실하게 복수하실 수 있을 것입니다. 제가 곁에서 필요한 도움을 충분히 드릴 터이니 일단 오늘은 흥분을 가라앉히시고 참으십시오." 아히도벨이 다시 한번 천천히 압살롬 왕자를 진정시켰다.

"네. 알겠습니다. 스승님의 말씀대로 하겠습니다. 하지만 맹세코 언젠가 반드시 철저하게 복수하고야 말 것입니다. 오늘 제게 도와주겠다 하신 약속은 꼭 지켜 주셔야 합니다. 그러면 저도 스승님의 말씀을 믿고 기회를 기다리겠습니다." 압살롬이 눈에 이슬이 맺힌 채로 어금니를 악물고 틀어쥔 주먹을 부들부들 떨면서 무거운 한숨을 내쉬었다.

"네 누이 다말아, 네 이복 오라버니 압누이 네게 극악한 짓을 하였구나. 네 모습을 보니 이 오라비의 눈에 피눈물이 나는구나! 그러나 그는 왕자 중 장자인 왕세자이니, 누이야 지금은 잠잠히 있고 그것으로 인해 너무 낙심하지 말아라. 내 언젠가 반드시 그의 악행을 철저히 갚아 줄 것이니라." 압살롬이 따뜻한 말로 여동생을 위로하였다.

압살롬은 그의 이복형 암논이 아름다운 자기 누이 다말을 심히 욕되게 한 것에 대하여 속으로는 이를 갈며 그를 심히 증오하였으나, 그 뜨거운 마음을 철저히 감추고 암논의 악행에 대해 일절 내색하지 않았다.

"왕비마마, 그간 별고 없으셨지요?" 오랜만에 밧세바의 거처를 찾은 아히도벨이 손녀딸을 바라보며 환하게 웃었다.

"네, 할아버지. 저는 요즘 정말 편안한 나날을 보내고 있답니다. 솔로몬도 잔병 없이 잘 자라고요. 할아버지도 잘 지내시지요?" 이제는 삼십 대의 풍만함이 절정에 오른 밧세바의 모습은 처녀 때나 이십 대 때와는 또 다른 성숙한 여인의 아름다움으로 가득했다.

"잘 지내고 있다니 감사한 일이구나. 그러나 내가 궁 안팎을 유심히 보니 요즘 다른 왕비들의 질투와 시기심이 도를 넘는 듯하구나. 솔로몬은 요즘 시간을 어떻게 보내고 있느냐? 내가 오늘은 왕자를 좀 보고 싶구나." 이미 솔로몬 왕자의 독선생 노릇을 그만둔 지 한참 된 아히도벨이 솔로몬의 근황을 궁금해하였다.

"증조할아버지, 오랜만에 뵙습니다. 그간 편안하셨습니까?" 키가 훌쩍 자란 솔로몬 왕자가 또렷한 발음으로 인사를 올렸다.

"왕자님도 편안하셨습니까? 요즘은 무엇을 공부하고 계십니까?" 늙은 아히도벨의 얼굴에 잔잔한 미소가 떠올랐다.

"예, 증조할아버지. 요즘 저는 하늘의 별을 공부하고 있습니다. 밤에는 스승님과 함께 밖에 나가서 별들을 보는데 너무나 재미있어서 시간 가는 줄 모르겠습니다. 그래서 낮에는 잠이 좀 부족한 것 같습니다." 솔로몬이 총명한 눈빛으로 외증조부를 자랑스럽게 바라보았다.

"그래요. 천문학은 정말 중요한 학문이지요. 성심을 다해 열심히 배워 두십시오. 그리고 이것은 이 할애비가 왕자께 드리는 특별한 선물인데 받아 주시겠습니까?" 아히도벨이 자루에 몇 개의 보석이 박힌 한 자 길이의 단검을 솔로몬에게 내밀었다.

"아니, 이것은 칼이 아닙니까? 왕자 곁에는 항상 무장한 군사들이 동행하는데 왜 왕자에게 이런 위험한 물건을 주시는 겝니까?" 곁에 서 있던 밧세바가 놀라며 할아버지를 쳐다보았다.

"왕비마마, 그리고 왕자님. 이제부터 제가 하는 말씀을 잘 새겨서 들으십시오. 지금 궁중 안에는 왕비와 왕자님을 시기 질투하는 왕족들이 있답니다. 비록 군사들과 또 제 심복들이 언제나 가까이서 두 분을 지켜 드리겠지만, 혹시라도 그마저도 여의치 않을 때는 스스로 자신의 생명을 지켜야 합니다. 언제 있을지도 모를 그런 때를 대비하여 항상 이 단검을 몸에 지니고 계십시오. 절체절명의 순간에 왕자님을 구하는 마지막 무기가 될 수 있습니다. 언제든 낯모르는 사람이 접근하면 절대로 경계를 늦추지 마시고 즉시 경호원들을 큰 소리로 부르셔야 합니다. 지금 이 궁 안팎 곳곳에는 항상 왕자님의 목숨을 노리는 자들이 정체를 숨기고 있다는 사실을 절대 잊으시면 안 됩니다. 이 할애비의 말이 무슨 뜻인지 아시겠지요?" 아히도벨이 단검을 솔로몬 왕자의 손에 쥐어 주었다.

"요즘은 궁궐 안도 다들 조용한 것 같은데 할아버지께서 너무 걱정이 지나치신 것 아니세요? 그리고 이 조그마한 아이가 단검을 몸에 지니고 있다 한들 무슨 도움이 되겠어요?" 밧세바가 솔로몬의 뒤로 다가가 다정하게 안으면서 불안한 표정으로 아들을 쳐다보았다.

"아니요. 그렇지가 않습니다. 왕비님. 솔로몬 왕자를 이제 어린아이로만 취급하지 마세요. 비록 아직 어리지만 엄연히 당당한 사내이고 이 나라의 왕위를 이어야 할 막중한 왕자입니다. 위급한 순간에는 스스로 자기 몸을 지킬 줄 알아야 합니다." 주름 가득한 아히도벨의 얼굴에 엄격한 진지함이 묻어났다.

"네, 증조할아버지. 무슨 말씀인지 잘 알아들었습니다. 할아버지께서 주신 단검은 제가 항상 몸에 지니고 있겠습니다. 아무 걱정하지 마세요." 솔로몬이 아히도벨을 진지하게 쳐다보면서 단검을 받아 품속에 잘 갈무리하였다.

"솔로몬 왕자님, 왕자님은 언젠가 이 나라를 이끄는 군주가 되실 몸이라는 사실을 항상 기억하십시오. 무슨 일이 있어도 이 할애비가 반드시 그렇게 만들 것입니다. 하지만 지금은 다른 생각하지 마시고, 훗날 성군이 되어 나라를 잘 다스릴 수 있도록 공부만 열심히 하시면 됩니다." 아히도벨이 주름진 손으로 솔로몬의 작은 손을 꼭 잡았다.

"왕자님, 가장 무술이 뛰어난 자들로만 육십 명을 준비하였습니다. 언제 한번 황무지로 나오셔서 직접 점검해 보시지요." 지난번에 요나답을 납치하여 겁박하였던 중년인이 압살롬 앞에 공손히 머리를 숙였다.

"알았다. 내 조만간 한번 내려갈 것이니 더더욱 훈련을 강하게 시켜

두어라. 그리고 자금이 더 필요하면 언제든 이야기하고." 압살롬이 비장한 표정을 지었다.

"필요한 것은 제 주인께서 이미 모두 충분히 준비해 주셨습니다. 오히려 왕자님께서 무엇이든 필요하시거나 원하시는 것이 있으면 알아오라 하셨습니다." 거한의 중년 사내가 같은 자세로 서서 낮고 빠른 음성으로 아뢰었다.

"이번 기회에 암논뿐 아니라 부왕과 다른 왕자들까지 한꺼번에 제거하고 거사를 완벽하게 성공시키려면 아무래도 병사들이 좀 더 있어야 한다. 육십 명 가지고서는 모자라는 것 같으니 무술이 출중한 고수들로 삼십 명 정도 별도로 모아 두시라고 전하라." 압살롬이 힘주어 단호한 어조로 명령했다.

"예, 왕자님. 반드시 그리 전하겠습니다." 검은색 복장을 한 차가운 눈빛의 중년 사내가 허리를 더욱 깊이 숙였다.

압살롬 왕자는 장자 암논을 지나치게 감싸고 편애하는 부왕의 부당한 처사가 몹시 서운하였다. 언젠가 확실한 기회를 잡으면 암논에게 복수하는 것뿐 아니라, 형제들과 부왕까지도 단번에 모두 처단하고 스스로 이스라엘의 왕이 되리라 굳게 결심하였다. 그러나 그의 이 계획들은 훗날 자기의 증손자를 반드시 이스라엘의 왕위에 올려놓으려는 아히도벨이 원대하고 치밀한 포석으로부터 시작되었고 은밀하게 진행되는 것임을 눈치챈 사람은 압살롬 그 당사자를 포함하여 그 누구도 없었다. 아히도벨은 왕자 중에 가장 강력한 셋째 왕자를 다윗의 손을 빌려 미리 제거하기 위하여, 압살롬의 마음속에 치열한 복수심과 함께 부왕을 대신하여 자신이 왕이 되어 세상에 정의를 실현하겠다는 욕망을 가득 채워 주었다.

"이제 양털을 깎는 날까지는 석 달도 채 남지 않았습니다. 이제부터는 암논 왕자에게 더욱 가까이하셔서 그가 정말 아무런 의심도 하지 않고 마음을 턱 놓을 수 있게 만들어야 합니다." 황무지 은밀한 곳에 있는 사병들의 훈련 장소를 찾은 압살롬에게 아히도벨이 앞으로의 계획에 대해 차근차근 설명하였다.

"그런데 사부님, 이번에 제가 부왕까지도 반드시 제거해야만 하겠습니까? 목숨까지는 건드리지 말고 제압하여 외딴 장소에 감금해 두는 것이 어떻겠습니까?" 그동안 다소 부담스럽게 생각하던 압살롬이 아버지까지 죽여야 한다는 아히도벨의 제안에 의문을 제기하였다.

"그것도 나쁘지 않은 생각이기는 합니다. 그러나 왕자께서 완전한 이스라엘의 왕으로서 백성을 통치하시려면 아무래도 부왕이 살아 있는 것이 유리하지는 않습니다. 어차피 형제들을 죽이고 왕위를 차지해야 하는 처절한 상황인데 벌써 그렇게 마음이 흔들리신다면 과연 이 치열한 거사를 감당해 내실 수 있겠습니까? 어차피 세간의 비난이나 역사의 심판 같은 것은 각오하셔야 하는 일입니다! 영웅호걸은 시대의 부름에 자신의 마음까지도 희생해야만 하는 것이지요. 심지를 굳건히 하시고 처음 계획대로 확실하게 밀고 나가는 것이 좋을 것입니다." 아히도벨이 그 특유의 느릿한 어조로 끈질기게 압살롬을 설득하였다.

"알겠습니다. 그렇게 하겠습니다. 사부님의 조언대로 따르겠습니다. 하지만 사부님, 저는 솔직히 이 거사가 실패할지도 모른다는 무거운 두려움으로 잠을 제대로 이루지 못하고 있습니다." 압살롬이 아히도벨의 날카로운 눈빛을 슬쩍 피하며 중얼거렸다.

"왕자님, 걱정하지 마십시오. 제가 누구입니까! 지난 시대의 사무엘 선지자 때로부터 사울 대왕, 그리고 왕자님의 부왕이신 다윗 대왕에 이르기까지 오랜 세월 수석 모사를 지낸 사람입니다. 제가 왕자님의 수족이 되어 성심껏 돕고 있으니 조금도 걱정하지 마십시오. 왕자님께서는 반드시 이 거사를 성공시켜 누이 다말 공주의 한을 풀어 주고, 이스라엘을 정의의 시대로 이끌 성군이 되셔야 합니다. 대사를 위해서는 사사로운 감정들은 단호히 끊어 버려야 하는 겁니다. 원래 최고의 권력이란 그 속성상 절대 나누어 가질 수 없는 것이랍니다. 왕자님이 스스로 가지시거나, 아니면 비열한 암논 왕자가 권좌에 오르는 곁에서 굽실거리며 지켜보셔야지요." 아히도벨이 더욱 세차게 몰아붙였다.

"잘 알겠습니다. 잠시 제 마음이 좀 흔들렸었던 것 같습니다. 이제부터는 절대 흔들리지 않고 더욱 확실하게 거사를 준비하겠습니다. 하지만 거사가 반드시 성공하기 위해서는 스승님의 도움이 없이는 절대 불가능합니다. 이 거사가 성공하여 제가 왕위에 오르게 되면 스승님의 은혜는 절대로 잊지 않겠습니다." 압살롬이 드디어 마지막 결의를 다졌다.

"그렇고 말고요. 왕자님과 같이 정의로운 분이 당연히 이스라엘의 왕이 되셔야지요. 그래야 이스라엘 백성이 선택받은 정의로운 하나님의 백성으로서 제대로 살아갈 수 있지 않겠습니까! 비록 장자라 하지만 기실은 다윗 왕의 자식인지 아닌지도 모르는 비열하고 야비한 자에게 이 나라 이스라엘의 운명을 맡길 수는 없는 노릇이지요. 공의를 이루고자 하는 왕자님의 대업을 신께서도 굽어살피실 겁니다. 제가 뒤에서 물심양면으로 확실히 도와드릴 터이니 아무 걱정하지 마시고 당초에 세워 둔 계획대로 계속 치밀하게 밀고 나가십시오. 왕자님은 틀림없이 거사를 성공시키고 이스라엘의 새로운 성군이 되실 것입니다." 아히도벨은 흔들리는 압살롬에게 확신을 주려고 열심히 격려하였다.

"형님, 그간 편안하셨습니까?" 이른 아침부터 압살롬이 커다란 보따리를 들고서 활짝 웃는 얼굴로 암논의 집을 찾았다.

"그래, 압살롬 아우가 이른 아침부터 무슨 일로 나를 찾아 왔는고?" 암논이 더욱 거만한 표정으로 아우를 맞았다.

"예, 형님. 제가 어제 애굽에서 온 상인들을 만났는데 아주 진귀한 유리 기물이 있기에 형님 생각이 나서 거금을 주고 구했습니다. 이것 한번 보십시오. 빛깔이 장난이 아닙니다." 압살롬이 서둘러 보따리를 암논 앞에 펼쳐 보였다. 한눈에 보기에도 엄청 비쌀 것 같은 찬란한 유리 기물이 신비한 빛을 발하고 있었다.

"이런 귀한 물건은 주인이 따로 있다고들 하더라고요. 형님 집에 딱 어울릴 것 같아 가지고 왔습니다. 이 부족한 아우의 선물을 받아 주십시오." 압살롬이 비굴한 웃음을 흘리며 암논을 쳐다보았다.

"그래, 고맙구나. 이 진귀한 것을 가지고 온 것을 보니 틀림없이 뭔가 부탁할 것이 있는 게로구나. 하하하, 그래. 내가 이른 아침부터 달려온 네 성의를 봐서 받아 주마. 그래, 무슨 부탁이 있는 것이냐?" 암논이 유리 기물을 어루만지면서 더욱 거만한 표정으로 압살롬을 내려다보았다.

"형님, 사실은 달포 후에 제 집에서 양털 깎기 행사를 좀 가질까 합니다. 그동안 우리 형제들과 가족들이 너무 소원하게 지내는 것 같아서요. 그래서 이번에는 아버님까지 모두 함께 집으로 초대하여 성대한 가족 잔치를 열어 볼까 합니다. 아무래도 이런 행사는 역시 장자인 형님께서 적극적으로 나서 주셔야 더욱 빛이 날 것 같아서요." 압살롬이 두 손을 마주 비벼 가며 열심히 아부하였다.

"그럼, 그럼. 큰 가족 행사를 하려면 장자인 내가 나서는 것이 당연하지. 아우는 아무 걱정하지 말아라. 내가 왕자들은 물론이고 아버님도 꼭 오시라고 말씀 올려 주마." 암논이 자기를 장자로서 높이 받들고 존경하는 압살롬의 태도에 기분이 좋아져서 큰소리를 쳤다.

"아바마마, 그동안 평안하셨습니까?" 오랜만에 부왕을 찾은 암논이 아비 다윗에게 절을 올렸다.

"그래, 어서 오너라. 요즘은 네 신수가 무척 좋아 보이는구나." 다윗이 흐뭇한 얼굴로 오래간만에 찾아온 큰아들을 반겨 주었다.

"아바마마, 얼마 후에 제 아우 압살롬이 양털을 깎는 행사를 하겠다며 제게 함께 참여해 달라는 부탁을 받았습니다. 그래서 하는 김에 기왕이면 왕자들이 다 함께 모여서 형제간에 우애를 다지는 자리를 만들어 보라 하였습니다. 모처럼 가족 간의 좋은 자리이오니 아버님께서 잠시 함께하시어 격려해 주시면 감사하겠습니다." 암논이 마치 이 행사를 제가 모두 준비하기나 하는 것처럼 생색을 내며 부왕께 고했다.

"그래, 그래. 그거 좋은 생각이구나. 나는 늘 너희 형제들이 우애롭고 평화롭게 살기를 항상 소망하고 있었지. 역시 첫째가 동생들을 잘 챙기고 있었구나! 나도 너희들을 격려하기 위하여라도 다른 일은 다 제쳐 놓고 꼭 그 행사에 참여할 터이니, 준비를 잘하도록 하여라." 다윗이 만족하여 암논을 크게 칭찬하였다.

압살롬은 아히도벨의 조언을 따라 자기에게 전혀 위협이 되지 않으리라 확신하는 열 살 미만의 왕자들을 제외하고, 나머지 왕자들을 개별적으로 모두 직접 찾아가 그럴듯한 선물과 함께 자기의 양털 깎기 행사에 꼭 참석해 달라고 부탁하였다. 왕자들은 그 호의를 받아들여 모두 즐거이 참가하기로 약속하였다.

"그간 고생들이 많았다. 이제 거사를 위한 준비는 다 완료되었다. 이제부터 너희는 집 안팎을 철저히 경계하여 절대 잡인이 출입하지 못하도록 철저히 단속하여라. 이번 거사에 사용할 무기들도 확실하게 날을 세워 놓아야 한다. 알겠느냐!" 압살롬이 집 뒤뜰을 가득 메운 백여 명의 가신들에게 엄하게 명령하였다.

"대왕 폐하, 신의 평화가 함께하시길 기원합니다." 압살롬의 행사가 있기 하루 전에 이제는 완전히 아히도벨의 수족이 된 요나답이 다윗 왕을 찾아뵈었다.

"오, 요나답. 참으로 오랜만에 보는구나. 그래, 형님과 가족들은 모두 무고하시지?" 다윗이 오랜만에 찾아온 조카를 반갑게 맞이하였다.

"폐하, 압살롬 왕자가 준비한 양털 깎기 행사에 가시기로 하셨나요?"

"그렇지 않아도 그 일 때문에 지금 고민하는 중이란다. 나의 오랜 친구이자 모사인 후새가 될 수 있으면 행사에 가지 말라고 말리는구나. 더구나 요즘 몸도 좀 시원치 않고 말이다." 다윗이 아무 생각 없이 속마음을 내보였다.

"폐하, 몸도 좋지 않으신데 그런 자리에는 가시지 마십시오. 젊은 왕자들이 부왕께서 함께 계시면 아무래도 좀 불편해서 마음껏 즐기지 못하지 않겠습니까! 왕자들끼리 형제의 우의를 돈독히 하는 자리이니 부왕께서는 모르는 척 빠져 주시는 것이 오히려 분위기에 맞을 것입니다." 요나답이 아히도벨이 가르쳐 준 말을 그대로 되풀이하였다.

"그래, 아무래도 네 말이 맞는 것 같구나. 그러면 네가 암논 왕자에게 짐은 몸이 좋지 못하여 좀 쉬어야 하겠다고 전하도록 하여라." 다윗이 친구 후새와 조카 요나답의 조언을 연이어 듣고 나자, 잔치에 참여하지 않는 것으로 마음을 굳혔다.

압살롬 왕자의 양털 깎기 행사는 유력한 왕자들의 참석으로 엄청난 잔치가 되었다. 첫째이 암논 왕세자가 먼저 상석에 자리를 잡았고, 압살롬 왕자가 그 오른쪽에, 넷째 아도니아 왕자가 수려한 모습으로 암논의 왼편에 앉았다. 그 아래쪽으로 스바댜와 이드르암 왕자도 자리를 잡았다.

압살롬 왕자가 크게 손짓을 하자, 실내를 가득 흐르던 악기 소리가 일제히 멈추었다.

"존경하는 암논 왕세자님과 사랑하는 형제 왕자님들의 참석에 깊이 감사드립니다. 지금부터 양털 깎기 축제를 시작하겠습니다. 먼저 우리의 가장 큰형님이신 암논 왕세자께서 한 말씀해 주시지요." 압살롬이 기쁨을 가장한 얼굴로 암논을 내세웠다.

"사랑하는 아우들아, 오늘은 참으로 기쁜 날이로구나. 우리 셋째 압살롬 왕자의 잔칫날에 마음껏 축복하고 오늘 하루 마음껏 즐기도록 하여라. 자, 건배! 이스라엘 왕실과 우리 형제들의 평화를 위하여!" 암논이 즐거운 표정으로 잔을 높이 들었다.

다시금 즐거운 음악이 흘러나오기 시작하고 홀 중앙에는 반라의 여자 무용수들이 음란한 춤사위를 벌이기 시작했다. 거듭되는 건배와 독주에 모두가 거나하게 취하게 되자, 압살롬이 조용히 자리에서 일어나 밖으로 나갔다. 이미 집 주변은 백여 명의 병사들이 날카로운 칼과 창으로 무장하고서 긴장한 모습으로 압살롬의 명령만을 기다리고 있었다.

"하하하, 참으로 즐겁고 즐겁도다! 우리 뛰어난 형제들이 이렇게 모여 있으니 내 마음이 참으로 든든하구나. 내 훗날 부왕을 이어 이 나라의 왕위에 오르게 되면 그대들과 함께 이 나라 이스라엘을 반드시 모든 열방이 우러러보는 위대한 나라로 만들 것이다. 자, 모두 함께 축배를 들어라!" 맏형으로서 스스로 동생들의 큰 존경을 받고 있다고 착각하여 크게 기분이 좋아진 암논이 흥겹게 건배를 외쳤다.

"예, 형님. 감사합니다! 저희 모두 이 나라의 왕자로서 맏이신 형님을 보필하여 부강한 나라를 만들겠습니다." 압살롬이 더욱 비굴한 표정으로 자세를 낮추었다.

"그런데, 압살롬 아우. 오늘같이 기쁜 날 자네의 그 예쁜 여동생 다말은 어찌해서 보이지 않는고? 너희 집 잔치를 위해서 오빠들이 이렇게 함께 축하하러 왔는데, 내 곁에 와서 흥이나 좀 돋으라 하게나!" 취기가 오를 대로 오른 암논이 이복 아우 압살롬의 쓰라린 상처를 후벼 파며 킬킬거렸다.

"예, 형님. 죄송합니다. 그런데 제 여동생 다말은 몸이 좋지 못해서 오래전부터 제 어미의 친정집에 가서 지내고 있습니다." 참지 못하고 터져 나오려 하는 분노를 겨우 억누르며 압살롬이 통한의 눈물을 참았다.

"그래? 그것 참 아쉽게 되었구나. 그 아이가 제법 쓸 만한 몸뚱이를 가졌던데." 비굴한 얼굴로 곁에 서 있는 압살롬을 더욱 멸시하는 눈초리로 내려다보며 암논이 야비한 말을 내뱉었다.

'어리석은 놈! 오늘이 제 놈의 제삿날인지도 모르고 끝까지 까부는구나! 그래, 즐길 수 있을 때 마음껏 즐기거라! 내 오늘 밤 네놈을 반드시 갈기갈기 찢어 주여 주마!' 압살롬이 이를 갈면서 속으로 다짐하였다.

"지금부터 집 안으로 들어가서 먼저 암논을 쳐 죽이고 나머지 왕자들도 모두 처단하도록 하라!" 그 자신도 이미 술에 상당히 취한 압살

소설 밧세바

롬이 흐트러진 모습으로 병사들에게 명령을 내렸다.

훈련받은 병사들은 즉시 요란한 소리를 지르며 집 안으로 뛰어 들어갔다. 그런데 어찌 된 일인지 암논을 제거하기 위해 특별히 구별하여 준비한 병사들을 제외하고, 나머지 병사들은 고함을 지르며 집 안을 이리저리 요란하게 뛰어다니기만 할 뿐 왕자들에게 직접 칼을 휘두르지는 않았다. 그러나 다윗의 장자 암논은 피하지 못하고 병사들의 무자비한 칼날 아래 무참히 죽임을 당하고 말았다. 가까스로 죽음을 모면한 나머지 왕자들은 죽을힘을 다해 말을 타고서 정신없이 도망쳤다.

한바탕 난장판을 치른 끝에 집 안을 정리해 본 압살롬은 암논 이외의 왕자들은 죽임을 당하지 않고 모두 피한 것이 도무지 이해가 되지 않았지만, 이제 당장 자신에게 엄청난 책임이 돌아올 것을 직감하고서 심한 두려움에 휩싸여 몇몇 가신들만을 대동하고서 자기 어미의 친정인 그술 왕 암미훌의 아들 달매에게로 황급히 피신하였다.

다윗은 셋째 아들 압살롬의 살육으로 첫째 아들을 잃고서 창자가 끊기는 아픔으로 통곡하고 진한 피눈물을 흘렸다. 그러나 이 모든 참상이 근본적으로 자신의 부덕함과 예전에 스스로 저지른 죄악으로부터 생겨난 것임을 분명히 인식하였다.

12. 최후의 안배

　암논 왕세자가 허무하게 무참히 살해되고, 압살롬은 스스로 피신하여 제 외가에 숨은 지도 어언 삼 년이라는 세월이 흘렀다. 다윗은 맏아들을 잃은 슬픔에서 완전히 벗어났고, 이제는 오히려 셋째 아들 압살롬의 씩씩한 얼굴과 아름답고 풍성한 금발이 그리워졌다. 다윗이 보

기에는 압살롬이야말로 자기 아들 중에서도 가장 늠름하고 인품도 나름 훌륭하다고 생각했다. 그의 나이가 점점 더 많아져 감에 따라 번거로운 국정에서 조금이라도 벗어나고 싶다는 마음이 더욱 자주 들었다. 누군가 정말 믿을 수 있는 후계자가 항상 가까이에서 모든 자질구레한 일들을 자기 대신 처리해 주었으면 좋겠다는 생각을 하게 되었다.

다윗 왕의 조카뻘인 군대장관 요압은 전장에서 매우 용맹스럽고 뛰어난 장군이었을 뿐 아니라 두뇌 회전 역시 상당히 기민한 자였다. 요압은 다윗이 압살롬 왕자를 마음속으로는 이미 용서하였고 나아가 그리워하고 있는 것을 눈치채고, 이 상황을 훗날 자신의 영달과 개인적 안위를 위해 써먹어야겠다고 생각하였다. 그는 예전에 자신이 동생 아사헬의 복수를 위해 아브넬을 살해한 것에 대해서 다윗 왕의 심기가 매우 불편했다는 것을 잘 알고 있었다. 지금이야 자신이 막강한 권력을 누리고 있지만 언젠가는 다윗이 반드시 자신을 견제하고 제거하려 할 것을 예상했기 때문이다. 요압은 이번 기회에 차기 이스라엘의 왕으로서 가장 유력한 압살롬을 자기가 나서서 데려옴으로써 불안한 자신의 미래에 대한 보장을 받아 두어야겠다고 생각했다.

요압은 드고아에 사는 한 슬기로운 여인을 비밀리에 불러다 상을 당한 과부처럼 꾸미고 다윗 왕을 대면하게 하였다. 드고아 여인은 요압이 미리 준비하여 알려 준 그대로 기막히고 절묘한 이야기를 다윗 왕 앞에 풀어놓았다. 다윗은 여인의 이야기를 듣고서 요압이 이 모든 일을 꾸몄다는 것을 단번에 눈치챘다.

"요압 장군, 그대는 이제 그술로 가서 당신의 뜻대로 내 아들 압살롬을 예루살렘으로 데려오시오." 무슨 생각인지 다윗이 거짓 술수를 꾸민 요압을 질책하지 아니하고 오히려 살인자 압살롬을 자기에 데려오라고 명하였다. 뜻밖에 부왕의 부름을 받아 이제는 명실공히 첫째 왕자가 된 압살롬은 기쁜 마음으로 요압과 함께 예루살렘으로 당당하게 돌아왔다.

"네놈의 얼굴을 직접 보니 원통하게 죽은 암논의 얼굴이 떠올라 견딜 수가 없구나. 너는 다시 내가 너를 부를 때까지 절대로 궁에 출입하지 말 것이며, 네 집 밖으로 나오지도 말고 오직 집 안에서만 근신하며 대기하라! 내 명이 있기 전에 마음대로 집 밖을 벗어난다면 결단코 네 목숨을 부지하지 못하리라!" 그리워하던 압살롬의 얼굴을 마주 대하고 나서 뜻밖에도 변덕을 부리며 마음을 바꾼 다윗이 치명적인 새로운 명령을 내렸다. 노심초사 삼 년 세월을 기다린 끝에 드디어 부왕의 용서를 받게 되었다고 크게 좋아하던 압살롬은 졸지에 집 밖 출입도 할 수 없는 처량한 신세가 되고 말았다.

어렵사리 예루살렘에 돌아온 압살롬은 부왕이 언제나 자기를 다시 불러 주려나 목을 빼고 기다렸지만 두 해가 다 지나도록 아버지를 찾아뵙는 기회조차 얻지 못하자 답답하고 짜증스러운 마음을 억제할 수가 없었디.

"요압 장군께서 이번에는 정찰 부대를 이끌고 국경 수비대를 돌아보러 나가셨다고 합니다. 언제 돌아오실지 알 수 없다고 하더이다." 압살롬의 심부름으로 요압의 집에 다녀온 하인이 화가 잔뜩 난 압살

　　　　　　　　　　　　　　　소설 밧세바

롬 왕자의 눈치를 살피며 제게 무슨 불똥이라도 튈까 전전긍긍하며 더욱 공손히 허리를 굽혔다. 분명히 집에 있는 것을 뻔히 알고 있는데 요압이 자기의 면담 요청을 대놓고 무시하고 있다고 생각한 압살롬은 너무나 분해서 얼굴이 심하게 일그러졌다.

"압살롬 왕자님, 그간 얼마나 고생이 많으셨습니까?" 아히도벨은 자신이 크게 공들였던 가지치기 계획이 완전하게 성공하지 못하고 베어 냈던 가지에서 다시 싹이 나려 하는 것이 몹시 안타까웠다. 예루살렘으로 돌아온 왕자 압살롬이 다윗왕의 변덕으로 오랫동안 집 밖으로는 나가지도 못하고 자기를 데려온 요압의 도움도 받지 못하여 몹시 초조함으로 쩔쩔매고 있다는 사실을 알고서 어느 늦은 저녁에 사람들의 눈을 피해 조용히 압살롬을 찾아왔다.

"사부님, 정말 오랜만에 뵙습니다. 그렇게 헌신적으로 도와주셨는데 제가 일을 망쳐 버렸으니 사부님을 뵐 면목이 없습니다. 정말 죄송합니다. 지난번 거사에서 사부님이 세워 주신 작전대로 제대로 수행하지 못하는 바람에 오늘날 제 신세가 이리도 처량하게 되었습니다." 압살롬이 자리에서 벌떡 일어나며 더욱 많이 늙은 아히도벨을 반가이 맞이하였다.

"아니올시다. 이 늙은 것이 그때 직접 나서서 왕자님을 좀 더 확실하게 도와드렸어야 했는데 정말 미안하게 생각합니다. 용서해 주십시오, 왕자님." 아히도벨이 오히려 허리를 깊이 숙이며 압살롬의 손을 따뜻하게 잡았다.

"한동안 제가 몸이 좋지 못하여 바깥출입을 하지 못했답니다. 이제라도 제가 무어든 도와드릴 일이 있으면 망설이지 마시고 말씀하십시오." 아히도벨의 깊은 눈길이 상처받은 압살롬의 마음을 부드럽게 어루만졌다.

"요압 장군의 도움으로 제가 예루살렘에 돌아온 지도 벌써 이 년이 지났는데, 부왕께서는 아직 저를 한 번도 만나 주지 않으셨습니다. 이렇게 집에만 가두어 두시려면 대체 무엇 때문에 저를 다시 불러오셨는지 모르겠습니다. 게다가 요즘에는 요압 장군도 노골적으로 저를 피하고 있는 눈치입니다. 이럴 줄 알았으면 저는 절대 그술에서 나오지 않았을 것입니다. 아, 이제 정말 어찌해야 좋을지 모르겠습니다." 분함과 회한으로 압살롬의 얼굴이 붉게 물들었다.

"틀림없이 요압 장군이 일부러 피하고 있는 것으로 보이는군요. 그렇다면 이렇게 한번 해 보십시오." 아히도벨이 압살롬의 귀에 가까이 다가가 묘수를 하나 알려 주었다.

"그리하시면 반드시 요압 장군이 크게 화를 내고 흥분해서 바로 한걸음에 달려올 것이니, 이번에 그를 만나시면 아주 강력하게 부왕께 왕자님의 진심을 전하게 하십시오. 부왕을 뵙지 못한다면 차라리 죄를 자청하시어 목숨을 거두어 달라 요청하십시오. 다윗 왕께서는 이미 왕자님을 용서하셨으니 반드시 궁으로 다시 불러들이실 것입니다." 아히도벨은 그 이외에 여러 가지 말들로 압살롬을 위로하고 정성을 다해 격려해 주었다.

"제가 곧 왕자님을 위해서 더 웅대하고 새로운 계획을 준비해 드릴 터이니 이번에는 꼭 성공하시기를 바랍니다. 아시지요! 저는 언제나 왕자님의 편이랍니다." 아히도벨이 압살롬의 배웅을 받으며 다시 한 번 힘차게 그의 손을 잡아 주었다.

"어찌하여 네 종놈이 내 보리밭에 불을 놓았느냐?" 자기 밭에 불이 났다는 소식을 전해 듣고 한걸음에 달려온 요압이 씩씩거리며 압살롬에게 따졌다.

"내가 형님에게 여러 번 연통해도 도무지 오지 않으니, 형을 보기 위해서 어쩔 수 없이 그렇게 할 수밖에 없었소이다." 압살롬이 전혀 동요하지 않고 요압의 밭에 불을 놓은 연유를 담담하게 이야기하고 나서, 아히도벨이 가르쳐 준 대로 이제는 자기 목숨을 걸고서라도 부왕을 꼭 뵈어야 하겠다고 강력하게 요청했다.

"대왕이시여, 셋째 왕자께서 부왕을 뵐 수 없다면 이제 살고 싶지도 않다며 소장을 심히 압박하나이다. 압살롬 왕자가 예루살렘에 돌아온 지도 벌써 이 년이나 지났는데 이제는 그만 노여움을 거두시고 왕자를 용서하시지요." 요압이 다윗의 눈치를 보며 간하였다.

"음, 벌써 이 년이 지났구려. 그동안 스스로 많이 반성했겠지요? 좋소이다. 이제 나도 용서할 터이니 궁에 들어오라 이르시오." 다윗이 요압의 얼굴을 외면하며 중얼거리듯 명하였다.

요압이 압살롬의 결연한 마음을 왕에게 전하고 나자, 아히도벨이 예견한 그대로 다윗 왕은 마치 기다렸다는 듯이 자신의 셋째 아들을 궁으로 불러 그의 절을 받았다. 그로서 압살롬 왕자를 꼼짝하지 못하게 얽어매고 있던 죄악의 굴레가 마침내 완전히 벗겨지게 되었다. 그때부터 다시 아히도벨의 전폭적인 지원을 받은 압살롬은 자기 자신을 위하여 병거와 말을 준비하고 전배 오십 명을 세우기까지 하였다.

"은인께서 저를 찾으신다는 전언을 받았습니다. 그간 많이 아프셨다고 들었는데 지금은 좀 좋아지셨습니까?" 깊은 밤 남의 눈을 피해 가며 아히도벨을 평생의 은인 겸 절대 스승으로 모시는 아렉 사람 후새가 조심스럽게 길로 성읍에 있는 아히도벨의 집을 방문하였다.

"이미 죽을 날 받아 놓은 늙은이 몸이 고장 나는 것은 당연하지. 이제는 정말 돌아갈 때가 머지않은 것 같아 자네에게 내 마지막 부탁을 드리려고 보자고 하였다네." 아히도벨이 후새의 손을 다정히 잡고 자기의 비밀 서재로 들어갔다.

"부탁이라니요. 당치도 않습니다. 은인께서 제게 베푸신 은혜가 하늘과 같은데 제가 어찌 은인의 부탁을 받겠습니까? 진심으로 제 목숨 자체가 은인의 것이오니 무엇이든 명령만 하십시오. 제 비록 아직 많이 부족한 입장이오나 신명을 다하겠습니다." 후새가 얼른 자세를 단정히 고쳐 앉으며 고개를 깊이 숙였다.

"그래, 정말 고맙다. 내가 지금 세상에서 단 한 사람을 믿을 수 있다면 그건 바로 자네일 것이야. 지금부터 내가 하는 이야기를 잘 듣고 이 늙은이를 마지막으로 도와주시게. 나는 이제 머지않아 스스로 생을 끝내게 될 것이야. 자네가 잘 알고 있다시피 내게는 평생을 걸고 품었던 큰 꿈이 있었네만 결국 이룰 수 없었다네. 비록 나는 그 뜻을 이루지 못하고 죽지만 내 후손을 통해서라도 반드시 이루어 내고 싶다네." 지나온 긴긴 삶을 돌아보는 듯 지그시 감은 아히도벨의 눈가에는 회한의 작은 은빛 방울이 반짝였다.

"나의 그 마지막 소원을 이룰 수 있도록 도와줄 사람이 바로 자네가 되어 주기를 부탁하려는 것일세." 아히도벨이 자신의 깊이 주름 잡힌 두 손을 들어 숨죽이고 그의 말 한마디 한마디를 신중히 새겨듣고 있는 후새의 손을 부드럽게 잡았다.

"은인께서 마음에 가지고 계신 계획은 그것이 무엇이든 반드시 제가 다 수행하겠습니다. 그것이 불을 지고 지옥으로 들어가는 일이라 할지라도 제 어찌 은인의 명령을 외면하겠습니까! 이제 무어든 다 말씀하십시오. 이 후새, 은인을 위하여 한목숨 바칠 준비가 되어 있습니다." 후새가 단정하게 무릎을 꿇고 앉아 아히도벨의 여윈 손을 힘주어 잡았다.

"이제 머지않아 압살롬 왕자가 다윗 왕을 대적하여 반란을 일으킬 것이야. 내가 그 모든 것을 뒤에서 조정하게 될 것이라네. 내가 자네를 다윗의 친구로 만들어 둔 것은 바로 그때를 위함이라네. 반란은 결국 실패로 끝나고, 나는 내 목숨을 신에게 맡기지 않고 스스로 목을 맬 생각이네. 마지막 순간만이라도 나는 신의 불공평하고 오만한 규칙에 맥없이 놀아나고 싶지 않아." 아히도벨이 잠시 허공을 바라보며 쓰디쓴 미소를 지었다.

"차라리 이번 기회에 압살롬과 함께 다윗 왕까지도 함께 제거하시고 아예 지금 당장 솔로몬 왕자를 보위에 올리시는 것이 어떻겠습니까? 지금 우리에게는 그렇게 하고도 남을 만큼의 힘이 충분히 있습니다. 모든 위험 요소를 제거하고 솔로몬 왕자를 보위에 올리신 후, 모사께서 직접 나라의 기초를 만들어 주시면 더 좋지 않겠습니까?" 목을 매어 자살할 계획이라는 은인의 말에 놀라 후새가 간곡히 고하였다.

"그것이 말일세. 세상의 일이라는 것이 말이야, 인간이 준비하고 뜻한 바대로 이루어지지 않는 묘한 구석이 있더란 말이야. 나는 하늘을 믿지 않지만, 하늘이 허락하는 세상 구도의 한계가 거기까지라면 지금이 아무리 절호의 기회처럼 보여도 거기서 멈추는 것이 옳은 선택이라네. 분하지만 그것이 절대 선이지." 삶을 완전히 통달한 노인의 고백은 군더더기 없이 깔끔했다.

"은인께서 그리 말씀하시니 미천한 소인이 무슨 말씀을 더 드릴 수 있겠습니까! 다만 목을 매시겠다는 말씀만은 거두어 주실 수 없으신지요?" 후새가 다시금 허리를 숙이며 정성을 다해 간곡히 고하였다.

"후새, 자네도 잘 알다시피 나는 어려서부터 사무엘 선지자의 수하에서 자라면서 신에 대해서 많은 것을 배웠다네. 그러나 신은 언제나 제멋대로였어. 내가 간절히 원하고 바라는 것들은 들은 척도 하지 않았지. 신은 단 한 번도 내게 직접 말씀하신 적이 없었다네. 사람들이 생각하는 것과는 너무나 다르게 나는 한 번도 신의 목소리를 직접 들어보지 못했단 말일세. 나는 나의 소망을 외면하는 신이 너무나도 원망스러웠다네. 나의 지성과 능력을 통해서 그것을 이겨 내 보려 했지만 언제나 마지막 순간에 알 수 없는 하늘의 손이 나타나서 나의 치밀한 계획을 무너뜨리곤 했지. 그래서 나는 전적으로 신을 믿지는 않았

소설 밧세바

지만, 그의 존재하심을 부인할 수가 없었어. 하지만 그 신은 언제나 나의 편이 아니셨다는 것이 나의 한계였지." 천천히 지난날들을 회상하는 아히도벨의 얼굴에 안타까움이 깊이 배어났다.

"나는 신이 창조한 세상을 자세히 관찰하면서 스스로 그의 한없는 지혜와 능력을 잘 이해했다고 생각했었지. 사실 그분이 말씀하신 거의 모든 신의 뜻이라는 것은 내가 한평생 세상을 통해 스스로 파악한 지혜들과 크게 다르지는 않았다네. 다만 몇 가지 아주 특별한 경우에만 너무나도 달랐지. 그러나 그 경우들에 있어서만큼은 나는 지금도 결단코 신의 뜻이 절대적으로 옳다라고 인정할 수가 없다네. 내가 보기에 신은 너무나 이기적이고 자기중심적이었어. 정말 중요한 결정에서는 합리적이지도 지혜롭지도 않았고, 순전히 자기 고집만 부렸지. 나는 그런 신의 잘못된 결정에 대해서 수없이 반항하고 의문을 제기하기도 했었다네. 하지만 결국 내가 알게 된 사실은, 나 스스로 최선이라 여겼던 나의 선택들도 역시 신의 그것과 거의 비슷하게 이기적이고 독선적인 결정이었다는 모순이었네. 나는 지금도 신을 온전히 신뢰할 수가 없어. 이제 내게 남은 마지막 남은 선택 하나는 꼭 내 마음대로 할 것이라고 결심했지. 어차피 죽는 것은 마찬가지겠지만, 생명을 끊는 그 순간 자체는 내 의지만으로 스스로 선택할 생각이라네. 그래 보았자 그것이 무슨 의미가 있겠는가마는." 아히도벨은 눈을 거의 감고 조용히 자기 자신에게 속삭였다.

"나는 이제 곧 세상의 삶을 내려놓고 영혼의 세계로 옮겨 가겠지만, 그래서 그곳에서는 왕좌도 핏줄도 아무 의미가 없다는 것을 잘 알고 있네. 그래도 세상에 남을 나의 후손에게나마 제왕의 자리를 남겨 주고 싶은 추악한 욕심쟁이라네. 자네에게 이런 무리한 부탁을 하게 되어 미안하구먼. 자네는 정말 나의 귀한 친구였네." 아히도벨이 힘없이 후새의 손을 잡았다.

"내가 다윗의 목숨을 남겨 두는 이유는 바로 나의 증손자 솔로몬 때문이라네. 그 아이가 충분히 준비될 때까지는 아직 그의 아비라는 든든한 담벼락이 반드시 필요하지. 때가 되거든 솔로몬이 이 나라 이스라엘의 왕위를 계승할 수 있도록 자네가 힘써 도와주시게." 아히도벨이 후새에게 고개를 숙이며 간절한 목소리로 호소하였다.

"이러지 않으셔도 됩니다. 제가 할 수 있는 최선을 다할 것이니 은인께서는 아무 걱정하지 마십시오. 반드시 은인께서 말씀하신 모든 것을 한 치의 오차도 없이 다 이행하겠습니다." 후새가 고개를 숙이려는 아히도벨을 강하게 만류하였다.

밤을 꼬박 지새우면서 두 사람의 이야기는 계속되었다. 아히도벨은 자신이 마지막으로 준비한 최후의 안배를 자기에게 목숨 이상을 빚진 아렉 사람 후새에게 부탁하였다.

부왕의 용서로 신원이 회복된 압살롬이 아히도벨의 세밀한 계획에 따리 이스리엘 백성들의 마음을 조금씩 훔치기 시작한 지도 어언 삼년 세월이 지났다.

"사부님, 대체 언제까지 이렇게 기다리기만 해야 합니까?" 너무나 오랜 기다림에 지친 압살롬이 결국 길로 성읍으로 아히도벨을 찾아왔다.

소설 밧세바

"압살롬 왕자님, 조급한 마음을 이해하지 못하는 것은 아니지만 아직은 때가 다 이르지 못하였으니 조금만 더 기다리십시오." 아히도벨이 흥분한 압살롬을 차분히 타일렀다.

"아직 백성들의 마음이 왕자에게 완전히 돌아오지 못했습니다. 이제부터 좀 더 적극적인 계획을 시작하는 것이 좋겠습니다. 당장 내일부터 왕자께서는 궁궐 문 앞에 큼직한 장막을 하나 설치하십시오. 아침부터 저녁까지 바쁘신 부왕을 대신하여 백성들의 억울한 사정들을 들어 주시고, 모두 적극적으로 해결해 주시는 것입니다. 필요한 재물과 자원은 제가 충분히 지원해 드리겠습니다. 그렇게 한 일 년 진심으로 노력하시면 대부분 백성의 마음이 반드시 왕자님께로 넘어오게 됩니다. 백성들의 절대적인 호응과 지지가 없으면 왕자님의 소망을 이루기가 어렵다는 것을 명심하십시오." 아히도벨이 자신이 오랫동안 준비한 특별한 계획을 압살롬에게 자세히 설명하였다.

압살롬은 아히도벨의 지시대로 당장 궁 앞에 큰 천막을 치고서 그 앞을 지나가는 사람들에게 억울한 송사들을 해결해 주겠다고 선전하였다. 그 소문은 이스라엘 전국에 퍼져 저마다 원통한 사연을 가진 백성들이 압살롬의 천막 앞에 장사진을 쳤다. 그렇게 하기를 거의 일 년 만에 백성들 사이에서 압살롬의 명성과 인기는 하늘을 찌를 듯하게 되었다.

"소자가 여호와께 서원한 것이 있사오니, 청컨대 나로 헤브론에 가서 그 서원을 이루게 하소서. 종이 아람 그술에 있을 때 서원하기를 만일 여호와께서 나를 예루살렘으로 돌아가게 하시면 내가 여호와를 섬기리라 하였나이다." 압살롬이 아히도벨이 자신의 입에 넣어 준 말을 다윗에게 고하였다.

"평안히 가라." 다윗의 입에서 마치 암호와 같은 허락이 떨어졌다.

압살롬은 자기를 추종하여 따르는 이백여 명과 병사들을 거느리고 헤브론에 입성하였다. 헤브론에는 아히도벨이 오래전부터 비밀리에 준비해 둔 커다란 제단이 준비되어 있었다.

"하늘이시여, 굽어살피소서! 이스라엘에 진정한 공의와 정의가 이루어지게 하소서! 나, 압살롬은 이 나라와 정의로운 하나님의 백성들을 위하여 오늘 하늘에 고하고 이스라엘의 새 왕이 되었나이다!" 제단 위의 제물들이 불타오르고 있는 동안 압살롬은 하늘을 향해 두 손을 높이 들고 큰 소리로 외쳤다.

"압살롬 왕자가 이스라엘의 새 왕이 되셨다! 압살롬 왕 만세! 만세!" 제단의 바로 뒤편에 대기하던 젊은 장수들이 함께 손을 치켜들면서 함성을 질렀다.

"와! 와! 압살롬 왕 만세! 하나님을 찬양하라! 우리에게 새 왕을 내리셨다! 압살롬 대왕 만세! 만세!"

압살롬을 추종하던 사람들과 또 모여든 백성들이 젊고 수려한 모습의 압살롬을 직접 보고서 크게 환호하며 즐거워하였다.

"너희는 어서 전국에 파발을 띄워 이스라엘의 모든 족장과 장로들에게 헤브론에서 압살롬 왕자가 새 왕이 되었다는 소식을 전하도록 하라!" 오래전부터 압살롬의 일을 뒤에서 돕고 있던 거한의 중년인이

미리 준비된 파발들에게 명령하였다.

압살롬이 헤브론에서 하늘에 고하고 스스로 왕이 되었다는 소식은 빠른 속도로 전 이스라엘에 퍼져 나갔다.

"이스라엘의 민심이 다 압살롬에게 돌아갔나이다." 사자가 다윗에게 급히 들어와 고하였다.

"일어나 도망하자. 그렇지 않으면 우리 한 사람도 압살롬에게서 피하지 못하리라. 빨리 가자. 두렵건대, 저가 우리를 급히 따라와서 해하고 칼로 성을 칠까 하노라." 다윗이 갑자기 엄습해 오는 이상한 큰 두려움을 감각적으로 온몸에 느끼고 허둥거렸다. 또다시 아들들을 잃게 될지도 모른다는 생각으로 가슴이 심히 불안하고 답답해졌다.

다윗은 급히 궁을 벗어나 신복들과 권속들을 다 따르게 하고, 후궁 열 명은 남아 궁을 지키도록 하였다. 다윗이 감람산 길로 올라갈 때 머리를 가리고 맨발로 울며 행하였고, 그와 함께 가는 백성들도 각각 그 머리를 가리고 울며 올라갔다.

"압살롬과 함께 모반한 자들 가운데 아히도벨이 있나이다." 함께한 자 중 누군가가 다윗에게 아뢰었다.

"여호와여, 원컨대 아히도벨의 모략을 어리석게 하옵소서." 아히도벨이 압살롬과 함께 있다는 말을 들은 다윗이 즉시 크게 낙담하고 놀라 두려워하면서 하늘에 호소하였다.

다윗이 하나님을 경배하는 마루턱에 이를 때에 아렉 사람 후새가 옷을 찢고 흙을 머리에 뒤집어쓰고 다윗을 맞으러 나왔다.

"나의 친구 후새여, 지금 나를 구할 수 있는 사람은 오직 당신뿐이오. 그대는 나와 함께 가지 말고 다시 성으로 돌아가서 아히도벨이 마음대로 그의 모략을 펴지 못하게 방해해 주서야 하겠소. 이 일은 그대가 아니면 그 누구도 감당할 수 없을 것이오." 다윗이 눈물을 흘리며 오랜 친구인 후새의 손을 꼭 잡았다.

"대왕이시여, 걱정하지 마옵소서. 제 목숨을 걸고서라도 압살롬의 신임을 얻어 내어 반드시 아히도벨의 모략을 무력화시키겠나이다. 그러니 대왕께서는 스스로 이스라엘의 등불이심을 잊지 마시고 더욱 자중자애하시어 부디 옥체를 보존하옵소서." 다윗의 친구이며 모사인 후새가 왕에게 거듭하여 절하고 급히 예루살렘으로 돌아갔다.

다급한 다윗의 피신으로 텅 빈 예루살렘 궁으로 황금 왕관을 쓴 새로운 젊은 왕 압살롬이 아히도벨과 함께 군사들을 대동하고 당당히 무혈입성하였다.

"아히도벨이여, 이제부터 우리가 어떻게 행하여야 하는지 그대의 모략을 베풀어 주시오." 압살롬이 무한한 존경의 빛을 듬뿍 담아 백발의 아히도벨을 쳐다보았다.

"먼저, 왕의 아버지가 머물러 두어 궁을 지키게 한 후궁들로 더불어 동침하소서. 그리하면 왕께서 왕의 부친의 미워하는 바 됨을 온 이스라엘이 들으리니, 왕과 함께 있는 모든 사람의 힘이 더욱 강하여지리이다." 아히도벨이, 더는 다윗이 압살롬과 결코 공존할 수 없도록 가장 악랄한 모략을 베풀었다. 아히도벨의 말을 마치 하나님의 말씀과 동급으로 여기던 압살롬은 권력의 욕심에 취하여, 대낮에 사람들이

소설 밧세바

보는 앞에서 아비의 아랫도리를 범하는 천인공노할 죄악을 더하고 말았다.

"이제 나에게 사람 일만 이천을 택하게 하소서. 오늘 밤에 내가 일어나서 다윗의 뒤를 따라 저가 곤하고 약할 때 엄습하여 저를 무섭게 한즉, 저와 함께 있는 모든 백성이 도망하리니, 내가 다윗 왕만 쳐 죽이고 모든 백성으로 왕께 돌아오게 하리이다. 무리의 돌아오기는 왕의 찾는 이 사람에게 달렸음이라. 그리하면 모든 백성이 평안하리다." 아히도벨이 계속해서 그의 조작된 계략을 압살롬에게 아뢰었고 압살롬과 또 그 자리에 함께한 장로들이 그의 말을 지극히 옳게 여겼다.

이히도벨이 다윗을 추격할 준비를 하겠노라고 잠시 자리를 비우자, 사전에 준비된 그의 계획에 따라 압살롬이 아렉 사람 후새를 불러 그의 계략도 듣고자 하였다.

후새는 반드시 제 아비를 죽이기까지 해야 하는가를 두고 아직도 머뭇거리는 압살롬 앞에서 마치 노련한 최면술사가 최면을 걸듯 장황한 계략을 펼쳤고, 드디어 압살롬과 장로들의 마음을 완전히 훔치는 데 성공하였다.

궁에 다시 돌아온 아히도벨은 자신의 본래 계획이 이상 없이 수행되었고 성공했음을 확인하고는, 조용히 궁을 벗어나 나귀에 안장을 지우고 떠나 고향의 자기 집으로 돌아갔다.

"너는 이 편지들을 누구도 모르게 밧세바 왕비에게 전하도록 하여라. 그리고 나의 전 재산을 빠르게 정리하여 네 소유로 삼고, 네 신분도 완전히 새롭게 세탁하도록 하여라. 그 후에는 무술이 뛰어난 수하들을 고용하여 아무도 모르게 솔로몬의 주변을 항상 지켜 주고, 그가 위험에 빠지지 않도록 철저히 보호하여야 할 것이다. 오랜 세월 네가 나에게 진심으로 충성한 것에 대해서 깊이 감사한다. 마지막으로 내 증손자가 이스라엘의 다음 왕이 될 수 있도록 도와다오. 나는 오늘 밤 스스로 나의 생명을 버릴 것이다. 아무에게도 알리지 말고 너는 즉시 내가 지시한 모든 것들을 실행하도록 하여라." 아히도벨이 평생을 자신에게 충성한 거한의 중년 사내에게 마지막 부탁을 하였다.

"미물과도 같던 저를 이렇게 사람으로 살게 해 주신 어르신의 마지막 명령을 제가 어찌 소홀히 하리까! 제 목숨을 바쳐 솔로몬 왕자님이 왕위에 오르실 때까지 안전하게 지켜 드릴 것이니 아무 걱정하지 마십시오." 거한의 사내가 울먹이며 무릎을 꿇었다.

소설 밧세바

13. 식어 가는 사랑

　아히도벨의 계략을 폐기하고, 아렉 사람 후새의 모략을 선택한 압살롬은 결국 다윗을 제거할 수 있는 절호의 기회를 잃고 말았다. 그 덕분에 충분한 시간 여유를 얻은 다윗은 마하나임에 이르러 전열을 정비하고, 요압을 대신하여 아마사를 군장으로 삼았다.

불리한 상황 속에서도 충성을 다해 다윗에게로 모인 백성들은 군대로 재편성되어 요압과 아비새와 가드 사람 잇대에게 세 그룹으로 각각 나누어 배치되었다.

"그대들은 나를 생각하여, 아직 어린 나의 아들 압살롬을 너그러이 대해 주기 바란다." 다윗이 죽고 죽이는 냉혹하고 치열한 전쟁판에 하나뿐인 목숨을 걸고 나서는 부하들에게 오히려 적군인 자기 아들을 염려하여 노련한 세 장수에게 너무나도 이기적인 부탁을 하였다.

이윽고 에브라임 수풀에서 압살롬의 급조된 군대와 풍부한 전쟁 경험을 지닌 노련한 다윗의 심복들 사이에 치열한 전투가 벌어졌다. 종국에는 압살롬을 옹위한 이스라엘 무리가 대패하여 처절한 살육을 당하였다. 압살롬은 격렬한 싸움 중에 다윗의 심복들과 마주치자 나귀를 타고 급히 도망하였다. 그가 상수리나무 밑을 지날 때 풍성하고 아름다운 머리털이 그만 가지에 걸려 나귀는 그대로 빠져 달아나고, 몸은 공중에 매달리게 되었다. 수하들에게서 이 소식을 들은 요압이, 다윗의 매우 특별한 부탁이 있었음에도, 모르는 척 달려가서 작은 창으로 압살롬의 가슴을 찌르자, 요압의 수하들이 달려들어 그를 쳐 죽였다. 요압은 지난날 자기의 기지로 곤란에 처했던 압살롬을 다시 불러들였으나, 뜻밖에도 압살롬이 모반을 일으키자 그 죄과가 자기에게도 미치게 될 것이 두려워 압살롬을 아예 죽여 화근을 제거한 것이다.

첫째에 이어 계속되는 골육상쟁으로 셋째 아들 압살롬까지 잃은 다윗의 상심과 슬픔은 상상을 초월하였다. 자신의 간절한 부탁을 외면하고 자기 귀한 아들을 무참하게 죽인 요압에 대해서 더욱 깊은 원한을 품었다.

"오, 내 아들 압살롬아, 내 아들, 내 아들 압살롬아! 내가 너를 대신하여 죽었더라면 얼마나 좋았으랴! 오, 압살롬아, 내 아들아, 내 아들아!" 다윗은 자기를 위하여 목숨을 걸고 전쟁에 나가 승리하고 돌아온 군사들과 장군들을 위로하거나 격려하기는 고사하고, 자신의 목숨을 노리고 반역을 일으킨 아들의 죽음만을 애통해하며 크게 슬퍼하였다.

다윗은 다시금 이스라엘 온 지파와 유다 사람들의 추대를 받아 전이스라엘의 왕으로서 예루살렘으로 복귀하였지만, 그 와중에 그것에 대해 불만을 품고 베냐민 족속 비그리의 아들 세바라는 자가 이스라엘 사람들을 선동하여 다시 반역을 꾀하였다.

"이제 비그리의 아들 세바가 압살롬보다 우리에게 더 많은 해를 끼치리니 너는 네 주의 신하들을 거느리고 그를 추격하라. 그가 성벽을 두른 도시에 들어가서 우리를 피할까 염려하노라." 다윗이 아비새를 불러 출격할 것을 명하였다.

아비새가 요압과 함께 용사들을 데리고 예루살렘을 나와서 기브온에 있는 큰 돌에 이르렀을 때, 왕의 명령으로 유다 사람들을 소집하러 갔던 군장 아마사가 그들에게로 왔다.

"내 형제여, 건강하냐?" 요압이 아마사의 수염을 잡고 입을 맞추는 척하다가 들고 있던 칼로 그의 다섯 번째 갈빗대 밑을 찔렀다. 다윗왕의 새로운 군대장관 아마사는 영문도 모르고 졸지에 창자가 땅에 흘러나와 그 자리에서 요절하고 말았다.

요압과 아비새는 세바를 계속 추격하여 아벨이라는 도성을 에워싸고 그 도시를 향하여 공격하려고 흙으로 높은 둑을 쌓았다. 요압과 함께한 온 백성들이 성벽을 쳐서 허물어뜨리려 할 때, 성안의 한 지혜로운 여인이 나서서 반역자 세바의 머리를 베어 요압에게 던져 주었다. 이에 요압이 즉시 나팔을 불어 군사들을 물렸다. 요압과 아비새는 반역자 세바의 목을 가지고 당당하게 예루살렘 성으로 돌아왔다.

세바의 난을 평정한 이후, 이제 특별히 서둘러야 할 일이 없어진 다윗은 서서히 우울증에 시달리기 시작했다. 주변을 모두 물리고 신 앞에 엎드려 오랜 시간 정성을 다해 기도를 올렸지만 아무런 영적 감흥을 얻을 수 없었다. 한 번 사라진 영성은 그가 아무리 노력을 기울여도 회복되지 않았다. 마치 원래부터 그와는 한 번도 상관없었던 비현실적인 영역처럼 느껴졌다. 지난날 신께서 자신과 동행하며 누렸던 그 풍성했던 평화와 은혜의 시간을 이제는 마음속으로조차 전혀 떠올릴 수가 없었다. 오히려 지나간 세월 자신의 가족들에게 연속적으로 생겨났던 불행했던 일들이 주마등처럼 떠올랐다. 그중에서도 특별히 늠름하고 잘생긴 아들 압살롬의 얼굴이 자꾸만 떠올랐다. 아히도벨이 공연히 자기의 셋째 아들에게 반역을 부추겨 결국 사랑하는 아들을 또다시 잃게 되었다는 생각을 하였다. 그 아히도벨이 바로 밧세바의 할아버지이고 솔로몬 왕자의 외증조부라는 생각이 들자 심기가 많이 불편해진 다윗은, 그 이후부터는 가장 총애하던 아내 밧세바의 처소에도 찾아가지 않았다. 아히도벨만큼 자기의 삶에 많은 영향을 주었던 스승도 없었지만, 그의 지나친 현실주의 사상은 그에게 언제나 난

소설 밧세바

처한 도전이 되곤 했었다는 것이 떠올랐다. 아히도벨은 신에 대한 믿음이니 영성이니 하는 것보다는 언제나 냉정하고 합리적인 이성을 앞세웠다. 그의 주장이 아주 틀린 것은 아니었지만, 때때로 다윗은 자신의 중심에 자연스럽고 충만하게 느껴지는 신의 영감과는 무언가 다른 스승의 가르침이 불편하다고 느꼈던 적이 많이 있었다. 그래서 다윗은 아히도벨을 무척 존경하고 많은 일을 함께 상의하였지만, 정말로 가장 중요한 결단의 순간에는 대부분 의식적으로 그의 견해를 묻지 않았다. 아히도벨에 대해서 생각하다 보니 그의 손녀딸 밧세바조차도 왠지 보고 싶은 생각이 없어졌다. 그렇다고 새삼스럽게 다른 왕비의 처소를 찾는 것도 영 내키지 않았다. 가끔 왕자들을 불러 함께 식사하였지만, 오히려 죽은 왕자들이 생각나서 도무지 흥이 나지 않았다. 다윗의 우울증은 날이 갈수록 더욱 깊어졌다. 공연히 장군들을 궁으로 불러들여서 명분도 없는 질탕한 술 파티를 벌이기도 하고, 때로는 자기 곁에 아무도 가까이 오지 못하게 하고서는 혼자 통곡하며 술에 취하기도 하였다. 사방의 외적들을 모두 물리치고 이제는 확고한 절대 왕권을 공고히 하였지만, 그의 마음은 이상한 두려움과 불안함에 휩싸였다.

밧세바의 장자 청년 솔로몬은 학문에 깊이 심취하여 밤새워 책들을 탐독하고 여러 가지 신기한 자연 현상과 숲속의 곤충들과 동식물들을 관찰하느라고 너무나 바빠서 외로운 어미를 찾는 일이 거의 없었다. 그리고 누구의 눈에도 띄지 않았지만, 솔로몬이 공부하든 혹은 홀로 숲속을 거닐고 있을 때든 심지어 숙소에서 잠을 자는 시간에도 끊임 없는 감시와 보호의 날카로운 눈길이 항상 그를 지키고 있었다. 솔로 몬 자신은 그것을 어렴풋이 짐작하고는 있었지만, 그들이 자신의 주 변을 맴돌 뿐 절대로 공격할 의사는 없다는 것을 알고 나서는 오히려 편안함을 느끼게 되었다.

"솔로몬, 아무래도 할머니께서 돌아가실 것 같다는구나. 나와 함께 길로 성읍에 며칠 다녀와야 할 것이니 어서 길 떠날 채비를 하도록 하 여라." 어느 날 갑자기 할머니가 매우 위독하다는 전갈을 받은 밧세바 는 오랫동안 보지 못했던 할머니를 돌아가시기 전에 꼭 한번 뵙고 싶 었다.

"네, 어머니. 제 방에 가서 얼른 준비하겠습니다." 이제는 날씬한 몸 매의 키 큰 청년으로 성장한 왕자 솔로몬이 재빨리 자기 짐을 챙겼다.

밧세바 왕비는 장식하지 않은 말 두 마리가 끄는 마차에 올랐고, 솔로 몬은 십육 세가 되었을 때 부왕이 생일 선물로 내린 자신의 갈색 애마 를 타고 말없이 마차 곁을 따랐다. 그동안 궁을 나와 이곳저곳을 다녀 보기는 했지만, 자신의 애마를 타고서 이렇게 먼 곳까지 나선 것은 처 음이었던 솔로몬은 온통 신기한 주변을 둘러보느라고 정신이 없었다.

"멈추시오!" 말을 타고 일행의 제일 앞에서 밧세바 일행을 인도하던 군사가, 전방에서 그들을 향해 빠르게 다가오는 회색 옷의 한 무리를 보고 놀라서 손을 번쩍 쳐들면서 크게 외쳤다.

"무슨 일이냐?" 행렬이 우왕좌왕하면서 멈추자 밧세바가 마차의 창 을 열고 밖을 내다보았다.

"악! 으악! 도적 떼가 나타났다. 왕비님과 왕자님을 보호하라!" 군사 몇은 갑자기 나타난 회색 옷을 입은 무리가 쏜 화살에 맞아 쓰러졌고, 밧세바와 솔로몬을 호위하던 군사들은 겁에 질려 어쩔 줄 몰랐다.

"어머니, 위험하니 어서 창문을 닫고 마차 안에 가만히 계셔요!" 솔로몬이 맨손으로라도 제 어미를 지키겠노라고 마차 뒤에 바싹 붙어 섰다. 그사이 도적들에게 당한 군사들이 하나둘씩 쓰러지고, 밧세바와 솔로몬 모자는 이제 절체절명의 위기에 빠지게 되었다.

"반항하지 않고 순순히 따라온다면 목숨을 해하지는 않겠다." 큰 칼을 높이 든 괴인 하나가 밧세바가 탄 마차 출입문을 벌컥 열고서 위협하였다.

순간 마차 뒤쪽에 있던 솔로몬이 모래흙 한 주먹을 그자의 얼굴에 강하게 뿌렸다. 두 눈에 정통으로 모래흙을 얻어맞은 괴인이 손으로 눈을 가리며 주춤거리며 뒤로 물러서자, 솔로몬이 들고 있던 아히도벨의 단검으로 번개같이 그자의 심장을 깊이 찔렀다.

"어머니, 아무 걱정하지 마세요. 제가 어머니를 꼭 지켜 드리겠습니다." 죽은 자의 큰 칼을 빼앗아 든 솔로몬이 밧세바 앞을 가리며 용감하게 나섰다.

"왕자님을 보호하라! 왕비님을 찾아라!" 잠시 후 어디서 나타났는지 검은 복장의 고수 무인 십여 인이 도적들을 순식간에 제압하며 솔로몬과 마차를 보호하였다.

"안 되겠다! 모두 퇴각하라!" 대장으로 보이는 자가 고함치자, 밧세바 일행을 기습했던 회색 옷 무리가 재빨리 뒤돌아 도망쳤다.

"죄송합니다. 왕비마마! 경계하던 자들이 왕비께서 갑자기 할머님 댁에 가신다는 소식을 늦게 전하는 바람에 저희가 좀 늦었습니다. 어디 상하신 곳은 없으신지요?" 검은 복장의 거한이 밧세바와 솔로몬 앞에 무릎을 꿇고 고개를 숙였다.

"다행히 우리 솔로몬 왕자가 때마침 나를 구해 주어 큰 화를 면했습니다. 이제부터는 길로와 왕궁 오가는 모든 길에 그대들이 동행해 주시오." 솔로몬의 재치 있고 용감했던 모습에 크게 감탄한 밧세바가 자랑스러운 아들의 등을 두드려 주었다.

밧세바와 솔로몬 모자는 십여 명의 고수 무사들의 특급 경호를 받으며, 무사히 할머니의 장례까지 마치고 안전하게 궁으로 돌아올 수 있었다. 그러나 정작 다윗은 밧세바가 친정의 장례에 다녀왔는지 어떤지에 대해서 아무런 관심도 없었다.

'다윗이 이렇게도 오래도록 나를 찾지 않으니 내 처지가 정말 처량하게 되었구나. 내가 어찌하여야 잃어버린 나의 사랑을 되찾을꼬?' 밧세바는 아무도 자기를 찾지 않는 쓸쓸한 날들이 너무나 많아지자 초조하고 갈급한 마음을 숨길 수가 없었다.

당시의 이스라엘 관습으로는 아무리 왕과 정혼한 왕비라 하더라도 사전에 왕의 허락 없이는 함부로 왕에게 나아갈 수 없는 엄한 제도가 있었다. 그러다가 만약 왕의 노여움을 사서 왕이 경비병을 향해 손을 내밀어 엄지손가락을 아래로 향하는 날에는, 잘못하면 그대로 끌려나가 말 한마디 못 하고 목숨을 잃을 수도 있기 때문이다.

'내 죽을 때 죽더라도 이렇게 허무하게 살아갈 수는 없다.' 마음을 단단히 먹은 밧세바는 오랜 시간 정성을 들여 곱게 단장을 하고서 다윗이 홀로 쉬고 있는 방으로 찾아갔다.

"왕비님, 대왕께서 쉬시겠다며 오늘은 아무도 들이지 말라 하셨습니다. 그냥 돌아가시지요!" 다윗의 방 앞을 지키고 섰던 군사가 밧세바의 앞을 완강히 막아섰다.

"감히 나를 막겠다는 것이냐? 너는 내가 누군지도 모른단 말이냐! 나는 다윗 왕께서 가장 아끼는 왕비이니라. 당장 비켜서거라!" 밧세바는 조금도 물러서지 않고 서릿발 같은 표정으로 경호병을 밀치고 그대로 방 안으로 들어섰다.

"국왕 폐하, 소첩 밧세바입니다. 기억이나 하시겠습니까?" 눈물이 그렁그렁한 얼굴로 밧세바가 혼자 포도주를 마시고 있는 다윗 앞에 무릎을 꿇었다.

"나가 있어라." 당황한 표정으로 밧세바를 뒤따라 들어온 경비병에게 다윗이 손짓을 하였다.

"그대가 무슨 일로 여기에 오셨소? 나는 부른 기억이 없는 것 같은데. 목숨을 걸어야 할 만큼 무슨 급한 일이라도 있으신 게요?" 다윗이 차가운 표정으로 밧세바를 애써 외면하며 빈 술잔을 내려놓았다.

"무엇 때문에 이렇게 자신을 학대하시는 것입니까? 대왕께서 밤마다 슬퍼하시며 독주로 몸을 상하신다는 이야기를 듣고 도저히 그냥 있을 수 없어 스스로 찾아왔습니다. 대체 무엇 때문에 이렇게 괴로워하시는 것입니까?" 밧세바가 눈물이 가득한 안타까운 눈으로 다윗을 그윽이 바라보았다.

"그것을 진정 모르겠소? 바로 그대와 나의 죄악으로 인하여 나의 자식들이 저주를 받아 서로를 끝없이 죽이고 있는 것이 보이지 않는단 말이요?" 다윗이 갑자기 전혀 술 취하지 않은 표정으로 정색을 하였다.

"서로 너무나 깊이 사랑한 것을 어찌 죄악이라 하십니까! 누가 뭐라고 해도 나는 제 온 마음과 정성을 다해 대왕을 사랑했습니다. 또 그로 인하여 우리가 죄 중에 있었다 할지라도, 우리는 이미 그 죗값을 처절하게 치렀고 진실한 회개를 통해서 신의 용서를 받았다고 당신이 말씀하셨습니다. 바로 대왕께서 제게 그렇게 가르쳐 주시지 않으셨습니까! 이미 신께서 용서하신 일을 어찌하여 인간이신 대왕께서 받아들이시지 못하시는 것입니까! 또 만에 하나, 죄가 그대로 남아 있다 하더라도 그것은 대왕을 유혹한 나의 잘못일 뿐입니다. 왕께는 아무런 잘못이 없습니다. 그러니 이제 제발 기운을 차리시고 슬픔을 떨치고 일어나십시오." 밧세바가 어떻게든 다윗에게 용기를 주고 위로하기 위하여 온 힘을 다하여 간절한 눈빛으로 호소하였다.

"대왕께서는 갈라져 분쟁하던 이스라엘을 완전히 통합하셨을 뿐 아니라, 오랜 세월 이스라엘 민족을 집요하게 괴롭혀왔던 많은 원수를 모두 물리치신 위대한 왕이십니다. 이스라엘의 희망이며 빛나는 새벽별이십니다. 모든 백성이 대왕을 바라며 칭송하는 것을 진정 모르십니까!" 밧세바가 두 손을 내밀어 다윗의 얼굴을 부드럽게 어루만졌다.

"정말 내가 이스라엘의 빛나는 새벽별, 위대한 왕이란 말인가? 하지만 나와 함께 기뻐해야 할 내 아들들이 나보다 먼저 죽고 없는 지금,

대체 무엇이 나를 즐겁게 할 수 있겠소?" 다윗의 굳었던 얼굴이 조금 풀어졌다.

"대왕, 그동안 비록 몇 명의 아들을 잃기는 했지만, 왕께는 아직도 훌륭한 왕자들이 많이 남아 있습니다! 솔로몬 왕자를 한번 불러 만나 보십시오. 그 아이의 지혜로움이 정말 예사롭지 않습니다. 틀림없이 대왕께 큰 위로가 될 겁니다." 밧세바가 다시 한번 다윗의 손을 꼭 붙잡아 주었다.

"하지만 요즘 나는 아무리 애를 써도 신의 영감을 전혀 느끼지 못하고 있다오. 신께서 내게 너무 오랫동안 아무런 말씀을 하시지 않으니, 자신이 스스로 너무나도 초라하게 느껴진단 말이오." 다윗이 힘없이 허공을 바라보며 중얼거렸다.

"신의 크나큰 축복과 인도하심이 없었다면 어떻게 대왕께서 오늘날 이와 같은 큰 업적을 이루실 수 있었겠어요! 당신이 이렇게 큰 위업을 이루신 그 자체가 신께서 대왕을 지극히 사랑하고 함께하신 명백한 증거랍니다. 당신이야말로 이 세상에서 가장 위대한 왕이십니다." 밧세바가 가만히 다윗의 얼굴을 안아 부드럽게 가슴에 품어 주었다.

"이 세상에서 나를 진정으로 위로해 줄 수 있는 사람은 오직 당신 한 사람뿐이구려." 다윗이 부드러운 밧세바의 가슴에 얼굴을 묻은 채 조용히 중얼거렸다.

"그야 당연한 일이지요. 이 세상에서 나만큼 당신을 사랑하는 사람이 누가 있겠어요. 나는 지금도 당신을 처음 만난 그날 밤을 생생히 기억합니다. 당신은 내가 영원히 사랑하는, 내 목숨보다 소중한 분이십니다." 밧세바는 다윗의 머리를 자신의 무릎에 편안하게 눕히면서 섬세한 긴 손가락으로 그의 머리카락을 가볍게 쓸어 주었다.

"당신을 위해서라면 나 자신은 설사 지옥 유황불에 떨어진다 해도 기꺼이 내 모든 것을 다 바치겠어요. 그러니 제발 이제 기운을 차리고 일어나세요. 일어나서서 당신이 이룬 이 모든 것들이 얼마나 위대한 것인지 직접 확인해 보세요. 신께서 당신께 허락한 그 모든 것에 당신의 지극한 감사의 마음을 모두 담아 당신의 하나님께 큰 영광을 돌리세요. 신께서 당신의 기도와 헌신에 반드시 기뻐하시고 다시 화답하실 것입니다." 밧세바가 다윗의 기분을 풀어 주려고 더욱 열정적으로 속삭였다.

"그렇지. 나는 평생을 하나님의 말씀과 인도함을 따라 온갖 고난과 위험을 감수하였지. 이제는 그 모든 것을 이루었으니 이제는 나의 주님께 칭찬을 들어야 할 때가 되었지." 다윗의 얼굴에 희미한 쓸쓸한 미소가 떠올랐다.

"폐하, 군대장관에게 명하시어 이스라엘의 온 땅과 온 인구를 조사하게 하시옵소서. 대왕께서 이루신 그 위대한 업적을 실제로 다 파악하신 후에, 그 모든 것을 하늘에 고하고 큰 제사로 여호와께 감사의 제단을 쌓으십시오. 하늘의 신과 온 백성이 크게 기뻐할 것이 분명합니다." 밧세바가 다시 한번 다윗을 꼭 끌어안았다.

"그래, 그렇게 하자. 내가 이스라엘의 땅 이편 끝에서 저편 끝까지를 측량하고 주께서 주신 내 백성의 수를 다 헤아려, 그 모든 영광을 하늘 아버지께 아뢰고 감사의 제단을 쌓으리라. 당신이 나를 위하여 목숨

소설 밧세바

을 아끼지 아니하고 이렇게 위로를 주었으니, 나도 이제는 우울한 생각들을 떨쳐 버리고 일어나 보겠소. 고맙소. 밧세바. 진정 사랑하오."

두 사람은 다시금 깊은 신뢰와 사랑으로 오래간만에 깊은 키스를 나누었다.

"군사령관 요압은 들으시오! 그대는 이제부터 모든 이스라엘 지파로 다니면서 단에서부터 브엘세바까지 모든 인구와 영토를 낱낱이 자세하게 조사하시오. 내 이 모든 것을 다 파악한 후 하나님께서 내게 주신 축복과 은혜에 대해서 하늘에 감사의 제단을 쌓을 것이오. 그대는 이 일들을 담당할 수 있는 군대를 조직하여 이스라엘 각 지역에 파견하고 가능한 조속히 모든 영토와 인구를 파악해 내게 보고해 주시오!" 다윗은 밧세바의 위로에 용기를 얻어 자리를 털고 일어나서 호기롭게 군대장관 요압을 불러 명령을 내렸다.

"이 백성은 얼마든지 왕의 하나님 여호와께서 백배나 더하게 하사, 내 주 왕의 눈으로 보게 하시기를 원하나이다. 그런데 지금 왕께서 하시려는 이 일을 여호와께서 기뻐하시겠나이까?" 요압이 다윗의 눈치를 보면서 나직이 아뢰었다.

"나는 지금까지 하나님께서 내게 베푸신 은혜와 축복을 되새기고 확인하여 여호와께 큰 감사와 영광을 돌리려 하오. 하나님께서 내게 주신 것들을 내가 확인하는 것이 여호와를 노엽게라도 한다는 뜻이오?" 다윗이 조급한 마음으로 버럭 화를 내었다.

"아니, 그런 뜻이 아니오라, 이미 여호와 하나님께서 약속하시고 아직도 한없는 축복을 내리시고 있는데 그것을 일일이 헤아려 확인하려고 하는 것은 사람의 교만한 마음으로부터 시작되는 어리석음으로, 결코 하나님을 기쁘시게 하지 못할 것이라 생각되어 드리는 말씀입니다." 요압이 작은 목소리로 조심스럽게 간하였다.

"여호와 하나님께서 언제나 나와 동행하심을 알지 못하는가! 군대장관은 주제넘게 내 지시에 토 달지 말고 즉각 왕명을 시행하라!" 다윗은 요압의 충언을 귀담아들으려 하지 않았다.

"예, 군대장관 요압, 왕명을 받들어 시행하겠나이다!" 다윗의 호통에 요압도 더는 간하지 못하고 머리를 조아렸다.

다윗 앞에서 물러 나온 요압은 다른 군관들과 함께 전 국토를 두루 돌아 아홉 달 하고 이십일 만에 조사를 마치고 돌아왔다.

"이스라엘에서 칼을 빼는 담대한 자가 팔십만이요, 유다 사람이 오십만에 이르더이다." 요압이 인구 조사 결과를 왕에게 고하였다.

"오랜 기간 다들 수고가 많으셨소. 물러들 가서 쉬도록 하시오." 보고를 받은 다윗은 왠지 표정이 그리 밝지 못하였다.

'아, 내가 대체 무슨 짓을 한 것인가? 여호와 앞에서 심히 어리석은 죄악을 저지른 것이 아닌가!' 실로 오랜만에 여호와의 신이 다윗에게 임하였으나, 그것은 신의 뜻을 모르고 영토와 인구를 조사한 것이 하나님 앞에서 행한 큰 죄악이었음을 깨우치시는 질책일 뿐이었다. 잠시 영성을 회복하여 하나님의 참된 뜻을 알게 된 다윗은 자신이 어리석음과 미련함으로 죄악에 더 깊이 추락한 것을 알고 심한 자책에 빠졌다.

"인구 조사를 나갔던 군대장관이 돌아왔다고 들었습니다. 어떠십니까? 하나님의 축복으로 대왕의 영토와 백성이 크게 늘었지요? 그 모든 것을 이루신 분이 바로 대왕이십니다. 왕께서는 이스라엘의 영원한 성군으로 후세에 기억될 것입니다." 다윗의 심기가 심히 어지러운 것을 알아채지 못한 밧세바가 아무 생각 없이 다윗을 다시 치켜세웠다.

"그래, 이제야 좀 알 것 같군. 나의 영성이 어두워질 때는 항상 당신이 내 곁에 있었지. 아니, 당신이 내 곁에 바싹 붙어 있을 때면 항상 나의 영성이 몹시 어두웠지. 당신의 그 끝없는 칭찬과 격려가 내게는 독이 되었던 거야. 당신의 이야기를 들으면서 나는 스스로 위대한 인물이라는 착각 속에 빠져 교만한 생각이 저절로 생겨났던 것이지." 다윗은 스스로 선택한 결정들에 대해 밧세바를 탓하기 시작했다.

"역시 당신의 할아버지가 문제였어. 그 영감은 절대로 신의 전능하심을 믿지 않았지. 자신이 규정한 자연의 원리들이 마치 신의 진리보다 위대한 것처럼 생각했어. 그러한 교만이 하나님 앞에서 얼마나 큰 죄악인지 당신은 절대로 모를 거야." 다윗은 이미 죽고 없는 밧세바의 할아버지까지 들먹이며 화를 식히지 못했다.

"당신은 나의 업적을 세상에 드러내고 내 위대함을 만방에 널리 알리기 위해 국토를 측량하고 백성의 수를 세라 하였지. 그러나 나는 이제 알았소. 그런 짓이 얼마나 어리석은 것인지. 그것은 하나님의 거룩하신 뜻에 온전히 순종하지 못하는 미련한 자의 죄악일 뿐이었소." 다윗은 자신의 심중을 울리는 신의 영감 속에 점점 더 자신을 자책하게 되었다.

"제가 당신에게 말씀드린 것은, 여호와 하나님께서 당신에게 베푸신 큰 축복을 분명히 알고 그에 대해 감사의 제단을 쌓으려는 것뿐인데, 우리가 무슨 교만한 마음을 가지고 있었다는 것인지 정말 모르겠군요." 밧세바가 다윗의 강한 질책에 기가 죽어서 작은 소리로 중얼거렸다.

"나는 이제부터 홀로 나의 신을 뵈어야 하겠소. 당신은 당장 당신의 거처로 돌아가 계시오. 내가 다시 부르기 전에는 함부로 내 앞에 나타나지 않는 것이 좋을 것이오!" 다윗이 기도를 해야겠다 하면서 밧세바를 자신의 거처에서 강제로 몰아내었다.

"나의 하나님, 여호와시여! 내가 이 일을 행함으로 큰 죄를 범하였나이다. 여호와여 이제 간구하옵나니, 종의 죄를 사하여 주옵소서. 내가 심히 미련하게 행하였나이다." 자기 자신이 왜, 무엇을 잘못하였는지는 잘 이해하지 못했지만, 하나님의 강력한 영에 사로잡힌 다윗은 바닥에 꿇고 앉아 하늘을 향해 손을 들고서 간절한 마음으로 회개하였다. 다음 날 아침 다윗의 죄를 용서하기 위하여 준비한 세 가지 엄청난 징벌 중 하나를 선택하라는 여호와의 흠 없는 절대명령을 받은 선지자 갓이 하나님의 이해하기 어려운 지독한 심술을 전하기 위해 다윗을 찾아왔다. 이미 비겁해져 남 탓만으로 일관하던 다윗은 제 한 몸에 직접적인 죄가 미치는 것을 더욱 두려워하여 백성 칠만의 목숨을 온역으로 희생시키는 이기적인 선택을 하였다.

'이 무슨 조화란 말인가! 신이 주신 축복을 확인하고 감사의 제사를

소설 밧세바

올리려 하는 것이 어째서 어리석은 죄악이 된다는 것인지?' 다윗의 처소에서 강제로 밀려난 밧세바는 답답한 심정으로 정원을 배회하고 있었다. 정원에는 아름다운 꽃들이 만발해 있었지만, 그 무엇도 근심으로 가득한 밧세바의 눈에 들어오지 않았다.

"세상에서 가장 아름다우신 왕비님께서 어쩐 일로 그렇게 긴 한숨을 쉬고 계십니까? 고우신 얼굴에 그늘이 한가득 이시네요." 소리도 없이 조용히 다가선 휜칠한 미남 넷째 왕자 아도니아가 고개를 살짝 숙이며 인사하였다.

"아, 아도니아 왕자. 정말 오랜만에 보는군요." 밧세바가 어려서부터 유난히 자기를 따르던 아도니아에게 미소를 지었다.

"아름다우신 왕비께서 그렇게 한숨을 지으시니 꽃도 슬퍼하는 것 같네요. 무슨 일인지 모르지만 그렇게 세상 모든 고민을 다 짊어지신 표정은 이제 그만하세요. 제가 왕비님을 기쁘게 해 드리기 위해 노래를 불러 드릴까요? 춤을 춰 드릴까요?" 아도니아가 어릴 적 모습을 지으며 밧세바의 기분을 맞춰 주려 했다.

"호호, 왕자에게는 아직도 옛날 귀여운 모습이 그대로 남아 있네요. 하지만 이제는 정말 의젓한 장부가 되었군요. 너무 멋지고 훌륭해요!" 밧세바도 기분이 조금 풀어져서 젊은 아도니아의 화려한 모습을 칭찬하였다.

"하하, 작은어머니께서 칭찬해 주시니 부끄러워서 몸 둘 바를 모르겠습니다. 제가 어려서부터 왕비님을 너무나 좋아하는 것은 아시지요? 무어든 시키실 일 있으시면 언제든 말씀하세요. 제 모든 정성을

다해 도와드리겠습니다." 아도나아가 더욱 과장하여 한껏 예를 갖추
어 멋지게 인사를 하고서 물러갔다.

14. 동녀 아비삭

　　"이스라엘에서 칼을 빼는 담대한 자가 팔십만 명이요, 유다 사람이
오십만 명입니다." 군대장관 요압의 무리가 이스라엘 곳곳을 다 돌아
국토의 경계 측정과 백성 계수를 끝내고 예루살렘에 이르러 다윗 왕
에게 보고를 올렸다.

그러나 요압의 보고를 받은 다윗은 자부심과 흐뭇함 대신 마음 깊은 곳에서부터 자신의 교만함으로 행한 인구 조사가 하나님을 기쁘시게 하지 못했음을 직감하였다.

"가서 다윗에게 말하기를 여호와의 말씀에 내가 네게 세 가지를 보이노니, 너는 그중에서 하나를 택하라. 내가 그것을 행하리라, 하셨나이다." 선지가 갓이 하나님께서 내리신 징벌의 말씀을 받아 담대히 이를 다윗에게 전하였다.

"내가 하나님 앞에서 범죄 하였도다. 내가 또다시 아내의 허망한 말을 듣고서 나의 영성이 다시 어두워졌도다. 내가 이제 여호와께 범죄함으로 깊은 곤경에 빠졌구나! 여호와께서는 긍휼하시니 우리가 여호와의 손에 빠지고, 내가 사람의 손에 빠지지 않기를 원하노라." 다윗은 즉시 자신이 하나님 앞에서 교만의 죄를 지었음을 엎드려 회개하고서 사흘 동안 하늘로부터 내리는 온역의 질병을 선택하였다. 이에 여호와께서 그 아침부터 정하신 때까지 온역을 온 이스라엘에 내리시니 단부터 부엘세바까지 백성의 죽은 자가 칠만이나 되었다.

"하나님께서 이스라엘과 왕을 위하여 이루신 이 위대한 역사를 정확히 파악하고 그 모든 것을 들어 여호와께 영광의 제단을 쌓으려 한 것이 어째서 신의 노여움을 사는 일이란 말입니까?" 신의 엄청난 징벌 이후 꺼 9 꺼친 심신을 수습하려 자리에 누운 다윗에게 밧세바가 찾아와 그의 손을 잡고서 비통한 눈물을 흘렸다.

"신께서 하시는 일을 인간이 어찌 판단하리오. 당신의 말을 듣고서 내 마음에 교만한 마음이 생겨난 것은 틀림없는 사실이오. 이 모든 것들은 여호와께서 내게 주신 것인데 나는 그것이 얼마나 되는지, 내가 얼마나 위대한 왕인지, 앞으로 또 얼마나 더 많이 가질 것인지 생각하면서 내 욕심대로 인구 조사를 시킨 것이오. 나의 교만함이 신의 노여움을 샀으니 공의로우신 하나님 앞에서 당신도 이제 조용히 입을 가리고 다른 죄를 더하지 마시오." 힘없이 말을 마친 다윗의 눈가에 굵은 눈물방울이 맺혔다.

"저의 어리석음 때문에 오히려 대왕께서 신의 엄청난 징벌을 받았다 하시니, 이 모든 것이 온전히 저의 허물과 잘못입니다. 대왕이시여, 제게 큰 벌을 내려 주십시오. 처음부터 저로 인하여 당신의 성결한 삶이 상처를 받게 되었고 지금까지도 이렇게 신의 징벌을 받게 되었으니, 저야말로 당신을 거룩하신 하나님으로부터 죄악으로 끌어들인 사악한 악마입니다. 이제 차라리 이 미천한 신첩을 죽여서 신 앞에 쌓여 있는 당신의 모든 죄과에서 벗어나십시오." 밧세바가 다윗의 발아래 몸을 던져 오랫동안 흐느꼈다.

"밧세바, 이것은 모두 당신만의 잘못이 아니오. 당신과 나는 어쩔 수 없는 운명으로 얽혀 있는 것, 내가 당신을 사랑한 것은 당신 잘못이 아닙니다. 나는 지금도 내 평생에 나를 진정으로 사랑한 사람은 바로 밧세바 당신뿐이란 것을 잘 알고 있다오. 하지만 신의 공의는 때로 인간의 판단과 기준 바깥에 있으니 우리는 그저 겸손히 그의 음성에 복종해야 할 뿐 다른 그 무엇을 할 수 있겠소. 하나님의 공의로운 세상에서는 아마도 남녀의 지고지순한 사랑만 가지고는 모든 죄악을 덮을 수 없는가 보오. 이제 당신은 물러가서 다시는 나에게 나오지 말고 나의 다른 명이 있을 때까지 자중하여 조용히 지내도록 하시오." 다윗도 침상에 누운 채 무거운 눈물을 한없이 흘렸다.

"아무래도 대왕의 기력이 너무 상하셨습니다. 무언가 특별한 방책을 마련해야 하겠습니다." 왕의 전속 의원이 다윗의 건강을 염려해 모여든 대신들에게 침통한 음성으로 고했다.

"그간 온갖 전쟁에서 많이 상한 몸이 이제 나이 들어 더욱 나빠지고 있으니 당연한 일이지요. 무슨 좋은 방도가 없겠습니까?" 다윗의 심복들이 머리를 맞대고 서로 의논하였다.

"나이 든 남자의 몸을 빠르게 기력 회복시키는 방법으로는, 어린 여인의 순수한 음기를 채워 주는 것이 크게 도움이 된다고 합니다. 한 번도 남자의 경험을 가지지 않은 어린 소녀를 대왕의 침소에 들이고 왕의 품에 눕게 하여 우리 주의 육신을 따뜻하시게 만들어 드린다면 기력 회복에 큰 효과가 있을 것입니다." 전속 의원이 조심스레 근거도 없는 민간 처방을 내놓았다.

"그거 꽤 괜찮은 방법인 것 같군요. 그렇다면 지체할 것 무어겠습니까? 지금 당장에 온 이스라엘을 뒤져서라도 아름다운 동녀를 구해다가 대왕을 모시게 합시다." 군대장관 요압이 머뭇거리는 넷째 왕자 아노니아와 내신들을 돌이보며 단호하게 결정을 내려 주었다.

다윗의 신복들은 즉시 수하들을 이스라엘 사방 경내에 보내어 병든 다윗 왕을 모실 젊은 처자를 찾아보게 하였다. 얼마 되지 않아 수넴이라 하는 동네에서 열네 살 먹은 아비삭이라는 이름의 처녀를 찾아냈

소설 밧세바

다. 살짝 검은 피부의 그 소녀는 어느 누가 보아도 가히 이스라엘 최고의 절세미인이었다.

"비록 혼례는 올리지 못하여 정실부인이 될 수는 없으나 틀림없이 대왕을 가장 가까이에서 항상 모시는 유일한 여인이 되는 것입니다. 이스라엘의 등불이신 다윗 대왕을 위한 거룩한 소임이니 부디 허락해 주시기를 부탁드립니다." 왕의 신복이 진귀한 예물을 가지고 동녀 아비삭의 아비를 방문하여 정중히 청하였다.

"폐하, 오늘부터는 이 아름다운 소녀가 폐하의 곁을 항상 지키며 돌봐 드리게 되었습니다. 부디 어서 빨리 기력을 회복하시어 다시 저희를 바른길로 인도해 주십시오." 신하들이 다윗 앞에 엎드려 고하였다.

"조금 전에 대왕의 침소를 지키게 될 동녀가 한 명 궁에 새로 들어왔는데 천하의 다시없는 요물이지 뭡니까요!" 밧세바의 몸종 하녀가 궁중의 최신 정보를 가지고 다급히 그녀의 방으로 뛰어 들어와 숨을 헐떡이며 고했다.

"예절도 없이 이 무슨 소란이란 말이냐! 네가 직접 그 동녀를 보기라도 했다는 말이냐? 함부로 입방아를 찧다가 정말로 큰 혼이 나고 싶은 것이냐!" 밧세바가 자기도 궁금한 마음이 들면서도 짐짓 하녀를 나무랐다.

"아니요. 마마. 제가 직접 본 건 아니지만요. 대전에서 일하는 친구에게서 들었습지요. 그런데요. 이제부터 대왕의 침소에 다른 사람들은 아무도 들어가지 못하고 오직 그 동녀만이 들어갈 수 있게 되었다고 합니다요. 피부가 살짝 검기는 하지만 어마어마한 절세미인이라는 것이 틀림없는 사실인 것 같았습니다요." 하녀가 제 주인의 야단을 맞으면서도 결국 제가 하고 싶은 이야기들을 모두 다 쏟아 놓았다.

"그래? 가엾어라! 그런 절세미인이 어쩌다가 멀쩡한 신세를 망치게 되었구나. 나도 한때는 그 절세미인이란 소리를 듣고 그저 좋아했다만 그런 것이 무슨 소용이냐! 내 생각에 여자는 오히려 평범한 지아비를 만나 평생 소박하고 변치 않는 사랑을 받으며 사는 것이 더 행복한 삶인 것 같구나." 밧세바가 자신의 쓸쓸한 처지를 생각하며 한탄하였다.

여호와의 무시무시한 징벌 이후 일신의 건강이 급격히 나빠진 다윗이 왕좌를 비우고 하루 대부분을 침상에 누워 지내게 되었다. 왕을 대신하는 임시방편으로 남은 다윗의 아들 중 가장 연장자인 학깃의 아들 넷째 왕자 아도니아가 왕궁의 중요한 결정과 또 자질구레한 일들은 모두 도맡아 처리하게 되었다. 당당한 체구와 뛰어난 외모의 아도니아는 당시 이스라엘에서 최고의 미남이라는 소문이 나 있었다.

다윗은 몸에 지병이 조금씩 더 깊어지자 모든 일이 다 피곤하고 귀찮기만 한 중에도 아름다운 동녀 아비삭의 세심하고 지극정성을 다한 보살핌에 매우 만족하였다. 궁궐 주치의의 지시에 따라 기가 쇠한 왕의 몸을 덥혀 주기 위해 밤마다 동녀 아비삭은 왕과 한 이불을 덮고 잤지만, 체력이 급격히 떨어진 다윗으로서는 아비삭의 몸을 탐하지는 못하였다.

"세상에 저렇게 예쁜 여자는 생전 처음 보네요. 방금 하늘에서 막 내려온 천사 같구면. 마음씨도 비단결같이 곱다던데." 절세미인 아비삭에 대한 소문은 궐내에 금세 퍼져 나갔다.

"넷째 아도니아 왕자가 아버님께 문안 인사를 드리려 찾아뵈었다고 전해 주시오." 절세미인에 대한 소문을 들은 넷째아들 아도니아도 한 껏 멋을 낸 차림을 하고서 다윗에게 문안 인사를 올리겠다는 핑계를 앞세워 아비삭의 얼굴을 보러 찾아왔다. 이제 누구든 다윗을 보러 그 의 방에 들어가려면 반드시 왕의 방을 엄히 지키고 있는 동녀 아비삭 을 통해 말을 넣고, 다윗왕의 승낙을 받고 난 후에야만 그 침소에 들어 갈 수 있었다. 누가 되었든 그녀가 침소에 들어갔다가 나와서 왕께서 지금은 볼 수 없다 하신다고 전하면, 그 누구도 왕을 뵐 수 없었다.

"아도니아 왕자님, 대왕께서 지금은 너무 피곤하시어 왕자님을 보 기 어렵다 전하시랍니다. 죄송하지만 내일 다른 시간에 다시 오시지 요." 살짝 붉어진 얼굴로 조금 고개를 숙인 아름다운 동녀 아비삭 모 습은 노련한 바람둥이 아도니아의 가슴도 거칠게 흔들어 놓았다.

밧세바도 다윗 왕께 안부를 묻겠다는 핑계를 대면서 절세미인이라 는 아비삭의 얼굴을 보려고 다윗의 침소를 찾았지만 그녀 역시 왕을 만나지는 못하였다. 하지만 여자인 자기가 보아도 너무나 아름다운 아비삭의 모습을 보고서 상당한 충격을 받았다.

"솔로몬, 사랑하는 내 아들아. 부왕의 병세가 매우 무거워진 것 같 으니 이제부터는 너도 아버지를 자주 찾아뵙도록 하여라. 다른 왕자 들은 벌써 많이들 인사드린다는데 너는 무엇이 그리 바빠서 찾아뵙지 않는 것이냐? 너야말로 이스라엘의 다음 대를 이을 왕이 되어야 한다는 것을 잊었단 말이냐!" 밧세바가 그저 책에만 파묻혀 사느냐고 부왕을 찾아뵙지도 않는 솔로몬을 불러다 단단히 야단을 쳤다.

"어머니, 전에도 말씀드린 것처럼 저는 정치에 정말 관심이 없습니다. 더구나 요즘은 아주 복잡하고 까다로운 천체 연구를 하는 중이라서 대단히 바쁩니다. 어머니, 제발 제가 좋아하는 일을 하며 마음 편하게 살 수 있도록 도와주세요. 기왕 들어왔으니 나가는 길에 아바마마 침소에 들러 인사는 드리겠습니다." 솔로몬은 자꾸만 자신에게 왕이 되어야만 한다고 강요하는 어머니가 못마땅해서 퉁명스럽게 대답하고는 방을 나가 버렸다.

"아비삭 님, 안녕하십니까! 저는 열한 번째 왕자 솔로몬이라 합니다. 오랜만에 궁에 들어왔기에 아버님께 안부 인사를 좀 드리고 싶습니다." 다윗의 침소에 찾아간 솔로몬이 동녀 아비삭에게 진심으로 각듯이 예의를 지키며 공손히 머리를 조아렸다.

"솔로몬 왕자님, 잠시만 기다려 보십시오. 제가 대왕께 들어가 얼른 여쭙고 오겠습니다." 그동안 궁 안의 사람들이 겉으로는 친절하게 웃어 주었지만, 속으로는 자신을 우습게 생각하고 경멸할 뿐 아무도 이렇게 진실하게 대하는 사람이 없었는데, 솔로몬이 진심으로 머리를 숙이니 공손히 칭하는 모습을 대하고서 궁에 들어온 이래 처음으로 열네 살 아리따운 소녀 아비삭의 마음에 잔잔한 기쁨의 물결이 일었다.

"솔로몬 왕자님, 대왕께서 들어오시랍니다." 얼마 되지 않아 조금 상기된 표정의 아비삭이 되돌아와 고개를 숙이며 조용히 고하였다.

솔로몬은 앞서서 인도하는 아비삭의 뒤를 따라 다윗 왕의 침소로 향하였다. 아직 완전히 성숙한 여인이라고 할 수는 없었지만 거의 완벽하게 조화로운 몸매의 아름다운 젊은 여인에게서 신비로운 향기가 은은히 전해지는 것 같았다.

"아바마마, 그간 편안하셨습니까? 소자 자주 찾아뵙지 못하여 죄송합니다." 침상에 반듯이 누워 있는 늙고 많이 야윈 다윗을 향해 솔로몬이 깊이 허리를 숙였다.

"그래, 그래. 솔로몬, 정말 오랜만에 보는구나. 그런데 너는 대체 무엇이 그리도 바빠서 아파 누운 이 아비를 자주 찾아오지 못하는 것이야?" 다윗이 헛기침을 몇 번 하다가 윗몸을 일으켜 앉으면서 솔로몬을 반갑게 맞아 주었다.

"예, 죄송합니다. 요즘은 하늘의 별에 관한 공부를 하고 있습니다. 워낙에 광대하고 심오하여 이치를 잘 깨우치지 못하고 있습니다. 어서 완쾌하시어 건강을 되찾으셔야지요." 솔로몬이 병색이 완연한 많이 늙은 아비의 메마른 손을 공손히 잡았다.

"솔로몬 내 아들아, 이리 더 가까이 오거라. 나는 이제 그리 오래 살지는 못할 것이다. 그러니 너는 이제부터 좀 더 자주 나를 보러 오도록 하여라. 너는 나의 상징이 이스라엘을 밝히는 새벽별이라는 것을 아느냐? 그래서 나도 별에 관심이 아주 많았지. 네가 공부하고 있다는 하늘의 별에 관한 이야기도 언제 한번 듣고 싶구나." 다윗이 잔기침을 하면서 마음속으로 자신의 후계자라 생각하는 솔로몬의 지혜로운 얼굴을 흐뭇하게 바라보았다.

"예, 아바마마. 앞으로는 자주 찾아뵈옵고 하늘에 가득한 무수한 별들의 재미나는 이야기를 들려드리겠습니다. 오늘은 이만 물러가겠습니다. 아무쪼록 옥체 보중하십시오." 솔로몬이 다시 깊이 허리를 숙여 다윗에게 인사하고 침소에서 물러 나왔다.

"솔로몬 왕자님, 평소에 대왕께서 왕자님을 많이 보고 싶어 하십니다. 대왕께서 건강을 빨리 회복하실 수 있도록 왕자님께서 자주 들르시어 아버님을 더욱 기쁘게 해 드리십시오." 문밖까지 따라 나온 아비삭이 매력적인 미소를 띠면서 공손히 머리를 숙였다.

"그리고 이것은 대왕께서 왕자님께 전해 드리라 하신 서류들입니다. 여호와의 성전을 건축하기 위해서 부왕께서 오랜 세월 모아 두신 모든 귀물과 자재들을 자세히 적어 놓으신 명부라 하셨습니다." 아비삭이 몇 뭉치의 낡은 파피루스 두루마리를 솔로몬 앞에 내밀었다.

"네, 감사합니다. 이리 주십시오." 솔로몬이 그녀가 안고 있는 두루마리를 받으려 서두르다가 그의 두 손이 그만 아비삭의 볼록한 젖가슴에 세게 부딪히고 말았다.

"아야! 어머나, 죄송해요." 요즘 가슴에 딱딱한 봉우리가 생겨서 살짝 건드리기만 해도 몹시 아파하던 아비삭이 순간적인 극심한 고통을 참지 못하고 펄썩 주저앉으며 두루마리들을 바닥에 떨어뜨리고 말았다.

"아, 이킷 이찌죠? 제가 그만 큰 실수를 하였습니다, 많이 아프십니까?" 솔로몬도 덩달아 깜짝 놀라며 어쩔 줄 몰라 쩔쩔맸다.

"아니요. 왕자님 저는 괜찮습니다. 제가 조금 놀란 탓이니 너무 걱정하지 마십시오." 아비삭이 솔로몬의 내민 손을 잡고 벌떡 일어나 옷

매무새를 다듬으며 붉어진 얼굴로 고개를 숙였다.

"어디 크게 다치신 것은 아니신지요? 제가 얼른 가서 의원을 좀 불러올까요?" 엉겁결에 난생처음 젊은 처자의 가슴을 만지게 된 솔로몬은 당황해서 계속 허둥거렸다.

"왕자님, 염려 마셔요. 원래 제 나이 또래 소녀들은 누구나 겪는 일이라고 들었습니다. 이제 정말 괜찮으니 왕자님께서는 아무 걱정하지 마시고 어서 나가 보셔요." 오히려 아비삭이 홍당무가 되어 쩔쩔매는 솔로몬을 위로하며 해맑은 미소를 지어 보였다.

"아, 네. 네. 그러면 저는 이만 물러가겠습니다." 미소 띤 아름다운 아비삭의 얼굴에 넋이 빠진 솔로몬이 순간적으로 당황하여 얼굴을 붉히면서 계속 어쩔 줄 모르다가 황급히 머리를 숙이고 돌아섰다. 허둥거리며 돌아서 가는 솔로몬의 뒷모습을 보면서 아비삭도 가녀린 고운 손으로 살며시 입을 가리고 웃었다.

아도니아는 중요한 국정 처리에 다윗 왕의 승인이 필요하다는 이유를 들어 수시로 다윗의 침소를 자주 들락거렸다. 언제나 화려한 옷차림으로 멋을 잔뜩 부린 그의 모습은 이스라엘 최고의 멋쟁이라 불리기에 결코 부족함이 없었다.

"오, 사랑스러운 수넴 여인 아비삭 님, 하늘의 평화가 당신에게 늘 함께하시길 바랍니다. 아버님께 넷째 아도니아가 중요한 국정을 보고 드리기 위해 찾아뵙고자 한다고 전해 주시구려." 아도니아가 멋지게 오른쪽 다리를 살짝 굽히면서 가볍게 머리를 까닥거렸다.

"대왕께서는 아직 주무십니다. 두 시간쯤 후에 다시 오시지요." 아비삭이 상냥하게 웃으며, 그러나 단호한 표정으로 아도니아의 잘생긴 얼굴을 슬쩍 외면하였다.

"흠흠, 이번에는 정말로 좀 급하고 중요한 일인데, 아비삭 님께서 안 된다고 하시면 어쩔 수 없지요. 그럼 조금 후에 다시 찾아뵙도록 하겠습니다." 아도니아가 만면에 능글맞은 웃음을 지으면서 아비삭을 향해 한쪽 눈을 찡긋하고는 경쾌한 뒷걸음으로 물러서면서 손을 흔들었다. 아도니아의 노골적인 추파에 아비삭은 굳은 표정으로 그 자리에 꼿꼿이 서서 그가 보이지 않을 때까지 움직이지 않았다.

"아비삭 님, 그간 안녕하셨습니까? 아버님께서는 기침하셨는지요? 부왕의 부름을 받잡고 왔는데 지금 들어가 뵈어도 되겠습니까?" 조금 후에 밧세바의 아들 솔로몬이 다윗의 침소를 찾아와 아비삭에게 공손히 인사하였다.

"어서 오십시오. 솔로몬 왕자님. 그렇지 않아도 부왕께서 왕자님을 기다리고 계십니다. 어서 안으로 들어가시지요." 솔로몬을 보자 아비삭이 밝게 웃으면서 반갑게 맞이하였다. 솔로몬의 가슴은 이 아름답고 순결한 여인을 대하는 순간부터 점점 빠르게 뛰기 시작하였다.

"어서 오너라. 네 오늘은 너의 이야기를 좀 들어 보려고 이렇게 일찍 불렀다. 요즘 공부하는 것들과 새로 깨달은 것들에 대해서 소상히 설명해 보아라." 오랜만에 비교적 건강한 혈색을 보인 다윗이 침상에서 내려와 커다란 원형 테이블에 앉았다.

"예, 아바마마. 저는 요즘 천체의 위치와 운행에 대해 대대로 전해

오는 책을 많이 읽고 있습니다. 밤에는 실제로 광야로 나가서 낮에 읽은 내용과 비교하면서 하늘의 모습을 자세히 들여다보았습니다. 지금부터 제가 직접 그린 별들의 천문도를 가지고 설명을 좀 드리겠습니다." 솔로몬은 계절과 시간에 따라 일정하게 움직이는 별자리들을 자세히 설명하고 예로부터 전해 내려오는 별자리들의 신비로운 이야기와 하늘 별자리를 보고서 예측할 수 있는 흥미로운 자연 현상들을 재미있게 열심히 설명하였다. 동녀 아비삭도 함께 탁자 한 모퉁이에 다소곳이 앉아 그 아름다운 눈을 반짝이며 솔로몬의 이야기에 흠뻑 빠져 있었다.

"정말 신비롭고 재미있는 이야기로다. 나도 예전 젊은 시절에 광야를 헤매고 다닐 때 네 증조부로부터 별에 대해서 수많은 이야기를 들었던 생각이 나는구나. 하지만 이제부터 너는 별만 연구하지 말고 앞으로 네가 군주로서 다스릴 이스라엘에 관해서도 깊이 연구하도록 하여라. 이제 나의 몸이 심히 불편하니 머지않아 나는 내 주 하나님 앞으로 돌아가게 될 것이다. 예전에 여호와께서 나를 대신하여 네가 이 나라 예루살렘에 하나님의 거룩한 성전을 지을 것이라 말씀하신 적이 있었다. 그래서 오래전부터 나는 그날을 위해 많은 것들을 준비해 두었지. 내가 준비한 그 모든 것에 더하여 모자라는 것이 있으면 네가 더 채워서 반드시 하나님의 성전을 건축해야 한다. 그것은 신께서 오직 네게만 허락하신 피할 수 없는 운명이다. 너는 이제부터 네 한 몸 개인만을 생각하지 말고 이스라엘의 선택된 군주로서 하나님을 경배하고 백성들을 보호하며 이끌어야 하는 책임이 있음을 항상 잊지 말도록 하여라." 다윗이 솔로몬의 한 손을 잡고 다른 손은 그의 어깨를 힘주어 붙들어 주었다.

"아버님의 말씀 가슴에 새기어 잊지 않도록 하겠습니다." 말을 마친 다윗이 피곤한 모습을 보이자 솔로몬이 서둘러 인사를 올리고 침소에서 물러 나왔다.

"솔로몬 왕자님, 부왕께서는 항상 왕자님 말씀을 많이 하셨습니다. 너무 무리하지 마시고 부디 몸조심하십시오." 침소 밖까지 따라 나온 아비삭이 공손히 허리를 굽히며 인사를 하였다.

"아버님 얼굴이 많이 상하신 것 같습니다. 힘드시겠지만 아버님을 잘 부탁드립니다. 그럼, 저는 그만 물러가 보겠습니다." 솔로몬도 예의를 다하여 공손히 머리를 마주 숙였다. 돌아서서 걸어가는 솔로몬의 뒷모습을 동녀 아비삭이 애틋한 눈길로 바라보았다.

"어머니, 그간 안녕하셨습니까? 아버님을 뵙고 나가는 길에 잠시 들렀습니다." 그대로 궁을 나가려다가 몸을 돌려 밧세바를 찾아온 솔로몬이 제 어미에게 문안을 올렸다.

"그래. 고맙구나. 부왕께서는 무고하시더냐?" 밧세바는 자기가 찾아갈 때마다 냉정하게 거절당한 것이 생각나서 아들에게도 싸늘한 표정을 시어 보였다.

"요즘에 아버님 건강이 더욱 많이 나빠지신 것처럼 보였습니다. 어머니께서도 좀 더 자주 찾아뵈시지 그러세요. 아비삭 님이 열심히 보살펴 드리고 있는데도 점점 더 수척해 가시는 것 같았습니다." 솔로몬이 다윗의 방에서 보고 온 것들을 밧세바에게 자세하게 설명하였다.

"그래. 그렇다면 너도 거기에 문지기처럼 버티고 있는 어린 여자아이를 보았겠구나. 요즘에는 왕자들과 대신들이 다윗 왕이 아니라 사실은 그 아이의 모습을 보려고 앞다투어 대왕의 침소를 찾는다는 소문이 자자하더구나. 너도 혹시 그 아이의 미모에 혹해서 부왕을 뵙는다는 핑계로 들어오는 것은 아니냐?" 밧세바는 천하절색인 동녀 아비삭이 번번이 자기를 막아서던 것을 떠올리며 공연히 아무 상관도 없는 솔로몬에게 짜증을 부렸다.

"어머니, 무슨 말씀을 그렇게 하세요. 아비삭 님은 아버님을 위해서 정말 최선을 다하고 계시던데, 고맙다 하시지는 못하고 그렇게 말씀하시면 안 되시지요." 밧세바의 입에서 아비삭에 대한 이야기가 나오자 솔로몬이 갑자기 정색하면서 목소리를 높였다.

"아니, 뭐. 나는 그 여자애가 들어오고서부터 도무지 네 아버지를 만나 뵐 수조차 없으니 하는 말이지. 그래. 알았다. 나는 입 닫고 조용히 있을 테니, 너라도 자주 아버님을 찾아뵙도록 하여라." 솔로몬이 정색을 하며 반발하자 밧세바가 힘없이 중얼거렸다.

"사실은 오늘 아바마마께서 제게 아버님 돌아가신 이후 왕권을 물려주시는 것에 대해 처음으로 말씀하셨어요. 하지만 어머니도 아시다시피 사실 저는 왕위를 이을 생각도, 정치에 대한 흥미도 없습니다. 어머니께서 아바마마께 제 뜻을 잘 좀 이야기해 주세요. 저는 진심으로 평생 천문을 관찰하고 학문을 연구하며 살아가기를 원합니다." 솔로몬이 아무런 동요 없는 차분한 표정으로 밧세바에게 간곡히 청하였다.

"네가 이스라엘의 왕이 되는 것은 결코 사람이 임의로 정할 수 있는 것이 아니다. 그것은 이미 오래전에 거룩하신 여호와 하나님께서 정하신 일이고, 아무리 네가 당사자라 하여도 하나님께서 정하신 일을 가지고 사람이 제 마음대로 하겠다, 말겠다 결정할 수 있는 것이 아니니라. 너는 이제 스스로 판단하고 네 마음대로 행동하겠다는 교만한 마음을 버리고 온전히 신의 뜻에 순종하여 이스라엘의 군주가 될 준비를 하도록 하여라. 그것이 바로 너 자신을 살리고 또 이스라엘을 살리는 유일한 길이다. 만약 네가 하늘의 뜻을 어기고 기어이 따르지 않는다면 반드시 전능하신 신의 지엄한 심판을 피할 수 없을 것이야!" 다윗이 후사에 대해 처음 솔로몬에게 직접 이야기했다는 말을 듣고서 밧세바는 즉시 자세를 바로 하고 단정히 앉아서 자신의 맏아들 솔로몬에게 엄히 명령하였다.

"어머니께서 그렇게 말씀하시는 어떤 증표라도 있으신가요?" 그러나 마음에 아직 어떤 확신도 생기지 않은 솔로몬이 제 어미의 명령에 의문을 표하였다.

"있고말고! 네가 태어나고 얼마 되지 않아 여호와 하나님의 사자 나단 선지자가 궁전에 찾아와서 신의 말씀을 전하였단다. 그때 신께서 네게 여디디야라는 이름을 직접 내리셨다. 그때 여호와의 영이 충만했던 네 아버지 다윗이 직접 자신의 입으로 솔로몬 바로 네가 자기를 이어 이 나라 이스라엘의 왕이 될 것을 대신들 앞에서 선언하였단다. 내 말이 믿어지지 않거든 너는 오늘 밤 스스로 네 조상의 하나님께 네 모든 정성을 다해 기도드려 보아라. 신께서 너의 기도를 들으시면 반드시 네게 응답하실 것이다." 아들의 손을 잡고 엄숙히 선언하는 밧세바의 눈에는 감격의 눈물이 조용히 흘렀다.

15. 아도니아

"아도니아 왕자님, 이번에 북부 국경 수비대 대장을 새로 임명해야 하는데 알고 계시지요? 오래 비워 둘 수 없는 요충지인지라 대왕의 승인을 빨리 좀 받아 주셔야 하겠습니다." 군대장관 요압이 다윗 왕을 대신하여 국정 회의를 주관하는 넷째 왕자 아도니아에게 새로 선임할

북부 국경 수비대장의 임명장을 건네었다.

"이미 군대장관께서 충분히 잘 검토하신 것으로 알고 있는데요. 솔직히 이런 사안쯤이라면 이제는 부왕께 고할 필요도 없이 그냥 내가 처리해도 되지 않겠습니까? 어차피 아버님은 너무 연로하셔서 이제 국정에는 아무런 관심도 없으신데 말입니다." 아도니아가 자신의 사촌 형이며, 또한 막강 실세인 군대장관인 요압에게 은근한 눈길을 보냈다.

"실제 상황만 본다면 물론 그렇게 하셔도 아무런 문제는 없지요. 하지만 왕자님, 지금은 왕자님께서 부왕의 신임을 좀 더 확고히 하셔야 할 때입니다. 이렇게 중요한 국정 문제를 핑계로 삼아서라도 더더욱 부왕을 자주 뵈셔야지요. 그렇게 자꾸만 귀찮게 해 드려야 부왕께서 조금이라도 일찍 그 거추장스러운 왕위를 왕자님께 얼른 양위하시지 않겠습니까! 하하하." 요압이 다른 몇 명의 대신들도 함께 있음에도 아랑곳없이 망발을 거침없이 쏟아내었다.

"아, 그런 깊은 뜻이 있으셨군요! 알겠습니다. 그렇다면 당연히 군대장관님의 말씀을 따라야지요. 그런데 혹시 형님께서도 부왕의 침소를 지키고 있는 동녀 아비삭을 보신 적이 있습니까? 제가 몇 번 보았는데 정말이지 기가 막힌 천하절색이랍니다. 그렇게 아름다운 여인이 이제 아무런 힘도 쓸 수 없는 늙은이 약 수발드는 일 따위밖에 할 수 없다니, 정말로 안타까운 일이지요." 아도니아는 실제로 너무나 아쉬운 듯 쩝쩝 소리까지 내며 입맛을 다셨다.

"그 어린 여자아이가 지금은 비록 미천한 신분으로 천박한 일을 하고 있지만, 왕자님께서는 그 동녀에게 친절하게 잘 대하시어 그 여자에게 특별한 호감을 얻어 두도록 하십시오. 아무래도 지금 대왕 곁에는 그 동녀밖에 없으니 부왕께서 마지막으로 왕위 선양을 결정하실 때 한마디라도 도움이 되지 않겠습니까?" 늙은 군대장관 요압이 어떻게든 수작을 부려서라도 아비삭의 마음을 얻어 보라고 아도니아를 충동질했다.

"그렇지 않아도 제가 벌써 신경을 좀 쓰고 있기는 하지요. 그런데 그 아이가 너무 어리고 세상 물정을 전혀 몰라서 그런지 남자 볼 줄도 모르고, 이제 곧 누가 세상의 진정한 주인이 될지도 모르면서 천방지축 쌀쌀맞기만 하니, 내 원 참!" 아도니아가 어떻게 하면 언제나 자기를 차갑게만 대하는 아비삭의 환심을 살 수 있을까 골똘히 생각하며 중얼거렸다.

"안녕하십니까. 아름다우신 아비삭 님. 오늘은 제가 아버님께 정말로 너무나 중요한 국정을 보고 드릴 것이 있어 조금 일찍 찾아뵈었습니다." 아도니아가 평소보다도 더욱 화려한 복장으로 잔뜩 멋을 내고서 다윗을 찾아왔다.

"알겠습니다. 아도니아 왕자님, 잠깐만 기다려 주십시오. 곧 대왕께 여쭙고 오겠습니다." 언세나처럼 창백헌 얼굴의 아비삭이 조용히 고개를 숙였다.

"잠깐만요. 아비삭 님. 그러시기 전에 대왕을 대신하여 국정을 책임지고 있는 세자인 맏왕자로서 제가 아비삭 님께 몇 가지 좀 여쭙고 싶은 것들이 있답니다." 아도니아가 기어코 엉뚱한 수작을 부려 보려고 돌아서는 아비삭을 불러 세웠다.

"아, 예. 말씀하시지요." 아비삭이 조심스레 돌아섰다.

"아비삭 님은 갑자기 궁에 들어오셨으니 아는 사람도 없고 많이 외로우시겠습니다. 밤낮으로 편찮으신 부왕을 돌보시느라 얼마나 고생이 많으십니까! 요즘 어의께서는 매일 빠짐없이 아버님 침소에 들르시는지요?" 아도니아가 마치 그녀를 크게 생각하고 걱정이나 하는 것처럼 아주 친절한 표정으로 그녀에게 한 걸음 다가섰다.

"예, 아도니아 왕자님. 어의께서는 아침과 저녁 두 차례씩 매일 들어오십니다." 아비삭이 한 걸음 뒤로 물러서며 아도니아를 슬쩍 외면하였다.

"그리고 아버님께서는 지난번 제가 특별히 준비해 올려 드렸던 약제들을 잘 챙겨서 드시는지요?" 아도니아가 아주 친밀한 척 손을 내밀어 아비삭의 손을 슬쩍 잡으려 했다.

"네, 왕자님. 약제에 관한 것들은 어의께서 직접 처리하시기 때문에 저는 잘 모릅니다." 아비삭이 얼른 아도니아의 손을 피해 성큼 물러서며 차갑게 대답하였다.

"네, 잘 알겠습니다. 아 참, 이것은 제 아버님을 위해 수고하시는 아비삭 님을 위로하기 위해서 드리는 제 작은 성의입니다. 아주 소박한 것이니 부디 사양하지 마시고 받으시면 감사하겠습니다." 아도니아가 주변을 잠시 둘러보다가 얼른 소매 춤에서 두툼한 꾸러미 하나를 꺼내어 재빨리 아비삭에게 내밀었다.

"왕자님, 저는 대왕의 지엄한 명령에 따라 궁내에서 누구의 선물도 받지 못합니다. 왕자님의 친절하신 마음만 고맙게 받겠습니다." 아비삭이 다시 고개를 숙여 정중히 거절하고서 바로 돌아서서 서둘러 왕의 침소로 들어가 버렸다.

'세상에서 둘도 없는 가장 고귀하고 값비싼 진주 목걸이가 철부지 어린년에게 단칼에 거절당하는구나. 음, 그렇다면 이 멋진 보물을 가지고 어떤 바람 든 여인네를 유혹한다?' 아도니아는 꾸러미를 다시 소매 춤에 천천히 숨겨 넣으며 중얼거렸다.

다윗에게 몇 가지 화급한 국정 현안을 보고하고서 물러 나온 아도니아가, 모처럼 제 어미 학깃의 숙소에 가려다가, 쓸쓸히 궁궐 정원을 혼자 거닐고 있는 밧세바를 발견하였다.

"작은어머니! 그간 편안하셨습니까?" 아도니아가 얼른 그녀에게 다가가 각별한 예의를 갖추어서 밧세바에게 정중하게 인사를 하였다.

"아, 아도니아 왕자. 정말 오랜만이군요. 신수가 훤한 것을 보니 무슨 좋은 일이라도 있나 보지요?" 밧세바가 빼어난 미모의 젊은 왕자 아도니아를 눈부신 듯 바라보았다.

"예. 작은어머니. 요즘 여러 국정 사안들을 의논드리느라고 매일 아버님을 뵈러 들이웁니다. 히지만 저의 모든 국정 대소사를 제가 알아서 다 처리하고 있지요. 아버님께서 이미 오래전부터 저를 믿으시고 모든 정사를 다 맡기셨답니다. 그런데 작은어머님께서는 어쩐지 요즘 더욱 아름다워지시는 것 같습니다." 아도니아가 짐짓 마음에도 없는 아무런 의미 없는 말로 희롱하듯 밧세바를 치켜세웠다.

"무슨 그런 말씀을. 나는 이제 말 안 되는 모함까지 받아 대왕께 나아가지도 못하는 처량한 신세랍니다. 요즘 부왕의 처소를 지키고 있다는 아비삭이라는 동녀에 비한다면, 나야 이제 완전히 꼬부라진 할머니지요. 무심하게 지나가는 세월을 그 누가 이겨 낼 수 있겠습니까!" 밧세바가 싱거운 아도니아의 농담을 담담하게 받아넘겼다.

"아닙니다. 그렇지 않습니다. 그 동녀 따위야 그저 밋밋한 철부지 어린아이일 뿐이지요. 어디 감히 작은어머니와 같은 원숙한 여인의 풍만한 아름다움에 비할 수 있겠습니까! 어림없는 일이지요! 제가 보기에는 작은어머님이야말로 세상에서 가장 매력적이시고, 여전히 찬란히 빛나시고, 아직도 눈부시게 아름다우십니다." 아도니아가 화려한 언변과 깍듯한 예절로 밧세바를 열심히 띄워 주기 시작했다.

"소문대로 역시 이스라엘 최고의 바람둥이 왕자님답군요. 하지만 어디 나 같은 늙은이를 천하절색 아비삭과 비교를 한답니까? 농담도 지나치면 욕이 되는 법이랍니다. 호호호." 밧세바도 아도니아의 농담이 싫지 않은 듯 웃음을 터뜨렸다.

"농담이라니요. 잘 아시다시피 저는 어려서부터 항상 작은어머니가 세상에서 제일 아름다운 분이라고 생각하고 열심히 따랐지요. 저의 그 마음은 그때나 지금이나 변치 않고 그대로랍니다." 아도니아가 계속 집요하게 밧세바를 치켜세웠다.

"호호호, 알았어요. 알았어. 이제 그런 실없는 농담은 그만하고. 그래, 부왕께서는 요즘 어떻게 지내시든가요? 기력은 조금 회복되신 것 같든가요?" 분위기를 바꾸어 보려고 밧세바가 표정을 고치고 사뭇 심각한 표정을 지었다.

"젊은 동녀의 청신 음기를 받으면 기력을 회복할 것이라는 어의의 처방은 정말이지 맹짱 헛소리였습니다. 기력을 회복하시기는커녕 오히려 밤마다 기력을 빼앗기셔서 그런지 요즘은 종일 침대에서 제대로 나오시지도 못하는 모양입니다." 아도니아가 빈정거리는 표정을 지으며 밧세바를 정면으로 응시하였다.

"원래 사람이 나이를 먹으면 당연히 기력이 약해지고 마음도 어두워지는 법이지요. 젊은 동녀의 음기를 받아 원기를 차린다니, 원. 그 어리석은 어의의 무식하고 천박한 처방 때문에 나는 이제 대왕의 얼굴도 뵙지 못하고 이렇게 독수공방하고 있으니 도무지 살아가는 아무런 기쁨도 없지 뭡니까." 밧세바가 울적하고 쓸쓸한 제 속마음을 아도니아 앞에 무심코 드러내고 말았다.

"그러게나 말입니다. 제가 아는 한 이 세상에서 가장 기품 있으시고 아름다우신 작은어머니께서 아무것도 모르는 저런 철부지 어린 동녀 하나 때문에 대왕을 가까이서 모시지 못한다는 것은 정말 말도 안 되는 비극이지요." 아도니아가 밧세바의 기분을 맞추어 주느라고 아무렇게나 이치에 닿지도 않는 소리로 계속해서 아부를 떨었다.

"누기 무어라 해도 제 눈에는 세상에서 가장 아름다우신 분은 오직 작은어머니 한 분뿐이십니다. 저는 어려서부터 당신의 아름다운 모습을 볼 때마다 늘 가슴이 두근거리곤 했었지요. 지금도 제 마음에는 작은어머니야말로 세상에서 가장 아름다운 절세미인으로 그대로 남아

소설 밧세바

있답니다. 그래서 부끄럽지만 언젠가 고귀하신 왕비님께 드리려고 오래전부터 준비해 간직하고 다니는 작은 선물이 하나 있지요. 만약 화를 내지 않으신다면 지금 드리고 싶은데 괜찮을까요?" 아도니아가 자꾸만 세상에서 가장 아름다우신 분이라 추켜세우니 묘하게도 밧세바는 몸이 허공에 뜨는 듯 기분이 점점 좋아졌다.

"제가 세상에서 제일 어여쁘신 천사님을 위해서 오래전 준비했던 세상에서 가장 귀한 진주 목걸이랍니다. 저의 작은 마음이라 생각하시어 부디 뿌리치지 마시고 받아 주십시오." 아도니아가 조금 전에 아비삭에게 주려다가 냉정하게 거절당한 두툼한 꾸러미를 재빨리 꺼내어, 이해할 수 없는 묘한 표정을 짓고 있는 밧세바의 손에 살며시 쥐여 주었다.

"자, 그럼 저는 밀린 국정이 바빠서 이만 물러가겠습니다." 아도니아가 그 잘생긴 얼굴에 매력적인 미소를 지어 보이고는 아직도 어리둥절한 표정의 밧세바에게 정중히 인사를 고하였다.

'어머나, 정말 귀한 진주 목걸이네. 역시 나의 아름다운 목에는 이런 보석이 가장 잘 어울리지.' 방에 돌아와 아도니아의 선물을 풀어서 아직은 주름 하나 없는 자신의 길고 하얀 목에 걸어 본 밧세바는 아무튼 세상에서 가장 미인이라 칭송하던 그의 아첨이 그리 기분 나쁘지만은 않았다. 밧세바는 그동안 멋만 부리고 바람기 가득한 아도니아 왕자를 별로 탐탁지 않게 생각했었는데, 오늘 보니 의외로 남자답고 친절하고 진실한 모습을 보았다고 생각했다.

"어쩐지 요즘 아버님께서 기력이 더 많이 쇠해지신 것 같습니다. 식사는 거르지 않고 하시는지요?" 들어와 뵈라는 부왕의 명을 받고, 오후 늦은 시간에 다윗의 침소를 찾아 성전 건축에 대한 새로운 장대한 계획을 설명하고 돌아가려던 솔로몬이 근심 띤 표정으로 전보다 더욱 창백한 낯빛의 아비삭을 쳐다보았다.

"예. 솔로몬 왕자님, 저도 정말 걱정이 많이 됩니다. 요즘 부왕께서는 왕자님이 들어오시어 성전에 대해 하시는 말씀을 경청하시는 것 이외에는 침대에서 잘 일어나시지도 않으십니다." 아비삭의 고요한 호수 같은 커다란 눈에 금방 투명한 눈물이 맺혔다.

"그것은 결코 아비삭 님의 잘못이 아니니 너무 걱정하시지 마십시오. 아비삭 님께서 정성을 다하고 계시는 것을 저는 너무나 잘 알고 있습니다. 항상 진심으로 고맙게 생각합니다." 솔로몬이 정성을 다해 따뜻한 말로 아비삭을 위로하였다.

"많은 것들을 연구하시느라고 언제나 바쁘시겠지만, 요즘은 하루라도 왕자님께서 오시지 않으면 대왕께서 무척 불안해하시니, 다른 특별한 말씀이 없으시더라도 매일 한 번씩은 이곳에 꼭 들러 주시는 것이 좋겠습니다." 아비삭이 다소곳이 고개를 숙였다.

"아, 그렇군요. 걱정하지 마십시오. 앞으로는 제가 좀 더 자주 들리도록 히겠습니다." 솔로몬이 부왕의 상태를 걱정하면서도 따뜻한 얼굴로 아비삭을 위로하였다.

"작은어머니, 평안히 지내셨습니까?" 넷째 왕자 아도니아가 이번에는 의도적으로 기회를 노리다가 출입하는 사람이 없는 틈을 타서 대담하게도 직접 밧세바의 방을 찾아왔다.

"오, 멋쟁이 아도니아 왕자. 어서 오시오." 밧세바도 웃으면서 반갑게 그를 맞아 탁자에 앉히고 은은한 향의 뜨거운 차를 대접하였다.

"목걸이가 정말 잘 어울리시는군요. 역시 귀한 보물에는 원래 주인이 따로 있다니까요! 그 진주 목걸이를 하고 계시니 세상 그 어떤 여인보다 더욱 아름다우십니다." 아도니아가 계속해서 밧세바의 미모를 추켜세웠다.

"고맙군요. 정말 그렇게 보이나요? 공연히 뒷방 늙은이를 희롱하면 벌 받아요! 그런데 오늘은 무슨 바람이 불어서 내 방엘 다 들르셨나? 대왕의 신변에 무슨 변화라도 있는 건가요?" 밧세바도 멋쟁이 왕자의 칭찬에 기분이 꽤 좋아져서 몸을 살짝 비틀면서 부드러운 표정을 지었다.

"작은어머니, 요즘 아버님은 거의 종일 주무시기만 하십니다. 대소사 모든 국정은 이제 다 제가 스스로 결정하고 있지요. 명실공히 이제는 제가 맏이가 되었으니, 머지않아 왕위도 제게 양위하실 것 같습니다. 물이 산에서 바다로 흘러가는 것은 정해진 이치인데 어차피 이렇게 된 것, 작은어머니께서도 저를 좀 도와주시면 안 되겠습니까? 아버님께 속히 저에게 왕위를 물려주시라고 말씀 좀 잘해 주십시오. 덕분에 제가 왕위에 오르게 되면 작은어머니께서 도와주신 큰 은혜 잊지 않겠습니다. 이것은 제가 바로 어제 애굽 상인으로부터 아주 비싼 값 치르고 구한 최신 유행하는 신비의 향수입니다. 이 향기에 취한 사내는 반드시 그 여인의 노예가 되고 만다는군요. 사랑의 노예 말입니다. 부왕의 사랑을 되찾기 원하시는 작은어머니께 꼭 필요할 것 같고, 또 그 자체로도 왕비님과 너무나 잘 어울리는 향수인 것 같아 거금을 들여 특별히 준비하였습니다." 아도니아가 가까이 다가와 바닥에 한쪽 무릎을 꿇고 공손히 신비로운 색깔의 향수병을 든 손을 밧세바의 풍만한 가슴 앞에 바싹 내밀었다.

"무슨 말씀을. 대왕을 만나지도 못하는 처량한 신세인데 내게 무슨 힘이 있다고. 앞으로 왕자께서 왕이 되시면 오히려 나와 내 자식들을 부디 잘 부탁드려야지요." 밧세바가 기꺼이 짙은 보라색 향수병을 받아 향기를 맡아 보면서, 이미 왕이라도 된 듯 근엄한 표정을 짓고 있는 아도니아에게 매력적인 중년 여인의 진한 미소를 보여 주었다.

"당연하지요! 제가 왕비님을 얼마나 좋아하는데요. 제가 이 나라 이스라엘의 왕이 되면 작은어머님과 동생들은 제가 정말 특별대우로 잘 모실 것이니, 부디 제가 어서 왕위를 이어받을 수 있도록 좀 도와주십시오." 아도니아가 도전적인 강렬한 눈빛으로 밧세바를 애절하게 바라보며 향수를 받아 든 밧세바의 손을 살며시 잡았다.

"호호호, 내 생각에도 진정한 사내다운 아도니아 왕자야말로 다윗 왕의 후사를 이을 가장 훌륭한 인재인 것 같네요. 내 조만간 대왕을 찾아뵙고 왕사가 가장 훌륭한 저인자라고 꼭 말씀드리지요." 밧세바는 정말 아도니아를 다윗의 후사로 추천이라도 할 것처럼 아도니아의 뜨거운 손을 마주 잡고 다정한 표정을 지어 보였다.

"부왕께서는 도대체 왜 작은어머니와 같은 이런 절세미인을 외면하고 저런 촌스러운 철부지 같은 어린애를 곁에 가까이 두려 하시는지 참으로 이해할 수가 없습니다." 아도니아가 맞잡은 손에 은근히 힘을 주었다.

"왕자의 말을 들으니 내 신세가 더욱 처량하게 느껴지는군요. 남녀 간의 사랑이라는 것이 얼마나 덧없고 부질없는 것인지. 사람은 결국 몸이 멀어지면 마음도 같이 멀어지는 모양입니다. 그래도 우리 아도 니아 왕자께서 제게 특별히 부탁하시니 조만간 대왕을 찾아뵙고 그만 속히 왕자에게 왕위를 양위하라고 말씀드리겠습니다." 밧세바가 밝게 웃으며 약속하였다.

"그럼 저는 작은어머니만 믿고 그만 물러가겠습니다." 아도니아가 밧세바의 방을 나오기 전에 다시 한번 진지하게 부탁하면서, 그녀의 기품 있고 아름다운 손등에 길고도 끈적한 키스를 남겼다. 아도니아 의 늠름한 뒷모습을 보면서 밧세바가 자기도 모르게 흐뭇한 홍조를 떠올렸다.

"대체 누구의 행차길래 저리도 요란한 겁니까?" 궁으로부터 예루살 렘 중심을 가로지르는 대로를 지나는 호화로운 행차를 보고 백성들이 술렁였다. 병거와 기병들을 앞세우고 그 뒤에 전배 오십 인이 대오를 지어 행진하는 모습은 오랫동안 보지 못했던 장관이었다.

"저기 커다란 마차에 높이 앉아 계신 저 멋진 분이 장차 이 나라 보 위에 오르실 아도니아 왕자님이시구먼!" 구경하던 백성들이 아도니아 의 아름다운 모습을 보고 감탄하였다.

"아도니아 왕자님, 이제 드디어 때가 된 것 같습니다. 어차피 다윗 왕께서는 자리에 누워 지낸 지 오래고, 이미 모든 국사는 왕자께서 처리하고 계시니 무엇을 더 기다리겠습니까? 오늘 행차를 보고 백성들도 이미 왕자님을 새 이스라엘의 왕으로 인정하는 모습을 보시지 않았습니까! 이제 스스로 왕좌에 오르시어 백성들에게 새로운 왕의 시대가 열렸음을 선포하시지요!" 거리 행차를 마치고 성대한 만찬을 위해 아도니아의 집으로 모여든 요압과 제사장 아비아달이 아도니아를 부추겼다.

"정말 그래도 될까요? 하지만 아무리 그래도 아직 부왕께서 엄연히 살아 계시니 아버님께 먼저 말씀드려야 하지 않겠습니까?" 아도니아가 어울리지도 않는 겸손을 떨었다.

"오늘 궁에서 돌아오시는 행차를 보고 백성들이 수군거리는 소리를 듣지 못하셨습니까? 백성들은 이미 아도니아 왕자님을 새로운 이스라엘의 왕으로 생각하고 있었습니다. 백성의 뜻이 바로 하늘의 뜻 아니겠습니까! 이제 어서 좋은 길일을 잡아 왕위에 오르시기만 하면 됩니다." 곁에 서 있던 젊은 장수가 거들었다.

"하하하, 형제들께서 모두 그리 말해 주시니 내 마음이 참으로 가벼워지는구려. 정 그렇다면 이제 제사장께서는 될수록 빨리 좋은 길일을 택하여 알려 주십시오. 기왕지사 이리되었으니 하루라도 먼저 거사를 마무리하기로 합시다." 크게 만족한 아도니아가 포도주잔을 높이 치켜들고 호탕하게 웃으며 좋아하였다.

"나으리, 어젯밤 드디어 넷째 왕자 아도니아가 스루야의 아들 요압과 제사장 아비아달과 더불어 역모를 결의하였나이다. 그들이 열흘 뒤에 에느로겔 근방 소헬렛 돌 곁에서 아도니아 왕자를 왕으로 세우기로 결의하고 준비를 서두르고 있습니다." 동도 트기 전 이른 새벽녘에 검은 무인 복장을 한 온통 하얀 머리의 건장한 사내가, 그보다 한참 더 나이 들어 보이는 왕년의 모사 후새의 집을 은밀히 찾아와 고하였다.

"알았다. 마침내 때가 되었구나. 그대는 이 길로 나단 선지자에게로 가서 내가 급히 보잔다고 전하시게." 후새는 죽은 아히도벨이 준비해 놓은 그의 마지막 퍼즐을 마무리하기 위하여 즉시 선지자 나단에게 사람을 보내었다.

"이보시게, 나단 선지자. 이제부터 내가 하는 이야기를 잘 듣고 정확한 시간을 택하여 다윗 왕에게 그대로 고해 주시오." 다윗의 오랜 친구이며 모사였던 후새가 이미 오래전에 자기의 은인 아히도벨에게서 부탁받았던 일을 드디어 신실하게 수행하기 시작하였다.

"예, 잘 알겠습니다. 어르신. 제가 브나야와 함께 그들의 동태를 자세히 감시하고 있다가, 말씀하신 그대로 정확하게 처리하겠습니다." 단아하고 온화한 모습의 중년인 나단이 신념에 찬 낮은 목소리로 심각하게 굳은 얼굴의 늙은 후새를 안심시켰다.

열흘 후 아도니아가 약속한 장소에서 자기의 동생들과 왕의 신복 유다 사람들을 청하여 양과 살진 소를 잡고 큰 잔치를 베풀었다. 이것을 은밀히 숨어서 지켜보고 있던 감시의 눈길이 이 사실을 재빨리 나단 선지자에게 고하였다.

"학깃의 아들 아도니아가 요압과 가까운 신복들을 모아 잔치하고 스스로 왕이 됨을 듣지 못하였나이까? 이 사실을 우리 주 다윗은 알지 못하시나이다. 이제 나로 당신과 당신의 아들 솔로몬의 생명 구원할 계교 베풀기를 허락하소서." 급보를 전달받은 나단 선지자가 즉시 솔로몬의 모친 밧세바에게 찾아 들어가 고하였다.

밧세바는 나단 선지자가 자기에게 하는 말을 듣고 나서야, 근 삼 년이나 까맣게 잊고 있었던 할아버지 아히도벨의 당부가 생각났다. 그녀는 오래전에 조부가 죽기 전에 준비해 자기에게 전달해 주었던 깊이 숨겨 둔 비밀의 주머니를 급히 꺼내었다. 그 비밀 금낭 속에는 이제부터 밧세바 자신이 다윗 왕을 찾아가 반드시 해야 할 말이 자세히 적혀 있는 편지가 들어 있었다. 밧세바는 두근거리는 마음을 진정하고 할아버지가 남긴 마지막 당부의 편지를 꼼꼼히 읽어 보았다.

"내 주여, 왕께서 전에 왕의 하나님 여호와를 가리켜 계집종에게 맹세하시기를, 네 아들 솔로몬이 정녕 나를 이어 왕이 되어 내 위에 앉으리라 하셨거늘, 이제 아도니아가 스스로 왕이 되었어도 내 주 왕은 알지 못하시나이다. 저가 수소와 살진 송아지와 양을 많아 잡고, 왕의 모든 아들과 제사장 아비아달과 군대장관 요압을 청하였으나, 왕의 종 솔로몬은 청하지 아니하였나이다. 내 주 왕이여, 지금 온 이스라엘이 왕에게 다 주목하고, 누가 내 주 왕을 이어 그 위에 앉을 것인가 반포하시기를 기다리나이다. 그렇지 않으면 내 주 왕께서 그 열조와 함께 잘 때 나와 내 아들 솔로몬은 죄인이 되리이다!"

허락 없이 함부로 들어갔다가 잘못되면 목이 달아날 수도 있는 위험을 무릅쓰고, 밧세바가 급히 다윗의 침소에 들어 그 앞에 엎드려 아히도벨이 그녀의 입에 넣어 준 말을 그대로 고하였다.

"내 주 왕께서 이르시기를 아도니아가 나를 이어 왕이 되어 내 위에 앉으리라 하셨나이까? 저가 오늘 수소와 살진 송아지와 양을 많이 잡고, 왕의 모든 아들과 군대장관과 제사장 아비아달을 청하였는데, 저희가 아도니아 앞에서 먹고 마시며 아도니아 만세를 불렀나이다. 그러나 왕의 종 나와 제사장 사독과 여호야다의 아들 브나야와, 왕의 종 솔로몬은 청하지 아니하였사오니, 이것이 내 주 왕의 하신 일이니이까? 그런데 왕께서 내 주 왕을 이어 그 위에 앉을 자를 종에게 알게 하지 아니하셨나이다!" 바로 그 순간을 기다리던 선지자 나단도 연이어 들어와서 아도니아가 스스로 왕이 되었음을 다윗에게 고하였다.

"내 생명을 모든 환란에서 구원하신 여호와의 사심을 가리켜 맹세하노라! 내가 이전에 이스라엘 하나님 여호와를 가리켜 맹세하여 이르기를, 내 아들 솔로몬이 정녕 나를 이어 왕이 되고, 나를 대신하여 내 위에 앉으리라 하였으니, 내가 오늘날 그대로 행하리라!" 이들의 연이은 호소에 크게 노한 다윗이 있는 기력을 다하여 일어서서 엄숙히 선언하였다.

"너희는 너희 주인의 신복들을 데리고 내 아들 솔로몬을 나의 노새에 태우고 기혼으로 내려가고, 거기서 제사장 사독과 선지자 나단은 저에게 기름을 부어 이스라엘 왕을 세우고, 너희는 양각을 불어 솔로몬 왕 만세를 부르고 저를 따라 올라오라. 저가 와서 내 위에 앉아 나를 대신하여 왕이 되리라! 내가 저를 세워 이스라엘과 유다의 주권자가 되게 할 것을 오늘 확실히 작정하였느니라!" 늙은 왕 다윗이 아비삭의 부축을 받고 거북한 호흡을 골라 가며, 유언과도 같은 왕의 마지막 지엄한 명령을 엄숙히 선언했다.

다윗의 지시에 따라 제사장 사독과 선지자 나단과 브나야가 솔로몬을 인도하여 기혼으로 가서 제사장 사독이 성막 가운데서 기름을 부으니, 이에 양각을 불고 모든 백성이 솔로몬 왕 만세를 크게 외쳤다. 모든 백성이 왕을 따라 올라와서 피리를 불며 크게 즐거워하므로 땅이 그들의 소리로 인하여 갈라질 듯하였다.

아도니아가 저와 함께한 손들이 먹기를 마칠 때쯤에 백성의 외치는 큰 소리를 듣게 되었다. 솔로몬이 다윗 왕의 명을 따라 왕위에 올랐다는 소식을 전해 들은 아도니아는 놀래어 두려워하여 급히 몸을 피하여 도망하려 하였다. 그러나 이미 어디로도 피할 수 없는 상황임을 알고 자기 목숨을 구하려고 성막 안에 들어가 제단뿔을 잡았다. 아도니아가 제 목숨을 구하려 성막 안에 들어가 제단뿔을 잡았다는 소식은 즉시 솔로몬에게 전해졌다.

"아도니아가 솔로몬 왕을 두려워하여 지금 제단뿔을 잡고 말하기를 '솔로몬 왕이 오늘날 칼로 자기 종을 죽이지 않겠다고 내게 맹세하기를 원한다.' 하나이다." 성막에서 그 모습을 지켜본 솔로몬의 젊은 장수 하나가 솔로몬에게 고하였다.

"내가 오늘 이같이 좋은 날에는 목숨을 해하지 않기로 맹세하나니,

가서 아도니아에게 그리 말하고 그를 내게 데려오라." 솔로몬이 자기 신복 브나야를 보내어 아도니아를 궁으로 불러오게 하였다.

16. 솔로몬

　마침내, 다윗의 뜻에 따라 정식으로 이스라엘의 왕좌에 오른 솔로몬은 매일 아침 다윗의 침실을 찾아 문안을 올렸다. 전보다 오히려 한층 맑아진 얼굴의 아비삭이 여전히 다윗을 정성을 다해 봉양하였다.

　"아비삭 님, 얼마나 수고가 많으십니까? 이제는 방 청소 같은 자질

　　　　　　　　　　　　　　소설 밧세바

구레한 일들은 직접 하지 마시고 다른 하녀들을 시키시지요." 솔로몬이 혼자 고생하는 아비삭을 안쓰러워하였다.

"선왕께서는 이 방에 저 이외에 다른 사람들이 드나드는 것을 좋아하지 않으신답니다. 그리고 이 정도 일은 제게 아무것도 아니랍니다. 대왕 폐하, 저는 전혀 힘들지 않습니다. 정말 아무 걱정도 하지 마십시오." 아비삭의 얼굴에 살짝 홍조가 피어올랐다.

"제 입장에는 아비삭 님은 제 어머님과도 같은 분이십니다. 무엇이든지 필요한 것이 있으시면 편안하게 말씀하십시오. 제 아버님을 이렇게 지극정성으로 보살펴 주시니 무어라 감사드려야 할지 모르겠습니다." 솔로몬이 진심을 담아 공손히 머리를 숙였다.

"그렇게 말씀해 주시니 제가 몸 둘 바를 모르겠습니다. 중요한 국정에 바쁘실 터인데, 이제는 매일 오지 마시고 며칠씩 걸러서 오셔도 됩니다. 여기는 제가 항상 지키고 있을 것이고, 무슨 일이 있으면 즉시 사람을 보내 알려 드리겠습니다." 아비삭이 조금 더 붉어진 얼굴로 솔로몬을 지긋이 바라보았다.

"내가 이제 세상 모든 사람의 가는 길로 가게 되었으니, 너는 힘써 대장부가 되고, 네 하나님 여호와의 명을 지켜 그 길로 행하라." 이제는 원래 자기가 왔던 곳으로 돌아갈 때가 되었음을 직감한 다윗이 죽기 전에 솔로몬을 따로 불러 마지막 유언을 남겼다.

평생 전쟁터를 전전하면서 많은 피를 흘렸던 이 위대한 왕은, 사십 년 동안 이스라엘을 통치하고서, 천수를 누리고 자기 열조가 묻힌 곳으로 돌아갔다. 그리고 그를 이어서 동서고금을 통하여 가장 뛰어난 지혜를 가졌다는 솔로몬 왕의 시대가 찬란하게 열렸다.

　"이제는 그만 슬픔을 거두셔야 합니다. 부왕께서는 천수를 누리시고 하늘 아버지의 품으로 가셨으니 우리가 너무 오래 그분을 추억하여 지나치게 슬퍼하는 것은 옳지 않습니다. 이제는 그만 기운을 차리시고 식사를 하셔야 합니다." 다윗의 장례를 치르던 때부터 일체의 곡기를 끊고 앓아누운 아비삭의 침실에 솔로몬이 찾아와 위로하였다.

　"대왕께서 돌아가시고 나니 저는 이제 더 살고 싶은 생각이 없습니다. 제 삶의 의미가 사라진 지금, 제가 무슨 희망으로 살아가겠습니까? 제발 저를 부왕이 가신 곳으로 함께 보내 주십시오." 핏기도 완전히 사라져 파리해진 얼굴의 아비삭이 하염없이 눈물을 흘렸다.

　"절대로 그럴 수 없습니다. 아비삭 님께서 나의 아버님께 그렇게도 정성을 다하셨는데, 자식인 저로서는 이제부터 당신을 어머니와 같은 존귀한 분으로 잘 모시겠습니다. 제가 작은 별궁을 따로 준비하여 각별하게 모실 것이니 아무 걱정하지 마십시오." 솔로몬이 거듭해서 여러 번 이비삭을 위로하고 그녀의 건강을 지극히 걱정해 주었다.

　솔로몬의 정성을 다한 진실한 위로는 늙은 지아비를 잃고 깊은 슬픔에 빠진 저녀 아비삭에게 큰 힘이 되었다. 솔로몬이 지엄한 왕명으로 작은 포도원과 소박한 정원이 딸린 별궁이 그녀를 위해 급히 준비되었다.

"작은어머니, 그간 편안하셨습니까?" 여전히 화려한 복장의 아도니아가 밧세바를 찾아왔다.

"오, 아도니아 왕자. 어서 오시오. 그동안 마음고생이 많았다고 들었소. 얼굴이 많이 상하였군요." 밧세바가 아도니아를 반갑게 맞아 주었다.

"아직도 제가 작은어머니라고 불러도 문제가 없을까요? 대비마마라고 불러야 하는 것은 아닌지 모르겠습니다. 이제는 저도 솔로몬 왕의 백성이 된 처지이니 특별히 말조심해야겠지요?" 아도니아가 시무룩한 표정으로 얼굴을 찌푸렸다.

"괜찮아요. 아도니아 왕자. 그래도 그대는 내가 가장 외롭고 힘들었을 때 말벗도 해 주고, 귀한 선물도 많이 주었지요. 이제는 내가 왕자를 위로해 주어야 할 차례인 것 같은데, 어디 무어든 원하는 것이 있으면 말해 보세요. 내가 왕자의 힘이 되어 드리지요." 밧세바가 아도니아의 남자다운 큼직한 손을 부드럽게 잡아 주었다.

"정말이요? 그러시다면 오늘 저녁 작은어머니께서 다 잡았던 왕위를 잃어버린 저를 위로하는 만찬을 한번 베풀어 주십시오." 아도니아가 밝은 표정을 지어 보였다.

"호호호, 저녁 만찬 정도로 되시겠습니까? 그래요. 오늘 저녁 내가 특별히 아도니아 왕자만을 위한 만찬을 준비해 드리지요." 즐겁게 웃으면서 밧세바가 흔쾌히 승낙하였다.

"사실 이스라엘 백성 누구에게 물어보아도, 그 왕위는 바로 나의 것이었지요. 하지만 신의 뜻이 솔로몬에게로 흘러갔으니 이제는 저도 지난 일들은 모두 잊으려 합니다. 하지만 아무튼 지금 솔로몬 왕이 차지한 그 자리는 제가 양보한 자리라는 것만은 인정해 주십시오." 포도주가 몇 잔 들어가 얼큰해진 아도니아가 밧세바의 얼굴을 애틋하게 바라보았다.

"그럼요. 나도 잘 알고 있지요. 하지만 왕자의 말처럼 신의 뜻이니 어찌하겠어요. 이제 아도니아 왕자도 마음을 편안히 하시고 솔로몬 왕을 도와 이스라엘을 잘 이끌어 주세요." 역시 포도주로 어느 정도 취기가 오른 밧세바가 맞장구를 쳐 주었다.

"작은어머니, 물론 저도 그러고 싶지만, 솔로몬 왕께서 도무지 나를 불러 주지도 않으니 도와줄 방도가 없지 않습니까!" 술이 좀 과도했던 아도니아의 혀가 슬슬 꼬여 가기 시작했다.

"그래, 알았어요. 내 그렇지 않아도 솔로몬에게 몇 가지 당부할 것도 있으니, 조만간 왕을 만나 이야기하지요. 조금 기다려 보세요. 곧 좋은 소식이 있을 겁니다." 밧세바가 아도니아를 위로하며 따뜻한 미소로 화답해 주었다.

"정말 감사합니다. 작은어머니, 감사합니다! 그리고 이것은 제가 정말 걱정이 되어 드리는 말씀인데요. 요즘 솔로몬 왕이 동녀 아비삭의 별궁 숙소를 너무나 자주 찾아간다는 소문이 있습니다. 부왕께서 돌아가신 후 바로 사가로 돌려보냈어야 했는데, 이제는 아주 별궁까지 지어 주고 너무 자주 찾는다는 것을 백성들이 좋게 보지만은 않을 것입니다. 아무래도 아드님께 주의를 좀 주시는 것이 좋을 것 같더군요." 제가 속으로 마음에 두고 있던 아비삭이 자신에게는 언제나 차갑게 냉대하면서, 솔로몬에게는 더욱 친절하게 대하는 것이 못마땅하였던 아도니아가 밧세바에게 솔로몬의 흉을 보았다.

"잘 알았소. 그런 일은 절대로 있어서는 안 되지요. 내 솔로몬에게 단단히 이를 것이니, 그대도 왕의 형으로서 곁에서 잘 보좌해 주기 바라오." 밧세바가 심각한 표정을 보였다.

"작은어머니, 사실 솔로몬 왕이 이 큰 제국을 혼자서 다스리기에는 나이가 너무 어리지요. 경험이 부족하니 국가의 중요한 대소사를 효율적으로 처리하기가 만만치 않을 것입니다. 제가 보기에는 아무래도 작은어머니 같은 현명한 분께서 뒤에서 조금 보살펴 주어야 할 것 같다는 생각이 듭니다만. 다른 열국의 경우, 왕이 나이 너무 어려 국정을 감당하기 어려우면 왕이 충분히 장성하여 홀로 처리할 수 있을 때까지, 그 어머니가 대신해서 국정을 처리하는 섭정이라는 제도가 있답니다." 아도니아가 밧세바의 마음속에 슬그머니 권력이라는 유혹의 미끼를 던졌다.

"하지만 아도니아 왕자. 사실 나 역시도 정치에 대해서는 아는 것이 별로 없는데 무슨 수로 솔로몬 왕을 도와줄 수가 있겠소?" 밧세바도 벌써 여러 잔 마신 독한 포도주에 취기가 오르는지 붉어진 얼굴을 갸웃하면서 자신 없어 했다.

"작은어머니도 참, 제가 있는데 무슨 그런 걱정을 하십니까! 선왕께서 병상에 누워 계시는 동안 제가 꽤 오랫동안 선왕을 대신하여 나라를 다스린 경험이 있지 않습니까! 제가 작은어머니 뒤에서 적절히 훈

수를 잘 두어 드릴 것이니 아무 걱정하지 마십시오." 아도니아가 밧세
바 곁으로 바싹 다가앉으면서 그녀의 귀에 대고 속삭였다.

"으흥, 뭐 그렇다면야 나도 아도니아 왕자만 믿고 이번 기회에 정치
라는 걸 한번 해 볼까?" 밧세바가 아도니아의 입김에 귀가 간지러워
몸을 살짝 꼬면서 아도니아의 얼굴을 돌아보았다. 그 순간에 두 사람
의 얼굴이 너무 가까이 있어서 하마터면 두 입술이 마주칠 뻔하였다.
순간 밧세바의 놀란 눈동자를 빤히 바라보는 아도니아의 눈이 욕망으
로 이글거렸다. 밧세바가 당황하여 눈을 질끈 감고 얼른 옆으로 얼굴
을 돌렸지만, 아도니아의 뜨거운 입술이 그녀의 귓불과 부드러운 뺨
을 그대로 덮치고 말았다. 얼떨결에 젊고 늠름한 이스라엘 최고의 미
남 아도니아의 품에 안긴 밧세바는 잠시 정신이 아득해지고 온몸에
힘이 빠져나간 채, 취한 척 그대로 가만히 눈을 감고 있었다.

"솔로몬 왕, 좀 늦은 시간이기는 하오만, 내가 어미로서 한 말씀 거
들어도 되겠습니까?" 복잡한 국정을 돌보느라고 종일 시달리다가 늦
은 시간에야 겨우 침소에 돌아온 솔로몬에게 사전 연락도 없이 어머
니 밧세바가 들이닥쳤다.

"그럼요. 되고 말고요. 어서 이리로 앉으셔서 말씀하시지요." 솔로
몬이 진심으로 반색히면서 게 어미를 상좌로 안내하였다.

"왕도 잘 아시겠지만, 내가 그대를 이스라엘의 왕으로 세우기 위하
여, 너무나도 위험한 상황이었지만, 내 목숨까지 걸었던 사실을 말씀
드리지 않을 수가 없습니다." 밧세바가 자신이 감수한 특별한 희생을

강조하면서 솔로몬을 압박하였다.

"그럼요. 어머니. 그것은 저도 너무나 잘 알고 있습니다. 어머님의 큰 희생과 도움에 힘입어 제가 이스라엘의 왕위를 잇게 된 것을 항상 잊지 않고 있습니다." 솔로몬이 공손한 표정으로 밧세바의 다음 말을 기다렸다.

"그래서 하는 말인데, 내 희생 덕에 이제 그대가 왕이 되었으니, 내가 특별히 추천하는 몇 사람을 요직에 중용해 주기 바라오." 밧세바가 자기에게 나라의 좋은 자리를 부탁하려 많은 선물을 싸 들고 찾아왔던 사람들을 왕에게 천거하려고 말을 꺼냈다.

"어머님의 부탁을 제가 어찌 외면할 수 있겠습니까! 그러나 나라의 국정을 담당할 대신들을 선택하는 것은 나라의 매우 중요한 일이니, 추천하실 때에 어머니께서도 신중하게 잘 선별하여 주시기 바랍니다. 제가 내일 아침에 내무대신을 어머님께 보내 드릴 것이니, 그에게 어머님께서 추천하고자 하는 인사들의 이름과 추천하는 자리를 적어 보내 주십시오. 제가 그것을 보고 잘 판단하겠습니다." 솔로몬이 부드러운 목소리로 공손히 밧세바를 바라보았다.

"그리고 또 한 가지, 내가 왕의 어미로서 귀한 아들에게 꼭 드려야 할 말씀이 있습니다. 자랑스러운 내 아들 솔로몬 왕이여, 그대는 이제 당당한 한 나라의 만인지상임을 한시도 잊지 말아야 할 것이오. 지난 날 부왕의 몸종과도 같은 일을 하던 천한 여자를 너무 과하게 대접하여 자주 찾아가는 것은 백성들의 눈에 별로 좋게 보이지 않을 것이니 특별히 유념하도록 하는 것이 좋겠소. 그 여자는 비록 선왕의 몸종에

불과했지만, 아무튼 선왕의 총애를 받던 선왕의 여인이라는 것을 절
대 잊으시면 안 됩니다! 그런 여인을 왕위를 이어받은 대왕께서 사사
로이 가까이하는 것은 선왕을 크게 모욕하는 것임을 명심하세요. 아
시겠습니까!" 밧세바는 아도니아의 특별한 조언이 생각나서, 행여 솔
로몬이 천하절색 아비삭의 탁월한 미모에 마음을 빼앗기는 사태를 진
심으로 우려하면서 전에 없는 엄한 말로 단속하였다.

"예, 어머님의 말씀 깊이 명심하겠습니다." 솔로몬은 밧세바의 너무
나도 직설적인 지적에 마음이 뜨끔하여 얼굴을 붉히면서 얼른 고개를
숙였다.

"그래, 그래야 나의 착한 아들이지. 이 어미에게는 세상에서 가장 귀
한 아드님이 항상 옳은 길로 가기를 바라서 드리는 말씀이니 참견이
라 생각하지 말고 어미의 말을 잘 따라 주시기 바라오." 공손한 솔로
몬의 태도에 밧세바가 만면에 만족한 함박웃음을 머금고 새로이 준비
된 화려한 자기 처소로 돌아갔다.

'으음, 참으로 난감한 일이로구나. 내가 왕이 된 이후로 모친이 처음
요청하는 것을 거절하기도 어렵고, 부탁을 들어주기는 더욱 곤란하니
이 일을 어찌할꼬?' 밧세바가 나간 후 솔로몬이 왕좌에 홀로 앉아 머리
를 감싸 쥐었다.

"대왕 폐하, 그간 강령하셨습니까!" 밧세바가 나가자 밖에서 대기하
던 나단 선지자가 솔로몬에게 들어와 공손히 문안을 올렸다.

"어서 오시오, 나단 선지자! 오늘 밤부터 제가 제사를 올릴 산당은

알아보셨습니까?" 솔로몬이 나단 선지자를 반가이 맞으며 물었다.

"예, 대왕 폐하. 기브온에 큰 산당이 있어 왕께서 하늘에 제사하기 좋을 것입니다. 이제 서둘러 움직이시지요." 나단 선지가 즉시 산당으로 떠날 것을 종용하였다.

기브온 산당을 찾은 솔로몬이 여호와의 제단에 그의 모든 정성을 다하여 일천번제를 드렸더니, 그 밤에 여호와께서 솔로몬의 꿈에 나타나셨다.

"내가 네게 무엇을 줄꼬? 너는 구하라!" 젊은 새 왕 솔로몬의 일천번제를 즐거이 흠향하신 신께서 물었다.

"나의 하나님 여호와여, 주께서 종으로 종의 아비 다윗을 대신하여 왕이 되게 하셨사오나, 종은 작은 아이라 출입할 줄을 알지 못하고 주의 택하신 백성 가운데 있나이다. 저희는 큰 백성이라 수효가 많아서 셀 수도 없고 기록할 수도 없사오니, 누가 주의 이 많은 백성을 재판할 수 있사오리까? 지혜로운 마음을 종에게 주사, 주의 백성을 재판하여 선악을 분별하게 하옵소서." 솔로몬이 겸손한 자세로 신께 아뢰었다.

"네가 이것을 구하도다. 자기를 위하여 장수를 구하지 아니하며, 부귀도 구하지 아니하며, 원수의 생명 멸하기도 구하지 아니하고, 오직 송사를 듣고 분별하는 지혜를 구하였으니, 내가 네 말대로 하여 네게 지혜롭고 총명한 마음을 주노니, 너의 전에도 너와 같은 자가 없었거니와 너의 후에도 너와 같은 자가 일어남이 없으리라. 내가 또 너의 구하지 아니한 부와 영광도 네게 주노니, 네 평생에 열왕 중에 너와 같은 자가 다시없을 것이라." 신께서 지혜를 구한 솔로몬을 귀히 여겨 크나큰 축복을 내리셨다. 솔로몬이 깨어 보니 꿈이었다. 이에 기브온 산당을 떠나 예루살렘에 이르러 여호와의 언약궤 앞에 서서 번제와 수은제를 드리고 모든 신복들을 위해 잔치를 베풀었다.

'이렇게나 많은 사람을 천거하실 줄은 몰랐는데, 이 일을 어찌해야 할꼬?' 며칠 후, 모친이 내무대신을 통해서 보내온 작은 두루마리에는 자그마치 열 명의 이름과 원하는 직책이 소상히 적혀 있었고, 더구나 제멋대로 왕위에 오르려 했던 이복형 아도니아의 이름까지 버젓이 들어가 있었다. 솔로몬은 자신의 왕위 계승에 관여한 공로를 스스로 주장하며, 그 몫을 노골적으로 지나치게 요구하는 밧세바에게 두려움과 함께 분노를 느꼈다.

"아비삭 님, 자주 찾아뵙지 못해 죄송합니다. 그간 별고 없으셨습니까?" 밧세바에게서 아비삭을 만나지 말라는 강한 질책을 받은 이후, 꽤 오랫동안 나름 자중하던 솔로몬이 어느 날 깊은 수심에 젖은 표정으로 아비삭을 찾아왔다.

"저는 정말 괜찮습니다. 무거운 나랏일로 바쁘실 터인데 무엇 하러 오셨습니까? 이제는 제 마음도 많이 안정되었고 건강도 회복되었으니 더는 걱정하시지 않아도 됩니다." 여전히 창백한 얼굴의 아비삭이 무척 쓸쓸한 표정으로 솔로몬을 바라보았다.

"아닙니다. 제가 좀 더 자주 찾아뵈어야 하는데. 지내시기에 불편한 점은 없으십니까?" 전에 보았을 때 보다 더욱 창백하고 야윈 아비삭에

소설 밧세바

게 솔로몬이 안타까운 눈길을 보내었다.

"저는 이제 산다고 하나 살았다 할 수 없는 처지이니, 신다고 하는 것이 무슨 소용이 있겠습니까? 다만 어서 죽어 천국에서 선왕을 다시 뵙기를 바랄 뿐입니다." 솔로몬의 따뜻한 위로에 눌러두었던 서러움이 갑자기 터져 나와, 그를 외면하며 흐느끼는 아비삭의 눈에서 하염없는 눈물이 흘러내렸다.

세상에서 가장 아름다운 여인의 애통해하는 모습을 보면서, 세상에서 가장 차가운 이성을 가진 사나이의 가슴도 형체 없이 녹아내리고 말았다.

"울지 마시오. 아비삭. 울지 마시오." 솔로몬은 가슴이 먹먹해서 다른 말을 하지 못하고 안타까운 마음에 그저 그녀를 가만히 안아 주었다. 솔로몬의 따스한 가슴에 안긴 아비삭은 오히려 더욱 서러움이 복받쳐 올라 오랫동안 소리 내어 울었다.

"오늘 저녁은 여기서 식사할 것이니 서둘러 준비하도록 하라." 솔로몬은 아비삭을 조금이라도 위로하기 위해서 그녀의 거처에서 식사를 함께하기로 하였다.

"폐하, 저는 이제 정말 괜찮습니다. 저로 인하여 백성들 사이에 공연한 허물이 되오니, 여기에서 저와 함께 식사하시는 것은 좋지 않을 것 같습니다." 아비삭이 궁중의 엄격한 법도와 궁중 여자들의 지독한 입방아를 걱정하여 솔로몬을 말렸다.

"걱정하지 마시오. 누가 무어라 해도 이제는 내가 바로 이스라엘의 만인지상인 왕이 아닙니까! 왕이 하는 일에 주제넘게 토를 다는 자들은 그가 누구라 해도 결단코 가만두지 않을 것이오. 이제부터 나는 내 마음이 이끄는 대로 내 마음을 속이지 않고 진실하게 행동할 것입니다. 오늘은 지금까지 아비삭 님께서 내 아버지를 위해 희생하고 전력을 다해 수고한 은혜에 조금이나마 보답하고자 하는 나의 작은 대접이니 아무 말씀 마시고 함께 만찬에 임하시지요." 솔로몬이 왕의 위엄을 갖추며 엄숙히 선언하였다.

아비삭은 정성과 마음을 다하는 솔로몬의 친절한 위로와 배려에 다윗이 죽은 이후 처음으로 깊은 마음의 평화를 누릴 수 있었다.

"요즘 솔로몬 왕이 매일 밤 동녀 아비삭의 거처를 찾아가는 것을 알고 계십니까?" 며칠 만에 밧세바를 다시 찾아온 아도니아가 자리에 앉자마자 불만을 터뜨렸다.

"무어라고요? 내가 그렇게 간곡히 타일렀건만 아직도 정신을 차리지 못했군요. 어디 여자가 그렇게도 없어서, 돌아가신 선왕의 몸종을 찾아가다니! 자기를 왕위에 앉히기 위해 목숨까지도 내걸었던 어미의 말을 이렇게도 무시하다니, 도저히 그냥 두어서는 안 되겠군요." 밧세바의 얼굴이 심한 분노로 붉게 달아올랐다.

"옳으신 말씀입니다. 작은어머니. 비록 미천한 신분이라고는 하나 그래도 엄연히 선왕을 모셨던 여인입니다. 젊은 솔로몬 왕이 너무 가까이하는 것은 백성들의 눈에도 결코 좋게 보이지는 않을 것입니다. 당장 사가로 돌려보내든가 무슨 다른 방도를 내어서라도 이상하고 민망한 소문이 백성들 사이에 퍼지지 않도록 하셔야 합니다."

"틀림없이 그 요망한 계집이 먼저 꼬리를 쳐서 내 아들 솔로몬의 눈과 귀를 어둡게 만든 것이 분명할 겁니다. 내 이번에는 무슨 일이 있어도 이 못된 년을 반드시 궐 밖으로 쫓아내고야 말 것이오." 밧세바가 당장이라도 솔로몬에게 달려갈 듯 흥분하였다.

"하지만 작은어머니. 수넴 여자 아비삭을 사가로 쫓아낸다 해도 솔로몬 왕이 스스로 그곳까지 찾아간다면, 그것을 무슨 수로 막을 수 있겠습니까? 그때에는 일이 더욱 커져 감당하기 어렵게 될 것입니다." 아도니아가 짐짓 심각한 표정을 지었다.

"그것도 일리가 있는 이야기로군요. 돌이켜 보면 솔로몬은 어려서부터 고집이 무척 세어서 내 속을 참 많이도 긁어 놓곤 했었지요. 한번 제가 옳다고 생각하는 것은 누가 뭐라 해도 굽히지 않았어요. 그래, 왕자가 보기에는 이 일을 어찌 처리하는 것이 가장 현명하겠소?"

"대비께서도 잘 아시는 것처럼 솔로몬이 차지한 왕위는 사실은 나의 것이었지요. 그러나 하나님의 뜻이 그에게로 향하였으니 어쩔 수 없는 일이지요. 전에도 말씀드린 것처럼 이제는 나도 그것을 받아들이고 내 동생이 이스라엘의 성군이 될 수 있도록 적극적으로 도와야겠다고 생각했습니다. 수넴 여인 아비삭을 궁에 그냥 두는 것은 바람직하지 않지만, 그렇다고 무작정 사가로 돌려보낸다는 것도 완전한 해결책이 될 것 같지는 않습니다. 차라리 그 여자를 제게 주시어 아내로 삼게 해 주십시오. 제가 그 여자를 아내로 맞아 저의 집 깊은 곳에 가두어 두고 아무도 만날 수 없게 하리이다. 그리하면 아무리 고집 센 솔로몬 왕이라도 명색이 형의 아내에게야 어찌할 수는 없을 것이고,

더는 그런 어리석은 욕망으로 인해서 방황하지 않게 될 것입니다." 아
도니아가 수넴 여인 아비삭에 대한 자신의 더러운 야욕은 슬쩍 감추
고서, 진실로 밧세바와 솔로몬만을 위하는 척하였다.

"아직은 왕이 어머니의 얼굴을 괄시하지 못할 것이니 이참에 솔로
몬 왕에게 더욱 강하게 말씀하시어, 아비삭을 제게 주어 아내로 삼게
하라 하소서. 제가 이전에 왕세자의 자리에 있었던 때에 선왕께 말씀
올리려고 찾아뵐 때마다 그 여인을 본 적이 있는데, 그 얼굴의 상이 반
드시 남자를 크게 홀릴 만한 요물이었습니다. 그 당시 제게도 수시로
유혹의 눈길을 보내어서 제 마음도 몹시 흔들렸던 기억이 납니다." 아
도니아가 있지도 않은 거짓말까지 동원하면서 밧세바를 더욱 압박하
였다.

"하지만 그 여자가 비록 비천한 몸종의 신분이었다 하더라도 한때
나마 선왕을 모셨던 여자인데, 그런 여자를 왕자께서 아내로 맞는다
는 것 역시나 백성들의 입방아에 오르지 않겠소?" 지난번 술이 지나치
게 과해 저지른 실수이기는 하지만, 자신과 한 번 몸까지 섞은 아도니
아 곁에 밉살스러운 아비삭을 두는 것에 질투가 나서 밧세바가 말을
흐렸다.

"작은어머니와 동생을 위해서라면 그 정도 구설수 정도야 제가 기
꺼이 감당해야지요. 저는 아시나시피 작은어머니와 같은 전형적인 미
인만 좋아하는 타입이라서, 아비삭과 같은 기형적으로 생긴 여자와는
근본적으로 어울리지도 않지요. 작은어머니 같은 미인이 제 곁에 있
는데 그깟 여자가 제 눈에 들어오기나 하겠습니까? 하지만 그렇게 해

소설 밧세바

서라도 솔로몬 왕이 정신을 차리고 성군의 길을 갈 수 있다면, 까짓것 제가 조금 희생해야 하겠지요." 아도니아가 밧세바의 얼굴을 눈이 부신 듯, 정이 듬뿍 담긴 표정으로 쳐다보았다.

"왕자의 농이 너무 지나치시군요. 이제 다 늙은 나를 어찌 천하절색의 어린아이와 비교할 수 있단 말이요!" 빤히 쳐다보는 멋진 미남 아도니아의 끝없는 칭송과 끈끈한 눈길에 마음이 흐뭇해진 밧세바가 붉어진 얼굴을 매만지며 어색한 미소를 지어 보였다.

"늙으시다니요? 제 눈에 작은어머니는 아직도 세상에서 가장 기품 있는 진정한 미인이신 걸요. 아직도 이렇게 당신을 가까이서 뵐 때마다 제 가슴은 소년처럼 두근거린답니다." 아도니아가 기회를 놓치지 않고 재빨리 밧세바에게 가까이 다가와 그녀의 귓불에 자신의 입술을 슬쩍 비비면서 속삭였다. 밧세바는 잠시 젊은 사내의 향기에 취하였다.

"아니, 아도니아. 자, 그만. 이제는 그만." 잠시 정신을 차리지 못하고 당황하여 아도니아의 넓은 가슴에 안겨 있던 밧세바가, 마침내 크게 한숨을 쉬면서 그의 품에서 벗어났다.

"왕자는 걱정하지 마시오. 내 이제 왕자의 진실한 뜻을 잘 알았으니 오늘 솔로몬에게 말하리다." 밧세바가 얼른 두어 걸음 뒤로 물러서며, 흥분으로 뜨거워진 아도니아를 간신히 달래었다.

"내가 한 가지 작은 일로 왕께 구하니, 내 얼굴을 괄시하지 마소서." 다시금 밧세바가 솔로몬을 찾아가 굳은 표정을 지었다.

"예, 어머니. 어서 말씀해 보시지요. 제가 결코 어머니의 얼굴을 괄시하지 아니하리라." 솔로몬이 담담하게 미소로 응답하였다.

"내가 그동안 그리도 여러 번 수넴 여자 아비삭을 가까이하지 말라 그렇게 당부하였건만, 왕께서 요즘 매일 밤 그 여인의 숙소에 들른다는 소식이 내 귀에 들리니 이게 어찌 된 일입니까? 이 어미의 충고를 이렇게 무시해도 되는 것입니까!" 밧세바가 의도적으로 목소리를 높였다.

"아, 어머니. 그것은 선왕께서 승하하신 이후로 아비삭 님이 요즘 너무 힘들어하시고, 몸도 좋지 못하시다 하여 위로차 몇 번 들린 것뿐입니다. 어머님의 말씀을 무시해서 그런 것이 아니오니 너무 노여워하지 마십시오. 앞으로는 그런 소문이 나지 않도록 특별히 조심하겠습니다." 솔로몬이 얼굴을 조금 붉히면서도 공손하고 침착하게 대답하였다.

"아니요. 내 가만히 보니 이 일은 이제 그렇게 어물쩍 넘어갈 상황이 아닌 것 같소. 왕이 승하하신 부왕의 몸종에게 관심을 보이는 것은 그 자체로 백성들에게 큰 허물이 될 것이니, 나로서는 도저히 버려둘 수가 없습니다. 그간 내가 그토록 여러 번 주의 주었음에도 끝내 고치지 못하였으니, 이제부터 반드시 내 지시대로 따라야 하겠소이다. 당장 수넴 여자 아비삭을 넷째 왕자 아도니아에게 주어 그로 아내로 삼게 하십시오! 그리하여야 왕이 그 여자에게 관심을 가지지 않게 되겠지요. 설마 형의 아내가 된 여자를 또 찾아다니시지는 않으시겠지요?" 밧세바가 화가 단단히 나서 단호한 어조로 명령하였다. 밧세바의 터무니없는 요구를 들은 솔로몬의 얼굴이 심하게 구겨지고 차갑게 경직

소설 밧세바

되었다. 잠시 두 사람 사이에는 돌이킬 수 없는 무거운 침묵이 흘렀다.

"어찌하여 아도니아를 위하여 수넴 여자 아비삭을 구하시나이까? 저는 나의 형이오니 저를 위하여 왕위도 구하옵소서! 저뿐 아니라 제사장 아비아달과 스루야의 아들 요압도 위하여 구하옵소서!" 솔로몬이 허공을 바라보며 잠시 깊은 생각을 하는 듯하더니, 마침내 무언가 확실한 결심을 한 듯, 아주 차분하고 냉정한 어조로 제 어미에게 처음으로 강하게 반발하였다.

"여호와의 사심을 가리켜 맹세하거니와, 아도니아가 이런 말을 하였은즉, 그 생명을 잃지 아니하면 하나님은 내게 벌 위에 벌을 내리심이 마땅하리라! 나를 세워 내 부친 다윗의 위에 오르게 하시고, 허락하신 말씀대로 나를 위하여 집을 세우신 여호와의 사심을 가리켜 맹세하노니, 아도니아는 그 오만하고 어리석은 욕심으로 인해 오늘날 반드시, 반드시 죽임을 당하리라!" 솔로몬의 급격한 태도 변화와 신의 이름까지 내거는 젊은 왕의 강력한 맹세에 너무나 놀란 밧세바는 그 이상 말을 잇지 못하였다. 산사태라도 일어난 듯 엄청난 솔로몬의 기세에 눌려 몸도 제대로 가누지 못한 채 자기 숙소로 맥없이 돌아가고 말았다.

그 일로 인하여서 아도니아는 당일에 즉시 죽임을 당하였고, 제사장 아비아달은 고향 아나돗으로 추방당하였다. 그 소문을 들은 요압이 두려워하며 여호와의 장막으로 도망하여 제단뿔을 잡았으나, 그 역시도 당일에 그대로 죽임을 당하고 말았다.

그 이후로부터, 이스라엘 나라가 솔로몬의 손에 거침없이 견고해지기 시작하였다.

17. 밧세바

'어떻게 며칠 사이에 사람이 변해도 저렇게 변할 수가 있을까?' 고집
은 좀 세어도 최소한 자기에게만큼은 언제나 순종적인 것으로 알고
있었던 착한 아들이 단 한 번 터뜨린 강력한 폭발은 밧세바에게 감당
할 수 없는 엄청난 충격을 안겨 주었다. 전혀 생각지도 못했던 솔로몬

의 뜻밖의 결단, 그리고 아도니아와 요압을 당일 당장에 냉혹하게 참수한 잔혹한 행동에 너무나도 놀란 밧세바는 일단 자기 숙소에 들어가 문을 걸어 잠그고 일절 나오지도 않고 입을 굳게 닫았다. 생전 처음 보는 아들의 낯선 모습에 크게 낙심하여 자신은 결국 지아비에게서도 아들에게서도 완전히 버림받았다는 처량한 생각에 자기 자신을 끝없이 학대하며 비탄에 빠졌다.

목숨까지 걸고 기어이 왕으로 세운 아들의 배신은 밧세바에게 치명적인 아픔으로 작용하였다. 그 충격과 상처가 너무나 커서 식음을 전폐할 정도였다.

"나단 선지자님, 어머니께서 화가 단단히 나신 모양입니다. 제가 좀 뵙고자 해도 만나 주시지를 않는군요. 선지자께서 저를 대신해서 한 번 제 어머니를 만나 주시면 좋겠습니다." 솔로몬이 여러 번 제 어미 밧세바를 만나려다가 거절당하자, 마음이 심란하여 크게 고민하다가 그나마 밧세바와 약간의 인연이 있는 나단 선지자를 불러 특별히 부탁하였다.

"알겠습니다. 대왕 폐하. 지금 곧 제가 찾아뵙도록 하겠습니다. 혹시 대왕께서 특별히 전하고자 하시는 말씀이 있으신지요?" 선지자 나단이 편안한 미소를 지어 보였다.

"예, 나단 신지자님. 제가 아비삭 님을 아도니아에게 주라는 부탁을 거절한 것은 결단코 어머님의 얼굴을 괄시하여 그런 것이 아닙니다. 선왕의 여자를 요구하는 것은 예로부터 왕위를 요구하는 것과 같은 악한 숨은 의도가 있었기 때문입니다. 틀림없이 어머니께서 그러한

소설 밧세바

전례를 잘 모르셨기 때문에 그런 무리한 부탁을 하신 것일 겁니다. 그러나 이미 돌이킬 수 없는 일이 되었으니 그만 화를 푸시고 제발 식사는 좀 하시라고 잘 좀 설득해 주십시오." 솔로몬이 자신의 답답한 심정을 나단에게 간절히 호소하였다.

"잘 알겠습니다. 소신이 미력하나마 대비께 한번 잘 말씀드려 보겠습니다. 그런데, 폐하. 얼마 전에 백성들이 하는 소리를 들으니, 폐하께서 밤마다 아비삭 님의 거처를 자주 찾으신다는 소문이 있던데, 사실이 아니겠지요?" 나단 선지자의 얼굴이 다소 딱딱하게 굳었다.

"그럼요. 이제는 아비삭 님도 기력을 회복하였고 건강하시니 내가 이제 걱정하지 않아도 될 것 같습니다. 앞으로는 세간에 절대로 그런 소문이 다시 나지 않도록 특별히 주의하겠습니다." 솔로몬이 순간적으로 얼굴을 붉히면서 손을 내저었다.

"대비마마, 참으로 오랜만에 뵙는군요." 뵙고자 한다고 말을 넣고서 한참을 기다리고서야 선지자 나단이 밧세바를 만날 수 있었다.

"제가 요즘 몸이 좋지 못해서 좀 누워 있었습니다. 너무 오래 기다리게 해서 미안합니다. 나단 선지자님." 창백한 얼굴의 밧세바가 억지로 미소를 지어 보였다.

"어디가 그리 불편하신 겁니까? 한번 말씀을 해 보시지요. 제가 의원은 아니지만, 광야 생활을 오래 하면서 어지간한 병들은 치료할 수가 있을 만큼 반의사가 되었답니다." 선지자 나단이 분위기를 부드럽게 하려고 농담을 건네었다.

"제가 나단 선지를 처음 뵈었을 때를 기억하십니까? 그때 하나님의 저주를 내리시던 그 무시무시했던 모습은 평생 잊지 못할 것입니다." 밧세바가 그 옛날 참혹했던 일들이 다시 생각난 듯 머리를 흔들었다.

"그렇지요. 안타깝게도 그것이 우리를 처음 만나게 만든 불행한 사건이었지요. 하지만 지금은 아드님께서 이리도 훌륭한 군왕의 자리에 오르셨으니, 이 모든 것이 대비마마의 크나큰 은덕 때문이지요. 오랜 세월 노심초사 얼마나 공을 많이 들이셨습니까!" 나단이 밧세바를 한껏 치켜세우며 분위기를 바꾸려고 애를 썼다.

"그렇고 말고요. 그것만큼은 누가 뭐라고 해도 틀림없는 제 공이지요. 내가 저를 왕위에 앉히려고 얼마나 고생을 했는데, 그 어미의 속도 모르고 이렇게 제멋대로만 하려 하니 내가 병이 나지 않게 생겼습니까!" 밧세바가 나단의 과장된 칭찬에 조금 흥분해서 소리를 높였다.

"너무 염려하지 마십시오. 하나님을 경외하고 백성을 진실로 사랑하는 성군이시니, 이제 곧 어머니께서 우려하시는 불경을 더는 계속하지 않을 것입니다." 아비삭 문제로 화를 내고 있다고 짐작한 나단이 밧세바를 위로하였다.

"돌이켜 보면 나는 한평생 자신의 삶을 내 마음대로 살지 못하고 할아버지가 당신의 욕심을 위해 미리 정해 놓은 맹세를 위해 이용당했나는 생각이 드는군요. 할아버지는 자신의 능력으로 이스라엘의 왕이 되지 못하자, 나를 통하여 당신의 자손으로라도 그 목적을 반드시 이루려 하셨답니다. 그래서 내 이름조차 밧세바라 지으셨지요. 그리고 그 집요하고 철저한 계획을 통해 마침내 당신의 후손으로 이스라엘의 세 번째 왕좌를 차지하게 만드셨네요. 저는 이것이 진정 하나님의 공의로운 뜻인지, 신을 거스른 한 지독한 인간이 이루어 낸 불굴의 의지였는지 잘 모르겠습니다." 초점 없는 눈동자로 밧세바가 허공을 향해 중얼거렸다.

"신의 뜻도 결국 사람을 통해 이루어지는 것이 아니겠습니까! 신의 뜻을 이루어 나가기 위한 사람의 노력과 헌신 역시 귀하고 소중한 것이지요. 그리고 저는 그 모든 과정에 틀림없이 밧세바 왕비님만이 하실 수 있었던 역할이 있었음을 분명히 알고 있습니다. 왕비님의 이름은 반드시 이스라엘의 빛나는 역사 속에 다윗 대왕과 함께 영원히 반짝일 것입니다." 나단 선지자가 진심을 담아 위로하고 깊은 상념에 잠긴 밧세바를 남겨 두고 물러났다.

유난히도 붉은 석양이 강렬하게 내비치는 작은 창가에 홀로 앉은 밧세바는, 꿈꾸듯 지나온 세월의 흔적을 더듬으며 깊은 상념에 잠겼다.

가장 먼저 희미하게 떠오른 기억은, 아주 어렸던 시절, 그녀를 무릎에 앉히고 신과 사람에 대해서 알아들을 수도 없던 수많은 말들을 끊임없이 반복해 주던 할아버지의 주름진 얼굴이었다. 그리고 신은 존재하긴 하지만 거의 모든 대부분의 인간사에 직접 관여하지는 않는다고 뇌리에 또렷이 새겨진 아히도벨의 신념이었다. 할아버지는 아주 특별하게 신의 사랑을 독차지하는 몇몇 인물들에 대해서는 항상 질투와 비슷한 편견을 가지고 있었다. 그녀는 어린 시절 다른 어느 평범한 여인네들과 마찬가지로 대부분 시간을 어머니, 할머니와 함께 지내면서 무조건적 신앙을 강요받으며 자랐다. 그러나 정말 자신의 마음을 평생 지배한 것은 할아버지가 집요하게 주입한 자연을 지배하는 인과 응보의 원칙이었던 것을 명확하게 인식하지는 못하고 살았다. 그녀의 할아버지 아히도벨의 지독한 반복 교육은 밧세바의 이성이 스스로 자연스러운 사고의 틀을 형성하기도 전에, 그녀의 뇌리 가장 깊은 곳에 영원히 지워지지 않는 상처로 남았다. 그녀의 평생은 어머니로부터 배운 전능하신 신에 대한 조건 없는 신앙과, 할아버지 아히도벨에 의해 주입된 현명한 인간으로서의 합리적 사고 사이에서 끝없이 방황하고 갈등하였다. 때로는 오직 신께만 의지하는 경건한 믿음의 모습을 보여야 했고, 어떤 경우에는 단지 인간의 합리적인 판단에 의지하여 행동해야만 했다. 그녀로서는 다윗에게서 종종 나타나는 신실한 영성의 세계는 참으로 이해하기 두렵고 어려운 낯선 현상이었다. 하지만 신의 영에 감동되어 자신의 첫아기를 저주하던 나단 선지자의 그 무서웠던 모습이나, 때때로 그녀가 곁에서 직접 지켜본 다윗의 신비한 영적 행동들을 완전히 부정할 수도 없었다. 그녀는 신의 존재와 전능하심은 믿었지만, 그 신이 모든 인간에게 공의로우신 분이라고는 생각하지 않았다.

그리고 이어서 그녀의 상념이 도달한 곳은, 까맣게 잊고 있었던 어린 시절, 시글락에서 아말렉의 포로가 되어 사막을 끌려가던 그 몇 날 밤의 악몽이었다. 아말렉 병사들의 고함과 채찍 소리에 내몰리어 굶주림과 두려움에 떨면서, 오직 대답 없는 하늘 아버지만을 수없이 외

소설 밧세바

치며 걸어갔던 그 끝없이 펼쳐진 황량한 모래 언덕이었다. 아수라와 같았던 혼돈의 장막 속에서 아말렉 장수들에게 무지막지하게 시달리고 강간당했던 치욕의 순간이 떠올랐다. 그때 막 달거리를 시작한 소녀 밧세바는 그저 두렵고 한없이 무서웠지만, 사실은 아말렉 장수들의 그런 야만적인 행위들이 어떤 의미인지조차 전혀 알지도 못했었다. 곧 죽을 것 같은 고통 속에서도 그녀는 마지막까지 하나님의 도우심을 애타게 구했지만, 이스라엘의 거룩하신 신께서는 끝내 깊은 잠에서 깨어나지 않으셨다. 아마도 그 지독히 처참했던 밤에 그나마 그녀의 마음속에 조금 남아 있던 신앙이라는 영적 보물은 완전히 그 빛을 잃고 말았을 것이다.

그로 인해 원치 않았던 임신과 끔찍한 유산의 고통을 겪으면서, 할머니와 어머니가 그토록 열심히 믿는 전능의 신께서 대체 왜 자기에게만 이런 일들을 허용하시는지 도무지 이해할 수가 없었다. 시글락에서 헤브론으로 이주한 직후 지독한 임신 중절 약의 부작용으로 사경을 헤매고 있던 때에도, 절체절명의 위기 속에서 극적으로 겨우 깨어났을 때 그녀가 처음으로 마주 대한 얼굴은 자비하신 하늘 아버지의 인자하신 모습이 아니었다. 그분은 바로 온통 주름과 백발로 깊은 시름에 잠겨 자기 손을 꼭 붙잡고 진한 눈물을 흘리고 있던 할아버지 아히도벨이었다.

밧세바는 죽음의 문턱에 서 있던 자신의 목숨을 구해 낸 분은 신이 아니고 다른 그 누구도 아니며, 오직 그녀에게 맹세의 딸이란 이름을 지어 주신 할아버지 아히도벨이라고 생각했다. 그녀에게는 할아버지야말로 자기에게 진정한 관심을 가진 유일한 신이었다. 그 이후로부터 밧세바는 할아버지가 시키는 것은 무엇이든 절대적으로 신뢰하고 무조건 따랐다.

그녀는 아히도벨이 준비하고 인도하는 그대로, 기꺼이 궁중 재무대신 아시엘에게 시집갈 것을 결심했었다. 큰 키에 이목구비가 수려했던 아시엘의 하얀 얼굴이 머릿속에 또렷이 떠올랐다. 그의 따뜻하고 친절한 신사다운 반듯한 태도는 얼어붙었던 밧세바의 마음을 새로운 희망으로 열어 주었다. 아시엘은 참으로 가식이라고는 전혀 없는 순수한 젊은 청년이었다. 두 사람은 아히도벨이 아시엘의 집으로 청혼 단자를 보내기 전까지 헤브론에서 잠시의 연애 기간을 가졌었다. 그는 사랑하는 밧세바를 위해서라면 하늘의 별도 따다 줄 만한 뜨거운 열정을 보여 주었다. 당시 열여덟의 막 피어나는 꽃 같은 처녀 밧세바도 난생처음으로 첫사랑을 느끼며 가슴 설레는 날들을 보냈었다.

그러나 빗세바의 운명은 그녀의 바람처럼 순탄하게 흘러가지 못했다. 청혼 단자를 받은 아시엘의 부모가 어디선가 밧세바의 슬프고 안타까운 과거에 대한 소문을 듣게 되었고, 그로 인해서 두 사람의 혼담은 그만 완전히 박살이 나고 말았다. 아시엘의 부모에게 그 소문을 전한 사람은, 사실은 사기 사신도 시글락 참시 당시에 아말레 침략자들에게 함께 치욕을 당했던 아시엘 부친의 친척 여자였다. 그녀가 자신의 이야기는 쏙 빼 버리고 밧세바에 대한 것만을 아시엘 모친에게 속삭였기 때문이었다. 무엇보다 가문의 체면을 중시하였던 아시엘의 부

소설 밧세바

친은 그의 강경한 반대가 후에 어떤 참혹한 결과로 이어지게 되는지는 꿈에도 모르는 채 아히도벨의 청혼 단자를 아무런 이유도 설명하지 않고서 그냥 돌려보냈다.

다윗 왕과 함께 엄중한 시글락 특별법을 제정하고 공표했던 할아버지 아히도벨의 분노는 엄청났다. 이스라엘의 절대 군주 다윗의 권능으로도 아주 가까운 친척 집안의 멸망을 도저히 막을 수가 없었다.

밧세바는 이것이 도대체 누구의 잘못 때문이었는지 당시에는 잘 몰랐다. 그러나 자신의 결혼 무산과, 그에 격분한 할아버지의 고발로 인해 무고한 여러 사람이 목숨을 잃었던 것을 나중에 알고서 아무도 몰래 혼자 숨어서 피눈물을 흘렸었다. 그 시절의 그녀는 세상의 모든 슬픔과 고통이 마치 자기만을 집요하게 계속 따라다닌다고까지 생각했었다.

헷 사람, 용사 우리아와의 결혼도 역시 자신의 의지와는 아무런 상관이 없었다. 그 당시 아시엘 가족의 대참사를 겪으면서 밧세바는 이제 앞으로는 여자로서 자신의 생을 어떻게 살아가야 할지 갈피를 잡을 수가 없었다. 그러다 보니 매사에 자신이 없었고 작은 일조차도 스스로 결정하지 못하고 모든 희망을 포기한 채, 그저 할아버지가 인도하는 대로 순종하는 것이 최선이라 생각했었다.

비록 나이 차가 아주 많이 나는 너무나 이상한 결혼이었지만, 우리아는 누구도 부정할 수 없는 틀림없는 밧세바의 첫 남편이었다. 수천 년이 흐른다 해도, 만약 세상 사람들이 그녀를 공식적으로 호칭해야 한다면, 언제나 우리아의 아내라는 꼬리표를 절대로 떼어 낼 수 없을 것이다.

우리아와 함께한 신혼 시절에 그나마 밧세바는 처음으로 일상의 작은 행복을 누릴 수 있었다. 나이 많은 그녀의 남편이 젊고 아름다운 그녀를 지극정성으로 아끼고 사랑해 주었기 때문이었다. 본의 아니게 자신의 과거사 일부를 밝힐 수는 없었지만, 사실 밧세바는 자신의 임신 중절로 인해서 이제 더는 아이를 갖지 못하게 될 것이라고는 결코 생각하지 못했었다. 하지만 우리아와 결혼한 지 수년이 지나도록 임신을 하지 못하게 되자, 자신은 앞으로도 영원히 아이를 가질 수 없는 석녀가 된 것으로 스스로 포기했었다.

나이 많은 남편은 대를 이을 자식을 얻는 일에 공을 많이 들였었다. 그러나 그렇게 열심히 정성을 다한 효과를 전혀 얻지 못하자, 그녀에 대한 그의 사랑도 급속히 식어 버리고 말았다. 젊은 아내에게 크게 실망한 우리아는 자진해서 남들이 나가기 싫어하는 오지 근무를 자원하기도 하고, 더 위험한 전선을 골라 무리하게 출전하였다. 그로 인해 밧세바는 셀 수 없는 수많은 밤을 독수공방하며 쓸쓸하게 지내야만 했었다. 남편으로부터 철저히 외면받으니 집안 하인들도 그녀를 우습게 보고 노골적으로 무시하였다. 밧세바는 그것도 역시 저주받은 자신의 운명 때문이라 여기고 일찌감치 모든 것을 체념하고 지냈었다.

그렇게 길고 긴 절망의 벼랑 끝에서, 그녀에게 기적같이 나타난 새로운 운명이 바로 다윗 왕이었다. 할아버지의 조언을 따른 것이기는 하지만, 다윗을 만나고서 정작 너무나 황홀한 이 사랑을 반드시 쟁취하겠다고 결심한 것은 분명 밧세바 자신이었다. 그녀는 자기의 새로운 사랑이 남편 우리아를 죽음으로 몰아가리라고는 정말 꿈에도 생각하지 못했다.

그녀는 예루살렘에 돌아온 우리아가 집으로 오기만을 한없이 기다리고 있었는데, 어느 날 느닷없는 남편의 전사 소식과 유품만을 전해 받았다. 남편 우리아가 언제 어디서 어떻게 죽었는지 전혀 아무것도 모르면서 밧세바는 이스라엘의 장례 절차에 따라 상복을 입었고, 칠일간이나 마른 호곡을 하였다. 그녀는 당시 자기가 지금 슬퍼하는 것인지 기뻐하는 것인지조차도 인식하지 못했다. 갑자기 눈 닫히고 귀먹고 입까지 막힌 천치 바보가 된 것처럼 그냥 온몸을 바싹 웅크린 채 가만히 숨만 쉬고 있었다. 밧세바는 남편의 상을 모두 마치고 나서야, 할아버지가 보내 온 새로운 비밀 편지를 읽어 보게 되었다. 아히도벨은, 암호 형식으로 쓴 편지에서 이제부터 그녀가 궁에 들어가 반드시 지켜 내야 할 행동 지침들을 세세하게 설명하였다.

> "네 남편 우리아는 이미 죽었고, 죽은 사람에게 의리를 지키는 것 따위는 모두 허망하고 쓸모없는 짓일 뿐이다. 너는 이제 지난 일은 다 잊고, 어떻게 해서든지 네 앞에 펼쳐지는 새로운 운명을 반드시 잡아 내야만 하느니라."

충격과 절망에 휩싸여 읽고 또 읽었던 편지의 내용은 아직도 또렷하게 밧세바의 뇌리에 새겨져 있다.

　상례 절차가 끝나자, 궁에서 데리러 나온 군사들의 계속되는 독촉 때문에, 정말 아무것도 챙기지 못한 그녀는, 아주 작은 마차 속에 홀로 앉아 눈물도 흘리지 않았고, 두 주먹을 꼭 쥐고서 이를 악물고 버티고 있었다. 몸은 감당할 수 없는 엄청난 두려움으로 인해 사시나무처럼 떨렸었다.

　너무나 다행스럽게도, 궁에서 재회한 다윗은 참으로 따듯하고 매력적인 남자였다. 절대 권력자의 막강한 위치에 있었지만, 그녀에게만큼은 한없이 상냥하였고 사랑스러웠다. 가장 어두워진 영성으로 방황하고 있었을 바로 그때, 어쩌면 그는 자신의 내면에 깊이 감춰져 있었던 진정한 인간적인 모습을 보여 주었던 것인지도 모르겠다. 인간의 어리석은 교만과 헛된 욕망으로 인한 간음과 살인의 열매로 탄생한 밧세바의 아들에게, 다윗은 무한한 애정과 비틀어진 자부심을 노골적으로 드러내 보여 주었다.

　돌이켜 보면, 아이가 태어나고 나단 선지가 찾아와 무서운 저주를 내리기 전 그 몇 달이야말로 그녀가 살아온 전 생애를 통해서 가장 행복했던 순간이었다. 그녀는 궁중 안에서 떠도는 온갖 구설수와 빈정거림와 시기, 질투, 그 모든 것을 조금도 두려워하지 않았다. 오히려 이제야말로 자신에게 원래 예정되었던 운명을 되찾게 되었다고 굳게 믿었다. 두 사람 사이에서 태어난 사내아이는, 하늘의 천사도 부러워할 만큼 완벽한 외모와 살인적인 미소를 지니고 있었다. 다윗은 아이

　　　　　　　　　　　　　소설 밧세바

를 안고서 어르다가, 아이가 아비를 보고 좋아서 까르르 웃는 모습이라도 보여 주면, 정말 몸이 저리도록 행복에 겨워했다. 주변 사람들의 비판과 질책이 크면 클수록 아이에 대한 부부의 애정은 더욱 깊어만 갔었다. 그녀의 할아버지 아히도벨은 이미 장차 이 아이가 다윗의 위를 이어 이스라엘의 왕이 될 수 있도록 철저한 계획을 세우고 있었다. 드디어 자신의 평생 숙원이 맹세의 딸 밧세바를 통해서 이루어지는 순간이 찾아왔다고 생각했다. 그렇게 아이를 둘러싼 사람들의 기대와 희망은 끝없이 커지고만 있었다.

그러나 베들레헴 들판에서 양을 치던 목동 소년을 선택하신 전능의 신을 궁지에 빠뜨린 다윗의 치명적인 죄악은, 또한 공의의 신이시기도 한 여호와의 심판을 피해 갈 수 없었다.

광야에서 수련 중이던 나단 선지자가 하나님의 무시무시한 저주의 말씀을 입에 담아 궁에 들어온 바로 그 운명의 날에 그녀는 처음으로 살아 계신 하나님의 음성을 직접 들었다는 것을 인정하지 않을 수가 없었다. 하나님의 질책을 들은 다윗의 영성은 즉시 돌아왔고, 함께 그 자리에 있었던 밧세바에게는 회복할 수 없는 절망의 나락이 찾아왔다.

밧세바는 예전에 강제 유산으로 자궁 속 아이를 잔인하게 죽여 긁어내었던 아픔보다 몇천 배 더 지독한 고통 속에 울부짖었다. 다윗은 몸을 바닥에 대고 금식하면서 신 앞에서 조용히 눈물을 흘렸다. 마침내 아이의 숨이 떨어지자, 놀랍게도 다윗은 털고 자리에서 일어나 의복을 갈아입고 영성으로 충만한 평상심을 되찾은 얼굴로 식사 자리에 앉았다. 그때 밧세바는 다윗이 하는 이야기를 듣고 그의 대단한 믿음에 크게 감동하였었다. 너무나 귀한 아들을 잃은 그녀도 다윗의 위대한 믿음에 기대어 견디기 어려운 슬픔을 이겨 내고, 하나님의 영성으로 충만하게 채워지는 듯한 느낌이 들었었다. 그러나 밧세바의 그런 느낌은 그리 오래가지 않았다.

그 대신에, 아들을 잃은 그녀를 지극히 불쌍히 여긴 다윗은 매일 밤 그녀의 침소를 찾아 위로해 주었다. 다른 비빈들의 원성이 자자했지만, 다윗과 밧세바는 전혀 상관하지 않고 전보다 더욱 깊은 둘만의 사랑에 푹 빠져 지냈다. 다윗은 우울해하는 밧세바를 위해서 남편으로서 역할뿐 아니라, 자기가 그녀의 아들 노릇도 해 주겠다며 그녀를 알뜰히 보살펴 주었다. 그런 꿈같은 세월이 이 년 정도 흐른 후 정말 기적과 같이 밧세바는 새로운 생명을 잉태하였다.

밧세바의 임신을 가장 기뻐했던 사람은 다름 아닌 바로 그녀의 할아버지 아히도벨이었다. 이 년 전 어렵게 얻은 밧세바의 아들이 허무하게 죽었을 때, 가장 애통해 마지않았던 사람도 역시 그였다. 그는 이제 밧세바의 소생을 통해서라도 자신이 평생 이루지 못했던 소원을 완성하는 것이 남은 인생의 마지막 목표라고 생각하였다.

아히도벨은 아이가 태어나기도 전에 솔로몬이라는 이름을 지어 주었고, 그녀가 임신 중의 태교를 잘할 수 있도록 모든 지원을 아끼지 않았다. 밧세바가 무사히 건강한 아들을 출산하자 아히도벨의 기쁨은 이루 말할 수 없이 컸다. 그는 이제 막 태어난 자기 중손자가 반드시 이스라엘의 다음 왕이 될 수 있도록 즉시 철저한 준비를 하기 시작했다.

솔로몬이 말을 하기 시작하자, 아히도벨은 다윗 왕의 특별 허락을 받아 아이의 독선생이 되었다. 그는 자신의 마지막 희망인 증손자에게 자신이 알고 있는 모든 지식과 지혜를 모두 전해 주려고 부단히 노력했다. 밧세바는 할아버지가 아직 어린 아들에게 무리한 교육으로 지나친 부담을 주지나 않을까 매우 걱정하였다. 그러나 다행스럽게도 왕자 솔로몬은 제 아비와 어미를 반반씩 닮은 탓이지, 거룩한 영성과 명철한 지성을 함께 지니고 있었다.

솔로몬은 자연 속의 살아 있는 생물들에 대해 관심이 많았고, 특히 하늘의 천체를 연구하는 것을 너무나 좋아하였다. 증조부의 명철한 두뇌까지 겸비한 왕자의 학문에 대한 욕구와 열정은 지나치다 할 정도로 뜨거웠다. 그는 아버지 다윗을 통해 이어지는 충만한 영성으로 하나님 앞에서 언제나 경건하였으며, 또한 냉철하고 탁월한 지혜로 현실 세계 속 삶의 중심도 잘 잡고 있었다. 그러나 솔로몬은 반듯이 이스라엘의 왕이 되어야겠다는 생각은 특별히 가지고 있지 않았다. 어릴 적의 솔로몬 왕자는 상당한 고집쟁이여서 밧세바의 말을 잘 듣지 않아 종종 어미의 가슴을 긁어 놓고는 했었다.

아히도벨이 죽은 이후 꽤 오랜 세월이 흐르는 동안, 밧세바는 반드시 솔로몬이 다음 왕위를 이어야만 한다던 할아버지의 간절한 유언도 차츰 잊어 갔다. 다윗 왕은 점점 늙어 심약해지고 건강이 나빠짐에 따라, 자기는 밧세바를 만났기 때문에 그 결과로 큰 죄를 짓게 되었다고 생각했다. 그 죄악의 저주로 말미암아 자식들이 서로 죽이는 비극을 겪게 되었다며 그녀를 원망하였다. 그 이후로부터 밧세바는 함부로 왕의 거처에 사전 허락 없이는 출입할 수도 없는 처량한 신세가 되었다.

다윗 왕의 병세는 날로 깊어지고 회복을 기대하기 어렵게 되면서, 넷째 왕자 아도니아가 왕을 대신해 국정을 이끌어 가게 되었다. 그런 세월이 오랫동안 계속되다 보니, 대신들 대부분은 그가 자연스럽게 다윗의 왕위를 잇게 될 것이라고 당연히 여기고 있었다. 더구나 솔로몬 왕자는 스스로 왕이 되는 것에는 아무런 관심도 보이지 않고 있었기 때문에 왕위 계승 문제를 두고 그 어떤 갈등도 없는 것처럼 보였다.

그러나 마침내 때가 이르자, 사전에 그 모든 가능성을 예상하고 미리 최후의 안배를 마련해 두었던 아히도벨의 계획대로 다윗의 옛 친구 후새가 선지자 나단을 긴급 소환하였다. 나단은 즉시 밧세바에게 나아가 잊고 있던 그녀의 기억을 일깨우면서 긴박했던 상황은 급반전하였다. 밧세바는 오래전 할아버지가 남겨 두었던 편지를 다시 꺼내 읽고는, 그 간절한 마지막 소원을 이루어 주기로 다짐하였다. 그녀는 왕이 먼저 부르지도 않았지만, 상당한 위험을 무릅쓰고 왕 앞에 나아가 눈물의 호소로 마침내 다윗의 기억을 되돌리는 일에 성공하였다.

병석에 누워 사경을 헤매던 다윗은 기적적으로 자리를 털고 일어났다. 예전에 하나님 앞에서 스스로 약속했었던 것을 기억해 내었고, 마침내 솔로몬을 지명하여 그를 잇는 이스라엘의 새로운 왕으로 세우게 되었다.

밧세바는 그때 자신이 목숨을 걸고 다윗 앞에 나갔기 때문에 솔로 몬이 왕이 될 수 있었다고 그렇게 생각하였다. 오직 자기 덕분에 왕이 되었으니 당연히 자신의 명령과 지시에 순종할 것이라고 믿었다. 그 러나 왕이 된 솔로몬은 이미 어머니의 무릎 아래서 재롱이나 부리던 철부지 아이가 아니었다. 젊은 왕은 그녀의 무리한 요구와 국정에 대 한 훈수 때문에 몹시도 힘들어하였다. 모친이 자신의 마음속 깊이 숨 겨둔 연인 아비삭을 심하게 모욕하면서 그녀를 이복형 아도니아에게 내주라는 절망적인 명령을 내렸을 때, 너무나 착했던 그녀의 아들은 도저히 더는 견디지 못하고 인내심의 방파제가 봇물과 같이 터지면서 순간적으로 폭주하고 말았다.

한 번 폭발한 솔로몬의 분노는 그 누구도 감히 막을 수 없었다. 밧세 바가 당황하여 급히 말려 보려 하였지만, 아들의 눈빛은 이미 사람의 것이 아니었다. 아무런 말도 그의 귀에 들리지 않음을 직시하고는 그 저 입을 가리는 수밖에 다른 도리가 없었다. 이스라엘의 지엄한 왕명 이 담긴 시퍼렇게 날 선 칼날 앞에 이복형 아도니아와 아버지뻘의 위 대한 장군 요압의 목이 무참하게 떨어지고 말았다.

밧세바는 공연히 자신이 잘못 나서는 바람에 불쌍한 아도니아만 억 울하게 희생되었다고 생각했다. 잘생긴 아도니아의 늠름한 모습이 눈 에 선했다. 누가 뭐라고 해도 아도니아는 자기가 외롭고 괴로울 때 많 은 위로를 주었던 착한 왕자였음이 분명했다. 그는 언제나 밧세바를 세계 최고의 미인이라고 추켜세워 주었다. 무엇이 되었든 크고 작은 선물들을 열심히 준비하여 그녀를 행복하게 해 주려고 애쓰곤 했다. 특히 다윗의 사랑을 잃고 절망 속을 속절없이 헤매고 있었을 때, 아도니아는 수시로 찾아와서 둘도 없는 다정한 술친구 노릇까지 해 주었었다. 젊은 아도니아 왕자에게서는 항상 풋풋하고 싱싱한 젊은 시절 다윗의 향기가 느껴졌었다.

그녀는 이제 자기 곁에는 그녀를 사랑하는 그 누구도 남지 않았다는 절절한 아픔이 폐부 깊이 찔러 오는 것을 느꼈다. 어미를 걱정하는 솔로몬이 매일 찾아와 뵙기를 청하였지만, 다시는 아들의 얼굴을 보고 싶지 않았다.

'한 번 사람의 몸에서 벗어나 분리된 영혼은 결단코 돌이킬 수 없는 허공 속에 지워진 흔적일 뿐이다. 죽음을 두려워하는 몇몇 어리석은 사람들의 기억 속에 아주 잠시 떠돌다가 침묵의 깊은 심연에 가라앉아 모든 이들의 마음에서 영원히 사라질 것이다.' 아히도벨의 낮은 속삭임이 밧세바의 귓전을 맴돌았다.

밧세바는 아주 오래전부터, 언젠가 꼭 필요할 날이 있을 것 같아 준비해 두었던 치명적인 사약 봉투를 꺼내 들었다.

소설 밧세바

맺는글

첫 번째 소설 출간 후 8년이 지나서야 가까스로 두 번째 소설을 출간하였다. 부족한 재능으로 인해 여러 번 포기할까 고민도 했지만 결국 출간하게 되었다. 많이 부끄럽긴 하지만 몇 년 묵은 체증이 내려간 듯 마음이 상쾌하다.

오랜 인고의 시간을 거쳐 겨우 마무리한 두 번째 소설이, 이 아둔한 작가의 마지막 소설이 되지 않기를 간절히 기도한다. 비록 나이를 더 먹었고 좀 더 늦기는 했지만, 지금부터라도 다시 한번 심기일전하여 인생 소설을 써내고 싶은 소망이 꿈틀거린다. 부족한 재능은 더 큰 열정과 노력으로 극복하리라 다짐하면서, 책상머리에 적어 둔 버나드 쇼의 묘비명을 마음속으로 생각해 보았다.

"I Knew If I Stayed Around Long Enough, Something Like This Would Happen!"
"우물쭈물하더니 내 그럴 줄 알았다!"

2023년을 마무리하며, 아프리카 나이지리아 보니섬에서, 이남수

소설 밧세바

ⓒ 이남수, 2024

초판 1쇄 발행 2024년 4월 25일

지은이   이남수
펴낸이   이기봉
편집   좋은땅 편집팀
펴낸곳   도서출판 좋은땅
주소   서울특별시 마포구 양화로12길 26 지월드빌딩 (서교동 395-7)
전화   02)374-8616~7
팩스   02)374-8614
이메일   gworldbook@naver.com
홈페이지 www.g-world.co.kr

ISBN   979-11-388-3025-6 (03810)